콜카타의 세 사람

메가 마줌다르 장편소설 | 이수영 옮김

콜카타의 세 사람

A BURNING

북하우스

일러두기

1. 이 책은 Megha Majumdar, *A Burning*(New York: Alfred A. Knopf, 2020)을 저본으로 삼았다.
2. 옮긴이 주는 본문 속에 [ ]로 표시했다.
3. 본문에 나오는 드라마, 영화, 신문 등은 〈 〉로 표기했다.

내 어머니와 아버지,

모든 것을 가능하게 해준 두 분을 위해

차례

지반

"너 연기 냄새 심해." 어머니가 말했다.

그래서 둥근 비누를 머리에 문지르고 물 한 양동이를 다 썼더니, 아침 급수를 낭비한다고 이웃 사람 하나가 불평했다.

그날 통행금지령이 떨어졌다. 큰길에선 경찰 지프가 삼십 분마다 한 번씩 돌아다녔다. 그래도 일하러 나가야 했던 일용직 노동자들은 집으로 돌아오면서 팔을 들어 무기가 없음을 보여주어야 했다.

나는 침대에 누워 젖은 머리를 베개 위에 펼치고 새 휴대폰을 집어 들었다. 내가 번 돈으로 산 휴대폰 액정에는 아직 비닐이 붙어 있었다.

페이스북 게시글들의 주제는 하나뿐이었다.

"테러리스트들은 이 동네를 잘못 건드렸어. #콜라바간기차공격 #지지않아"

"친구들, 오십 루피가 있다면 오늘은 사모사 튀김 사 먹는 대신 기부를— "

더 아래로 내리자 이런 게시물이 나타났다.

"이 뉴스 영상은 〈쇼 24〉 독점으로 어떻게 이런— "

"촛불 추모제가 이곳— "

지난밤 나는 동네 기차역에 갔었다. 우리 집에서 걸어서 십오 분도 안 걸리는 곳이었다. 기차가 잠시 멈춰 섰을 때 몰래 다가가 열린 창들로 횃불을 던져 넣은 남자들을 봤어야 했는데. 하지만 내가 본 것은 타오르는 객차들뿐이었다. 기차간의 문은 밖에서 잠겨 있었고 무섭게 뜨거웠다. 불이 기차역과 붙어 있는 오두막들로 번졌고 연기가 주민들의 폐에 차올랐다. 백 명 이상이 죽었다. 정부는 유족에게 보상을 약속했다. 팔만 루피를! 뭐, 정부는 많은 것을 약속한다.

한 영상에서 총리가 턱 앞에 디밀어진 수십 개의 마이크에 대고 말했다. "당국에서 수사할 겁니다." 누가 이 영상 다음에 머리를 긁적거리는 경찰들 영상을 붙여놔서 웃음이 나왔다.

페이스북에서 말하고 싶은 대로 다 말하는 이 낯선 사람들이 존경스러웠다. 이들은 경찰에 대해서든 총리에 대해서든 농담하길 두려워하지 않았고 즐기고 있었다. 그게 자유 아닌가? 판탈룬에서 월급 명세서를 몇 번 더 받고 경력 판매 직원으로 승진하면 나도 저렇게 자유로워질 터였다.

저 아래쪽 게시물 영상에서 어떤 여자가 나왔다. 머리가 헝클어지고 콧물을 줄줄 흘리며 눈은 충혈된 채 우리 작은 기차역의 기울어진 플랫폼에 서 있었다. 그녀는 마이크에 대고 소리를 질렀다. "경찰이 잔뜩 탄 지프가 와 있었어요. 내 남편이 불에 타는 동안 대체 왜 서서 구경만 했느냐고 경찰들한테 물어보자고요. 남편은 문을 열고 딸을 구하려고 했어요. 하고 또 했어요."

나는 이 영상을 공유했다. 코멘트도 덧붙였다.

"정부에서 월급을 받는 경찰들이 구경만 하며 아무것도 안 하는 동안 이 죄 없는 여자는 모든 걸 잃었다."

나는 휴대폰을 머리맡에 놓고 깜빡 잠이 들었다. 더위에 눈이 감겼다. 휴대폰을 다시 확인했을 때 '좋아요'는 두 개뿐이었다. 삼십 분 후에도 여전히 두 개였다.

그러다가 모르는 여자가 내 게시물에 댓글을 달았다.

"이 여자가 하는 말이 거짓말인지 아닌지 어떻게 알죠? 관심을 끌려는 걸 수도 있잖아요!"

나는 일어나 앉았다. 내가 이 사람과 페친이던가? 프로필 사진을 보니 욕실에서 포즈를 취하고 있었다.

"영상을 보기나 했어요?" 내가 대꾸했다.

무정한 여자의 말이 머릿속을 떠돌았다. 짜증이 났지만 흥분되기도 했다. 공동 수도에 물이 떨어지거나 무더운 밤 전력 공급이 중단되었을 때의 짜증과는 달랐다. 이런 게 바로 분쟁의 탈을 쓴 오락이 아닐까?

어차피 그날은 내 비번이었다. 어머니는 너무 작아서 뼈와 꼬리까지 먹을 수 있는 생선을 요리 중이었다. 아버지는 허리 통증을 달래며 볕을 쬐고 있었다.

엄지로 화면을 계속 넘기면서 기차 공격에 대한 게시물들이 '좋아요' 쉰 개, 백 개, 삼백 개를 받는 것을 지켜보았다. 아무도 내 글은 좋아하지 않았다.

그래서 나는 빛나는 작은 화면을 바라보다가 바보 같은 말을 써 넣었다. 위험한 말, 나 같은 사람은 생각조차 해서는 안 되는 말을.

용서해요, 엄마.

"경찰이 우리 같은 평범한 사람들을 돕지 않는다면, 죽는 모습을 그냥 지켜만 본다면, 정부 역시 테러리스트라는 뜻 아닌가요?"

문밖에선 남자 하나가 천천히 릭샤[삼륜 자전거 택시] 페달을 밟으며 지나갔다. 유일한 승객인 그의 딸이 신나게 경적을 빵빵 울렸다.

러블리

일요일 아침! 연기 수업에 갈 시간. 나는 엉덩이를 요리조리 흔들며 구아버 장수를 지나간다.

“오빠,” 내가 부른다. “지금 몇 시예요?”

“여덟 시 반.” 장수가 투덜거린다. 자기 손목시계의 이득을 나와 나누는 게 못마땅한 거다. 그러든지 말든지. 나는 세련된 워킹을 집어치우고 말처럼 기차역까지 달려간다. 기차에 올라 가슴과 이마에 손을 대고 며칠 전 바로 이 역에서 죽은 불쌍한 사람들을 위해 기도하는데—

“누가 미는 거야?” 어느 이모가 외친다. “그만두지 못해?”

“이 히즈라[트랜스 여성]는 다른 칸으로 가서 꾸물거리면 안 되는 거야?" 땅콩 장수가 대놓고 야유한다. 나한테는 귀도 없다는 듯이.

나 같은 사람에게는 쉬운 일이 없다. 기차에서 보내는 한 시간조차. 내 몸은 남자고 가슴은 넝마를 뭉쳐 만들었다. 그래서 뭐? 이 도시를 다 뒤져도 나만큼 진정 여자다운 여자는 찾기 힘들걸.

이렇게 붐비는 중에 다리 없는 거지가 바퀴 달린 판자를 타고 사람들 발 위로 바퀴를 굴리며 통로를 지나간다.

"동전 하나만 줘요." 거지가 징징거린다.

사람들이 그에게 소리친다.

"이 와중에 지나가겠다고?"

"눈이 없는 거야 뭐야?"

"난 어디 서라고? 네 머리 위?"

거지도 지지 않고 소리친다. "당신도 다리를 잘라보든지. 그럼 어떻게 해야 할지 알게 되겠지!"

정말이지 나는 웃고 또 웃는다. 이래서 내가 기차를 좋아한다. 누가 기차를 불태울지라도 일터에, 수업에, 가족에게 가려는 우리 의지를 막을 수 없다. 갈 데가 있기만 하다면. 모든 기차는 영화 같다. 기차에서 나는 표정을, 몸의 움직임을, 목소리를, 싸움을 관찰한다. 이게 나 같은 사람이 배우는 방식이다. 기차가 흔들리며 속도를 올리고 바람이 머리칼을 흩날리자 나는 손가락 끝을 천장에 대고 몸을 쭉 펴서 키를 늘이며 데브내스 씨의 연기 수업을 준비한다.

데브내스 씨의 집. 그는 의자에 앉아 찻잔 받침에 차를 따라 마신다. 그렇게 하면 차가 빨리 식어서 후후 불 필요가 없으니까.

배우 지망생들을 이용해먹는 연기 코치들에 대해서는 나도 들어봤지만 데브내스 씨는 다르다. 그는 양심이 있는 사람이다. 젊었을 때 직접 영화를 감독할 기회가 생겼는데 뭄바이로 가서 최소한 여섯 달은 있어야 했단다. 당시 그의 노모가 입원해 있었다. 그는 자기 꿈을 좇으려 어머니를 버리는 괴물이 아니었다. 목표를 희생하고 어머니 곁에 머문 거다. 그가 우리에게 이 슬픈 이야기를 들려줄 때, 나는 그가 우는 모습을 그때 딱 한 번 봤다.

데브내스 씨 발치에는 학생 여섯 명이 앉아 있다. 전기 기사 브리제시, 마법의 피부병 연고를 파는 루멜리, 보험사 직원 펀지, 간호사 공부를 하는 라다, 아버지의 펜 잉크 충전 사업장에서 경리 일을 돕는 조이타. 질문을 던지면 웃기만 하는 쿠마르는 뭘 하는지 아무도 모른다.

우리는 모두 아끼고 아껴서 한 수업당 오십 루피를 낸다.

오늘은 우리 무대인 이 거실에서 식탁을 한쪽으로 밀어놓고 남자가 아내를 의심하는 장면을 연습한다. 열의 없다고 할 수 있을 몇 명의 연기가 끝나고 내 차례가 된다. 모니터링 영상을 찍으려 바닥에 휴대폰을 세워놓고 방 가운데로 나가 고개를 돌린다. 왼쪽에서 오른쪽으로. 오른쪽에서 왼쪽으로. 벽에 걸린 데브내스 씨의 양친, 고인이 된 두 분이 엄한 얼굴로 나를 내려다본다. 선풍기가 최대 속도로 돌고 있음에도 열기가 느껴진다.

나의 예술적인 연기를 보여줄 시간이다. 이번 상대역은 전기 기사 브리제시다. 데브내스 씨가 우리에게 준 대본에 따르면 의심 많은 남편 브리제시가 분노하며 내 어깨를 꽉 잡아야 한다. 하지만 브리제시는 너무 살짝 잡는다. 난 어쩔 수 없이 역할에서 빠져 나온다.

"이게 아니지! 네가 꽃잎 잡듯 잡으면 내가 어떻게 격한 감정을 느끼겠어? 네가 제대로 해야 해. 분노를, 좌절감을 전달하라고!"

데브내스 씨가 동의한다. 그는 배우가 못 느끼는데 관중이 어떻게 느끼겠냐고 늘 말해왔다. 나는 브리제시의 어깨를 가볍게 쳐서 그를 화나게 만든다. 내 앞에서 좀 더 남자다워질 수 있게 해주는 거다. 브리제시가 뭐라고 중얼거리기에 내가 말한다. "뭐라고? 크게 말해."

한참 있다 브리제시가 드디어 말한다. "어휴! 러블리, 내가 이런 말까지 하게 만들어야겠니? 결혼 장면을 반半남자랑 연기할 순 없어."

이 순간 시계가 열한 시를 알려 우리 모두 침묵한다. 나는 뺨이 확 달아오른다. 그래, 익숙한 상황이다. 길 위에서, 기차에서, 가게에서 숱하게 겪었다. 하지만 연기 수업에서까지? 그것도 브리제시가?

그래서 그냥 그의 모욕을 버려버린다. 쓰레기 던지듯.

"잘 들어, 브리제시, 넌 나한테 형제 같아. 그런데도 내가 너랑 로맨스 연기를 할 수 있으면 너도 나랑 로맨스 연기를 할 수 있어!"

"맞는 말이야." 데브내스 씨가 말한다. "영화를 진지하게 생각한다면 역할에 완전히 몰입해야지—"

데브내스 씨가 브리제시에게 한바탕 훈계를 한다. 그가 말을 잠시 멈추자 벽에 달린 큰 시계의 째깍거리는 소리까지 들린다.

마침내 데브내스 씨의 제안대로 브리제시가 손을 모아 나한테 용서를 빌자, 나 역시 눈물이 몇 방울 맺힌다. 루멜리는 머리에 쓰고 있던 두파타[머릿수건]에 코를 푼다. 데브내스 씨가 손뼉을 치며 말한다. "이 감정을 연기로 쏟아내!"

방 안은 긴장감으로 가득하다. 내가 울부짖자 다른 학생들이 휴대폰을 내려놓는다. "감히 어머니 될 사람을 치다니!"

인물의 분노가 가슴에서 느껴진다. 의자와 탁자를 구석으로 밀어낸, 먼지투성이 곰 인형 가득한 캐비닛이 있는 이 거실은 뭄바이의 어느 무대 못지않다. 형광등이 스포트라이트처럼 환하게 나를 비춘다. 밖에선 베갯속 장수가 솜 트는 장비를 하프처럼 타면서 지나간다. 거리의 무명씨들과 나를 가르는 것은 얇은 커튼이 드리운 창문뿐이다.

이제 감정은 유지한 채 목소리를 낮추고 다음 대사를 한다. "당신도 어머니의 자궁에서 나온 사람 아니야?"

브리제시: 어머니, 하, 당신은 그런 존중을 받을 자격이 없어! 내가 그 남자에 대해 모를 줄 알아?

나: 당신이 생각하는 그런 게 아냐! 설명할게. 아, 제발 설명할 기회를 한 번만 줘.

브리제시: (굳은 얼굴로 상상의 창을 내다본다.)

나: 난 과거를 얘기하고 싶지 않았어. 하지만 어쩔 수 없지. 내 비밀을 말해야겠네. 그 남자와 있었던 건 내가 아니야. 내 쌍둥이 언니야.

엄청난 대화다! 장면이 끝난다.

손바닥이 차갑고 땀에 젖었다. 하지만 심장은 연처럼 가볍다. 방 안엔 굉장한 침묵이 감돈다. 손에 빗자루와 쓰레받기를 든 청소부까지 문간에서 지켜본다. 그녀의 입이 벌어져 있다. 그걸 보자 미소를 짓고 싶어진다. 나는 그제야 역할에서 빠져나와 현실로 돌아온다.

데브내스 씨의 눈빛이 번뜩인다.

"그렇게 하는 거야!" 그가 속삭인다. 그는 눈을 휘둥그레 뜨고 샌들을 꿰어 신으며 의자에서 일어나려 하는데 샌들 한 짝이 계속 이리저리 밀린다. 그러거나 말거나 그는 아주 진지해 보인다.

"나의 제자들, 러블리가 목소리를 어떻게 쓰는지 봤지? 그녀가 어떻게 느끼는지, 그 느낌이 여러분에게 전달됐지?" 학생들 머리 위로 데브내스 씨의 침방울이 마구 튄다.

그 아래 앉아 있던 라다는 바닥의 신문지 귀퉁이를 찢어서 자기 머리칼을 닦는다.

나는 약 일 년 전 데브내스 씨의 집에 처음 갔다. 그때 데브내스 씨는 상담을 길가에서 해도 되겠느냐고 물었다. 집이 페인트칠을 하는 중이라 앉을 데가 없다는 거였다.

허접한 핑계지. 페인트공은 어디 있는데? 걸레, 양동이, 사다리는?

난 진실을 알고 있었다. 실은 데브내스 씨의 부인이 히즈라를 집에 들이고 싶어하지 않은 거였다.

그래서 나는 지나가는 릭샤에 엉덩이가 부딪지 않게 조심하며 길 위에서 상담을 받아야 했다. 데브내스 씨가 말했다. "왜 그렇게 연기를 하려고 해? 이 일은 진짜 힘들어!"

마스카라는 번지고 립스틱은 차를 마시느라 지워졌더랬다. 겨드랑이에선 냄새가 풍겼고 한낮의 열기를 전부 흡수한 검은 머리칼 때문에 머리가 지끈거렸다. 하지만 이 질문에는 언제고 대답할 수 있었다.

"난 평생 연기를 해왔어요." 내가 데브내스 씨에게 말했다. 기차에서도, 길에서도, 나는 연기를 해왔다. 행복과 쾌활을 연기했다. 신과의 관계를 연기했다. "이젠," 나는 데브내스 씨에게 말했다. "카메라 앞에서도 연기하게 연습시켜주세요."

오늘, 나는 일어나 손을 합장한다. 허리를 굽혀 절을 한다. 이런 박수갈채에 달리 뭘 하겠어. 나의 팬들. 경리 팬, 연고 판매원 팬, 보험사 직원 팬이 손뼉을 치고 또 친다. 심지어 내가 미소로 벌어진 입을 다물지 못하고 손을 내저으며 "그만해!"라고 해도 박수는 계속된다.

지반

몇 밤이 지나고 노크 소리가 났다. 작은 소리에도 심장이 입 밖으로 튀어나올 법한 늦은 시간, 새벽 두세 시였다. 어머니가 외쳤다. "일어나 봐, 일어나!"

어둠 속에서 손 하나가 잠옷 차림의 나를 끌어냈다. 나는 비명을 지르며 저항했다. 몹쓸 짓을 하러 온 남자인 줄 알았다. 하지만 여자 경찰이었다.

아버지가 바닥에 쓰러져 꺽꺽거리며 허리를 부여잡고는 꼼짝도 못 했다. 야밤에 그는 어린애가 됐다.

얼마 후 나는 경찰 밴 뒷좌석에 앉아 철망 사이로 가로등 아래 주황빛으로 물든 거리를 내다보아야 했다. 나는 여자 경찰과 앞좌석에 앉은 경찰들에게 지치도록 애원했다. "언니, 무슨 일이에요? 나 직장 다니는 사람이에요. 판탈룬에서 일한다고요. 경찰이랑 이럴 일이 없어요!"

그들은 아무 말도 안 했다. 한 번씩 앞쪽 계기판에서 무전기가 지직거렸다. 순간 남자애들로 가득한 차가 옆을 쌩 지나가면서 함성과 웃음소리가 들렸다. 나이트클럽에서 나오는 애들이었다. 비실거리는 경찰 밴은 그 남자애들에게 아무것도 아니었다. 그들은 속도를 늦추지도 않았다. 두려워하지도 않았다. 그들의 아버지는 경찰과 의원들을 알았고 모든 문제를 없애줄 인물들을 알았다. 나는 여기서 어떻게 빠져나갈 수 있을까? 내가 누굴 알지?

러블리

연기 수업이 끝나고 그날 밤 아자드와 함께 침대에 눕는다. 아자드는 나의 남편이자 사업가로 근처 항구에 정박하는 중국 배에서 산성전자 제품과 토니힐피거 손목시계를 사서 되판다. 그날 수업 영상을 보여주자 아자드가 말한다. "내가 백번 말했잖아! 넌 스타가 될 재목이라고."

아자드가 내 뺨을 꼬집고 나는 아프면서도 웃음이 나온다. 바닥에 깔린 이 얇은 매트리스가 우리만의 호화로운 별 다섯 개짜리 호텔 침대인 듯 편안하다. 이 방에서 나는 필요한 걸 다 가지고 있다. 마실 물 한 단지, 음식 약간, 작은 석유곤로, 옷과 장신구가 있는 선반. 벽에는 내게 매일 축복을 내려주는 스타 배우들, 프리양카 초프라와 샤루크 칸이 있다. 고개를 돌리면 그들의 아름다운 얼굴이 보이고, 그들의 행운이 나에게도 좀 뿌려진다.

"아자드," 밤에 말을 꺼낸다. 블록버스터의 로맨스 장면처럼 내 얼굴을 그의 얼굴 가까이 가져간다. "내가 무슨 말 해도 화 안 낼 거라고 약속해?"

잠시 그의 갈색 얼굴을 보며 뜸을 들인다. 긴 눈썹 몇 가닥이 도망가려 한다. 눈을 마주보면서 이런 힘든 말을 하기가 곤란하다.

"당신은 가족이나 그런 거 생각 안 해?" 마침내 말을 시작한다. "우린 그렇게 젊지도 않고—"

아자드는 늘 그러듯 내 말을 자른다. "또야?" 짜증이 났다는 게 느껴진다. "형이 여기 왔던 거야?"

"아니!"

"우리 형이 또 쓰레기 같은 얘길 해댄 거야?"

"아니라니까!"

왜 아자드는 이 얘기만 꺼내면 나를 비난하는 걸까?

"세상이 그렇다는 걸 누구나 아는데, 아자드. 그래, 세상은 뒤쳐졌어. 그리고 멍청해. 하지만 당신 가족은 당신이 적당한 여자와 결혼해서 아이를 갖길 원해. 나를 봐. 난 당신에게 그런 미래를 줄 수 없어."

말을 끝내자마자 후회가 밀려든다. 대단히 큰 실수를 했다. 나는 아자드와 늘 함께하고 싶은데, 대체 왜 그를 밀어내는 걸까?

아자드 말이 맞다. 그의 형이 어느 날 밤 찾아왔다. 동 트기 전에 와서는 벨을 울리고 문을 두드렸다. 동네 개들이 짖고 난리였다.

결국 침대에서 뛰쳐나가 문을 여니, 아자드의 형이 대뜸 내 얼굴에 대고 소리를 질렀다. "그 애한테 무슨 저주를 걸었는지 모르겠지만 당장 풀어줘, 이 마녀야!"

"쉿! 조용히 해요. 한밤중이잖아!" 내가 말했다.

"나한테 이래라저래라 하지 마, 마녀야!" 그가 고함치며 허공에 손가락질을 해댔다. 도랑에서 오줌을 누던 남자가 형과 나를 번갈아 쳐다봤다. 사방이 조용하고 어두웠지만, 분명 모두가 전부 듣고 있었다.

"네가 덫을 놓아 옭아맸잖아!" 형이 소리를 질렀다. "이제 놔줘! 정상적인 사람처럼 결혼하게 해주라고!"

나는 열린 문을 잡고 서 있다가 조용히 대꾸했다. "진정해요. 그러다 토하겠어요."

나는 잠옷 차림이었다. 귀가 화끈거렸다. 모든 이웃이 내 사생활을 알게 됐다. 점점 화가 났다. 이 아무짝에도 쓸모없는 형이 온 동네 사람 앞에서 나한테 소리 지를 권리를 준 게 대체 누구야? 여기 주민들은 모두 릭샤를 끌고 과일을 팔고 솜을 채우고 부엌일을 하고 쇼핑몰 경비를 서면서 열심히 일한다. 이들에겐 잠이 필요했다. 이제 이들이 나를 어떻게 보겠어?

그래서 결국 나도 좀 무례하게 맞고함을 쳤다. 기억하고 싶지는 않은 내용이다.

"그래," 나는 이제 인정한다. "당신 형이 왔었어. 나한테 말하더라고. '러블리, 네 사랑이 진짜라는 걸 알아. 내 동생은 당신이 없으면 먹지도 않으려 하지. 하지만 제발, 이렇게 빌게. 내 동생에게 결혼과 아이 이야기를 해줘, 우리 늙은 부모님을 위해서'라고."

아자드가 나를 바라본다. "형이? 그렇게 말했다고?"

믿지 못하겠다는 표정이다.

"그래, 당신 형이 그랬어. 그래서 나도 생각해보는 거야."

거미 한 마리가 가느다란 갈색 다리로 창문을 기어간다.

여덟 개의 다리로 벽을 탐험 중이다. 우리는 녀석을 지켜본다. 아자드가 일어나 신발로 거미를 치려고 해서 말했다. "그냥 둬."

왜 다들 다른 생명들의 삶을 망치려 할까?

"싫어!" 아자드가 말한다. "난 그런 멍청한 관습 따위 따르지 않을 거야! '너랑' 결혼할 거라고!"

지반

다음 날 아침 법원에서 여자 경찰이 나를 위해 길을 터주고, 모여든 군중은 크리켓 경기장에서 응원이라도 하는 것처럼 신이 난 듯 난리를 친다. 햇빛이 눈을 찌른다. 나는 땅을 내려다본다.

"지반! 지반! 여기 봐요." 기자들이 카메라를 어깨에 메거나 머리 위로 높게 들고 외친다. 어떤 기자들은 인파를 밀치고 나와서 녹음기를 내 앞에 들이밀지만 경찰들에게 도로 밀쳐진다. 나는 떼밀리고 잡아당겨지고 발이 밟히고 팔꿈치들에 갈비뼈가 부딪는다. 기자들이 외친다.

"테러리스트들이 어떻게 접촉해왔죠?"

"언제 공격 계획을 시작했습니까?"

나는 목소리를 되찾아 소리치지만 수탉의 울음처럼 금세 사그라지는 짧은 외침일 뿐이다. "난 결백해요! 난 그런 거 몰라요—"

몸을 곧게 펴려고 하지만 눈앞에 현란한 빛이 번쩍하면서 초록 나무들이 광맥처럼 빛나고 발아래 땅이 알알의 입자로 부서진다. 내가 휘청거리자 여자 경찰이 부축해준다. 군중 속 외침이 커진다. 여자 경찰이 내 팔을 잡아준 게 여기서 받은 가장 친절한 대우다. 실내로 들어가자 겨우 소음이 잦아들고 나는 의자에 주저앉을 수 있게 된다.

나한테 배정된 변호사가 나타난다. 나보다 겨우 몇 살 많아 보이는 젊은 남자지만 부자들처럼 배가 불룩하다.

"아침에 뭐 좀 먹었어요?" 그가 처음 한 말이다.

나는 나를 잡고 있는 여자 경찰을 쳐다봤지만 기억이 안 나서 그냥 끄덕인다.

"나는 고빈드라고 해요." 그가 말한다. "당신의 국선 변호사죠. '변호사'가 뭔지 알아요? 그러니까—"

"선생님, 알아요. 나도 학교 다녔어요. 지금은 판탈룬 직원이고요. 거기 알죠? 설명 좀 해주세요. 내가 왜 체포된 거죠? 그래요, 내가 페이스북에 멍청한 게시물을 하나 올렸어요. 하지만 그 기차에 대해선 아무것도 몰라요."

변호사는 내가 아니라 손에 든 서류철을 본다. 손가락에 침을 묻혀가며 서류를 넘긴다.

"사실대로 말하는 건가요? 경찰이 당신 페이스북에서 테러리스트 모집자와 채팅한 기록을 찾아냈어요."

"다들 그 얘기를 하는데, 그 남자애는 그냥 채팅 상대일 뿐이었어요. 온라인 친구라고요." 나는 하소연한다. "나는 걔가 누군지 몰랐어요."

천장 선풍기가 윙윙거리며 돌아가는 소리와 방청객들이 법정 뒤로 들어오면서 떠드는 소리가 들린다. 앞쪽에 앉은 나에게 보이는 것은 타자기 앞에 앉은 아주머니뿐이다. 그녀의 꼬부라진 머리칼이 목 아래로 늘어져 있었다.

"난 페이스북에서 친구를 많이 만들었어요. 외국 사는 이 친구도 그중 하나고요. 어쨌든 본인 말로는 외국에 산다고 했어요." 나는 고빈드에게 설명한다. "그애가 나한테 어떻게 사는지도 물어보고 내 기분도 물어보고 그랬어요. 나도 가끔 이모티콘을 보내서 인사했고요. 그런데 유명한 테러리스트 모집자라고요? 어디서 유명한데요? 난 아무것도 몰랐다고요."

고빈드가 날 본다. 나 같은 여자는 믿지 못하는 것이다.

"당신 집에서 발견된 석유 적신 천은 뭐죠?" 잠시 후 고빈드가 말한다. "기차에 던진 횃불에 사용된 것과 너무 똑같잖아요. 그건 뭔데요?"

"그건…" 나는 열심히 머리를 굴린다. "아마 어머니가 쓰는 청소용 걸레일 거예요. 석유가 기름기를 제거하니까요. 나도 몰라요! 처음 보는 거라고요."

경찰은 내가 테러리스트들의 방화를 도왔다고 말한다. 모집자라는 남자와 페이스북에서 채팅을 한 것은 물론 내가 웬 꾸러미를 들고 기차역으로 가는 걸 본 목격자들도 있다. 그 꾸러미가 석유통이었을 거란다. 불붙일 때 쓴 걸레나 막대였을 거란다. 어떤 목격자들은 내가 기차 쪽에서 도망 나오는 걸 봤단다. 아무 꾸러미도 들지 않은 채 말이다. 그들은 내가 누구랑 같이 있는 건 아무도 보지 못했으면서 내가 남자들을, 테러리스트들을, 국가의 적들을 내가 사는 빈민가의 이름 없는 골목들을 지나 그 저주받은 기차가 있던 곳까지 안내했다고 단언한다.

내가 결백을 주장하자 저들은 내가 페이스북에 올린 선동적인 글들을 지적한다. 우리 정부를 '테러리스트'라고 불렀다면서, 국가에 대한 충성심의 부재를 드러낸다는 것이다. 페이스북에 글 몇 줄 쓰는 게 범죄인가?

내가 경찰에 잡힌 뒤 서명한 서류를 고빈드가 내민다. 내가 자백했다고 하면서 말이다.

"그걸 믿어요?" 내가 항의한다. "저 사람들이 억지로 서명하게 했어요. 날 때렸다고요."

나는 방청석으로 몸을 돌려 어머니와 아버지를 찾는다. 내 머리를 쓰다듬어줄 손길을 간절히 바라면서도 어머니와 아버지가 이런 내 모습을 보지 않기를 원한다. 그분들은 이런 일을 감당 못 할 것이다.

그때 판사가 도착해 기소 목록을 읽는다.

"국가에 대한 범죄." 그가 말한다. "선동."

나는 그 말을 듣고 손을 들어 아니라고, 아니라고 손짓을 한다.

"책 몇 권 들고 갔던 거예요. 교과서들요." 내가 말한다. 사실인데 왜 이렇게 허술하게 들리지? "그건 내 물건이었어요. 교과서를 들고 빈민가에 사는 친구한테 갔던 거예요. 이름이 러블리예요. 그 애한테 물어보세요. 내가 몇 달 동안 영어를 가르쳐줬다고 말해줄 거예요."

뒤쪽에서 누가 코웃음을 친다. "그런 얘기는 기자한테나 해. 자선 활동을 하는 테러리스트라니! 백 점짜리 기사감이야! 언론에서 아주 좋아하겠네!"

판사가 그에게 퇴정시키겠다고 경고한다.

내가 다시 판사에게 말한다. "자백에 서명하라고 강요받았어요." 나는 상의를 걷어올려 멍든 배를 보여준다. 뒤쪽에서 사람들이 웅성댄다.

이번엔 판사가 내 말을 들으며 눈썹을 추켜올린다.

며칠 뒤 신문에 그날 아침 법정에 있던 내 모습을 그린 그림이 실린다. 머리를 땋은 여자 스케치다. 손에는 수갑을 찼지만 기도하듯 혹은 애원하듯 손을 들고 있다. 잘못 그린 거라고 나는 생각한다. 내가 수갑을 찼다고? 여자 몸의 다른 부분은 대충 스케치되어 벌써 썩기 시작한 듯했다.

지반의 부모

지반이 체포되고 한 시간도 안 돼 한 기자가 빈민가의 집을 찾아와 노크했다. 양철판 한 장짜리 문은 잠겨 있지 않아 훽 열렸다. 침대에 누운 지반의 아버지 옆에서 지반의 어머니가 앉아 접은 신문지로 남편에게 부채질을 해주고 있었다.

기자를 보고 지반의 어머니가 일어나 다가가 물었다. "누구세요? 경찰인가요?"

기자는 예의를 지켜 멀찍이서 녹음기를 들고 말했다. "〈데일리 비컨〉에서 왔습니다. 저는 푸르넨두 사르카르라고 하고요." 기자가 지갑을 열어 어머니에게 신분증을 보여주고 다시 뒷주머니에 넣었다. "따님이 왜 체포되었는지 아시나요?"

"경찰이 곧 와서 알려준다고 했어요. 지반을 어디로 데려간 거죠?"

기자의 눈에 어머니는 혼란스러워 보였다. 아무것도 모르는 것이다. 기자는 한숨을 쉬고 나서 녹음기를 끈 다음 아는 대로 얘기해주었다.

다 말하고 나서 물었다. "어머니, 제가 한 말 이해하셨어요?"

"내가 왜 이해를 못 하겠어요. 그 애 엄만데!"

어머니는 말하고 나서 남편을 돌아보았다. 허리가 아파 누워 있던 지반의 아버지는 뭔가 끔찍한 일이 일어나고 있다는 걸 이미 알고 있었다.

"지반에 대해서 뭐라고 하는데," 어머니가 울부짖었다. "이리 와서 좀 봐, 뭐라고 하는지!"

하지만 남편은 그 밤중 소동의 무시무시함을 감지하며 고개만 간신히 들었다. 바싹 마른 입술을 움직여 말을 하려다가 멈췄다. 턱이 떨렸다. 그러다가 팔을 들어 누가 좀 도와달라고 외쳤다.

밖에서 보드게임을 하던 사람 중 하나가 일어났다. 목에 종양이 불거져 있는 이웃 칼루였다. 그때쯤 더 많은 기자들이 도착했고 호기심 어린 군중이 집 앞에 모여들었다. 군중은 칼루의 외양에 두려움과 혐오를 느끼며 길을 내주었다. 칼루가 들어가면서 문을 닫자 모여든 기자들이 항의 소리를 내질렀다.

"어머니, 식사했어요?" 칼루가 말했다. "그럼 갑시다. 이 사람들이 지반 있는 곳을 안대요."

칼루가 어머니를 데리고 나와 자기 오토바이 뒤에 앉혔다. 어머니는 여학생처럼 옆으로 앉아 다리를 달랑거리며 기자들이 알려준 경찰서로 향했다. 지반의 어머니가 오토바이에서 내릴 때쯤엔 품에 안고 있던 봉투가 꽤 구겨져 있었다. 봉투에는 딸아이의 출생증명서, 자퇴 증명서, 소아마비 예방접종 확인증 등 보관하고 있던 서류가 전부 들어 있었다. 어두웠던 하늘이 파랗게 변했다.

잠시 후 딸이 잡혀 있다는 경찰서 입구에 도착했다. 그곳에도 기자들이 모여 있었다. 조명과 카메라도 있었다. 어떤 기자는 립스틱을 바르고 있고 어떤 기자는 담배를 발로 비벼 끄고 있었다. 경찰서 문은 장총을 멘 두 사람이 지키고 있었다. 경비들은 한 차례씩 기자들에게 물러서라고 고함쳤다. 그 때 말고는 문간에 기대어 잡담을 나눴다.

욕실 슬리퍼를 신은 구부정한 여자가 다가오자 경비들이 돌아보았다.

"멈춰요, 멈춰." 경비 하나가 말했다. "어딜 가는 거요? 경찰서인 거 안 보여요?"

지반의 어머니는 자식을 보러 왔다고 말했다.

"아들이 누군데요?" 경비가 짜증을 내며 물었고 다른 경비는 어슬렁거리며 한눈을 팔았다.

"딸이에요. 지반이라는 아이예요."

경비가 입을 떡 벌렸다. 테러리스트의 어머니가 나타난 것이다.

"지금은 안 돼요." 경비가 마침내 말했다. "구치소에 있는 동안엔 면회 금지예요."

테러리스트와 아무도 만나지 못하게 하라는 명령을 받은 경비는 어머니가 경찰서에 들어오지 못하게 막아섰다.

지반

아침 일찍 구치소 감방 앞에 남자 하나가 커다란 종이 한 장을 들고 나타난다. “피고인들!” 하고 외친다.

지저분한 남자들이 줄을 선다. 남자들은 뒤꿈치가 닳아 얇아진 슬리퍼를 신었고 러닝셔츠는 땀에 젖어 가슴에 달라붙었다. 한 명이 외친다. “이 줄 서면 오믈렛 주는 거요?”

몇 명이 웃는다. 웃음소리엔 생기가 없다.

몇몇은 아무 말 없이 이상한 눈빛으로 감방 안의 나를 뜯어본다. 나는 일 년 후 판결이 날 때까지 감옥에 있어야 한다.

책임자인 남자가 문을 따더니 고개를 집어넣는다.

“이봐, 아가씨! 특별 초대장이라도 필요해?”

나는 바닥에 앉아 있다 허둥지둥 일어난다. 다른 열 사람과 함께 경찰 밴에 탄다. 한 남자가 수갑 찬 손을 들어 내 가슴을 만지려고 해서 쳐낸다.

"손 치워!" 내가 외친다.

운전자가 나에게 조용히 하라고 소리친다.

그렇게 나는 구치소에서 지금의 감옥으로 이송되었다.

체육 선생

운동장은 네모난 콘크리트다. 가장자리에 줄줄이 심어진 야윈 나무들이 태양열에 시들어가고 그 뒤로 오 층짜리 학교 건물이 서 있다. 깃 달린 셔츠와 다림질한 바지를 입은 체육 교사는 콧수염이 구둣솔처럼 빽빽하고 정수리는 벗어져서 반들거린다. 땡볕에 서서 학생들에게 박자에 딱딱 맞춰 행진하라고, 팔은 경례 자세로 들고 발은 절도 있게 움직이라고 소리친다.

이 소녀들, 체육 교사의 학생들은 열세 살이다. 치마는 무릎까지 내려오고 브라 끈이 어깨에서 흘러내린다. 헐거워진 양말은 정강이에서 말려 내려간다. 하얀 운동화는 대부분 분필로 문질러 닦았다. 점점 등이 구부정해지고 칼날처럼 꼿꼿해야 할 팔이 흐느적거린다.

"텔레비전에서 군인들 행진하는 거 못 봤어?" 체육 선생이 행렬 사이를 지나가며 꾸짖는다. "그렇게 똑같이 해야지!"

공화국의 날, 이 정부의 수립을 기념하는 국경절이 다가오고 있는데 이래서는 안 된다. 학생 행진이라는 애국적인 날의 가장 애국적인 행사가 체육 선생의 책임하에 진행된다. 지리학이나 수학이나 화학, 심지어 가정학도 가르치지 않는 곁다리 교사인 그가 자신의 결과물을 학교에 선보이는 일 년 중 유일한 시간이다. 과연 그는 자신을 한심하게 생각한다. 이 여학교에서 유일한 남자인 그가 조회 시간에 고장 난 마이크를 고치러 올라가는 등 손재주가 필요한 일에 불려갈 때를 제외하면 늘 그렇다.

"조용!" 소녀들이 웅성거리자 체육 선생이 꾸짖는다. "엄숙!"

학생들이 조용해진다. 땅을 보며 웃음을 꾹 참는다.

구석에서 두 소녀가 나무 그늘에 앉아 쿡쿡 웃는다. 수업 시작 때 두 아이는 선생에게 다가와 각각 귀에 대고 속삭였다. "선생님, 생리를 시작해서요. 빠지면 안 될까요?"

체육 선생은 그들이 지난주에도 생리를 했던 것 같다고 생각하지만 확실치 않다. 인상을 찌푸리며 가슴 주머니에서 손수건을 꺼내 정수리와 이마, 코에서 땀을 닦아낸다. 달리 뭘 하겠는가?

며칠 후 저녁, 텔레비전 화면에서 '속보! 속보!' 자막이 깜빡거린다.

뉴스 진행자가 펜을 손에 들고 뉴스룸을 걸으며 기차 폭발에 연루된 젊은 여성이 체포되었다고 알린다. 이름은 지반이고 성은 아직 알려지지 않았다.

체육 선생은 저녁 식사 후 먹던 디저트 접시를 식탁에 쾅 내려놓고 허겁지겁 리모컨을 잡는다. 그 소리에 아내가 주방에서 나와 묻는다. "무슨 일이야?"

체육 선생은 입술에 손가락을 올리고 엄지로 음량 버튼을 눌러 텔레비전 소리를 키운다. 얼굴을 하도 가까이 대서 화면에 코가 닿을 지경이다. 그 안에, 되풀이되는 영상 속에, 경찰들과 기자들이 서로 밀치는 틈으로, 그 얼굴이, 허술하게 땋은 머리와 턱의 흉터가, 그가 아는, 아니 알았던 얼굴이 보인다. 여자는 허리가 아픈 노부인처럼 한 손을 등에 올리고 있다. 체육 교사의 콧수염이 얼굴에서 떨어질 것만 같다. "이것 좀 봐." 그가 아내에게 속삭인다. "세상에."

"아는 애야?" 아내가 말한다. "누군데?"

"이 어린 여성, 고작 스물두 살인 여성이," 한 기자가 골목 중간에 서서 큰 소리로 말하고 호기심 가득한 구경꾼들이 화면 안으로 비집고 들어온다. "바로 지금 제가 서 있는 빈민가에서 체포됐습니다. 콜라바간 빈민가, 그러니까 엿새 전 기차가 잔혹하게 공격당해 백열두 명이 사망한 테러가 일어난 콜라바간 기차역 바로 옆 빈민가입니다. 아시다시피 그 사건으로—"

체육 선생이 버튼을 누르자 채널이 바뀌고 지반이 또 나온다. 카메라가 지반의 얼굴을 클로즈업한다.

"이 무슬림 여성은 그 극악한 공격을 모의한 테러리스트들을 '도운' 혐의로 기소되었습니다—"

"이 여성은 국가에 대한 매우 심각한 범죄 혐의와 '더불어' 선동 혐의로 조사를 받았습니다. 이는 아주 이례적인—"

"이 여성은 유명한 테러리스트 분파 모집자와 페이스북에서 접촉한 것으로 알려졌습니다—"

체육 선생이 버튼을 눌러 또 채널을 바꾼다.

"그녀는 왜 조국에 대해 그토록 엄청난 증오를 가슴에 품게 되었을까요? 사회학자 프라카시 메라 교수를 모시고 소외된 젊은이들과 인터넷에 대해—"

체육 선생은 눈이 아플 때까지 텔레비전을 본다. 모든 영상과 분석을 하나하나 다 볼 때까지 눈을 떼지 않는다. 밖에서 자동차 경적 소리가 시끄럽다.

지반이 그의 학생이었던 시기는 그리 오래전이 아니다. 학교에서 무신경하게도 '자선 대상 학생'이라고 부르는 아이들 중 하나였던 그녀는 농구를 난생처음 하게 되었다. 하지만 직관적으로 규칙을 터득하고 활기차게 경기를 하면서 마음껏 팔다리를 움직이고 입을 크게 벌려 웃었다. 지반은 다른 학생들을 두렵게 했다. 카바디 같은 공격적인 구기 종목에도 자연스럽게 적응했고 체육 선생이 아이들에게 가볍게 피구를 시키면 실망하는, 아마도 유일한 학생이었다.

체육 선생은 지반의 열성적 참여를 보고, 칭찬을 받으면 꼭 다문 입술에 떠오르는 미소를 보고, 그녀에겐 다른 소녀들과 다른 의미의 체육 수업이 필요하다는 것을 이해했다. 그래서 지반의 흙 묻은 치마를 양해해주었다. 낡은 신발을 용서해주었다.

한번은 운동장에서 지반이 더위 때문에 쓰러졌을 때, 체육 선생은 그 기회를 이용해 그때부터 그녀에게 바나나를 주었다. 가끔 자기 점심 도시락으로 싸온 샌드위치나 사과도 주었다. 튀김 한 봉지를 준 적도 있다. 지반에겐 먹을 게 충분하지 않은 듯해서 걱정이 되었다. 체육 시간의 우수 학생이 병이 나게 할 순 없었다. 체육 선생은 이미 학교 행사 퍼레이드에도, 지역 대항 농구나 축구를 위한 훈련에도 지반을 염두에 두고 있었다. 자신처럼 운동선수로 자랄 재목이었다. 체육 분야에서 진정한 가능성을 보여준 학생은 지반이 처음이었다.

그런데 지반은 10학년 때 중학교 졸업 인증 시험을 보고 나서 학교를 떠났다. 체육 선생은 이유를 알 수 없었다. 수업료 때문이라고 짐작했다. 하지만 지반은 체육 선생에게 아무 설명도 하지 않았고 그가 지반을 도와주려 한 일에 대해 감사를 표하지 않았다. 별일 아니었지만 체육 선생은 무례하다고 생각했다.

그런데 정말 별일이 아니었나?

다시 생각하자 묵은 노여움이 반짝 되살아났다. 그는 지반을 멘티로 보았는데 지반은 그를 멘토로 여기지 않았다. 아마 가끔 공짜 음식을 주는 사람 이상으로 보지 않았을 것이다. 그녀는 그를 바보로 만들었다.

지친 시청자에게는 무심한 방송이 계속되었다.

“무엇이 이 평범한 여성, 지반이라는 이름의 젊은 여성을 테러리스트로 만들었을까요? 어떻게 해서 그녀는 반국가 활동의 길에 들어서게 되었을까요? 왜 테러리스트 집단과 함께 정부를 무너뜨릴 음모를 꾸미게 되었을까요? 뉴스 속보 이후에는—"

체육 선생은 지반이 그렇게 되었다는 것을 믿기 어렵다.

심장이 두근거린다. 그의 삶은 예전과 똑같은데, 재난에 가까운 이 사건이 그에게 충격을 안긴다.

이제 그는 안다. 예전부터 지반이 뭔가 잘못돼 있었음을. 그녀의 사고방식이 어딘가 잘못돼 있었음을. 그렇지 않았다면 자신을 아끼던 교사에게 말도 없이, 인사나 감사의 말도 없이 학교를 떠나지는 않았을 것이다.

지반

오늘 아침, 여자 감옥의 간수장 우마 마담이 우리를 깨운 뒤 나는 운동장에서 야시위를 발견한다. 깨끗한 노란색 샬와르 카미즈를 입은 야시위는 열 혹은 열두 집을 강도질했다. 그중 한 집에서 할아버지를 너무 단단히 묶어 질식사시켰다. 하지만 그녀는 착한 소녀고 늘 미소 짓고 있다.

야시위가 나를 위해 관우물에서 펌프질을 해준다. 팔짝 뛰어올랐다가 손잡이에 몸무게를 싣고 주저앉아서 오므린 내 손 위로 물이 돌덩이처럼 왈칵 떨어지게 해준다. 땅속 깊은 지하수층에서 끌어올린 그 차가운 물의 쨍한 맛을 입술로 느끼며 세수를 한다.

눈이 촉촉해지고 정신이 번쩍 들자 죄수들이 모여 있는 운동장 한쪽으로 빵덩이를 받으러 간다. 주먹만 한 감자 한 주걱이 올라간 빵과 양동이에서 국자로 떠준 차 한 컵을 받는다. 나는 한쪽에 서서 먹으면서 나보다 많이 받는 사람이 있는지 살핀다. 그런 일이 있었다. 또 그러면 나는 기꺼이 싸울 것이다.

하지만 지금은 아니다. 여자들은 잠기운이 다 가시지 않아 몽롱하고 하늘은 이제 막 밝았으며 발아래로는 땅 위에 핀 이끼가 축축하게 느껴진다. 새장 안만큼 평화로운 곳이다.

아침 식사 후에는 모두 텔레비전실로 모인다. 내 옆에 니르말라디가 앉는다. 두파타를 머리에 뒤집어쓰고 천 끝을 이로 물고 있다. 아기가 젖꼭지를 빨듯 천을 빤다. 밖에서는 요리사로 일했는데 이만 루피를 받고 어느 가족의 점심 식사에 쥐약을 넣었다. 뒤에는 애꾸눈 칼키디가 있다. 얼굴 반쪽이 불에 탄 그녀가 크게 웃어서 돌아보니 벌어진 잇새가 보인다. 남편이 그녀에게 염산을 뿌렸는데 어떻게 해선지 그녀가 감옥에 있다. 여자가 되면 이런 일들이 일어난다.

소문들이 떠돈다. 우리 중에는 침대에서 아이를 죽인 여자, 학대하는 남편의 목을 그은 여자도 있다. 나도 몇 가지는 알고 있지만 아예 알고 싶지 않은 경우도 있다.

텔레비전에서 우리가 제일 좋아하는 드라마 〈시어머니는 왜 나를 사랑하지 않을까?〉가 나온다.

수감 첫날에도 이 끝없는 드라마가 방영 중이었다. 여기 텔레비전실에서 나는 질문을 퍼부었다. "저기, 언니는 국선 변호사를 어떻게 했어요? 혹시 더 좋은 사람으로 구했어요? 변호사 비용은 얼마나 해요?"

아무도 대꾸하지 않았다.

시선들은 전부 텔레비전에 고정되어 있었다.

뭐야 여기? 그래도 나는 말을 계속했다. "난 결백해요. 맹세하지만 난 절대—"

돌아보는 여자들도 있었다. 그들의 얼굴, 빼드렁니며 링 귀고리를 너무 오래 매달고 있어서 갈라진 귓불은 너무나 인간적이었지만 한 명 한 명은 완전히 낯설었다. 세상에 아는 사람이 아무도 없는 기분이었다.

나는 울었다. 나는 어린애였다.

그제야 모두가 텔레비전에서 눈을 떼고 돌아보았다. 피부가 얼룩덜룩한 여자가 이 감옥의 대장 격이라는 걸 그때 이미 감지했다. 그 여자가 텔레비전 코앞의 바닥 자리에서 일어나더니 거들먹거리며 다가왔다. 여기 흑백텔레비전을 컬러로 바꿔준 장본인이라고 들었다. 분홍 피부 때문에 미국인 언니라는 뜻의 아메리칸디로 불리는 그녀가 내 턱을 잡았다. 어머니처럼 부드러워 난 잠시 안도감과 자신감을 느꼈고 눈물을 닦았다. 그러자 그녀가 내 따귀를 갈겼다. 가죽처럼 질긴 손이 귀를 적중해 윙윙 울렸다.

"장님이야 뭐야?" 그녀가 말했다. "우리 텔레비전 보는 거 안 보여?"

이제 나는 다른 이들처럼 입을 벌리고 텔레비전을 본다. 내가 보는 건 그냥 텔레비전이 아니라 세상이다. 차들의 불빛, 우산, 창턱에 내리는 비. 길을 건널 단순한 자유 같은 것들이다.

여기 오기 전에 나는 직장인이었다. 큰 쇼핑몰의 직원으로, 인도식 옷과 서양식 옷을 모두 팔았고 향수, 손목시계, 심지어 책도 몇 권 있어서 고객들이 들춰보고는 다시 선반에 놓곤 했다. 매일같이 나는 긴 근무 시간 동안 옷을 잘 개고 깔끔하게 쌓아 정돈하고 탈의실에서 소리를 지르는 여자들에게 다른 사이즈의 옷을 가져다주었다. 나는 그들이 나를 안 볼 때 그들을 보았다. 그들의 매끄러운 머리칼과 페디큐어를 칠한 발을. 마르지 않는 돈의 원천인 작은 플라스틱 카드가 든 그들의 지갑을. 그 전부를 나도 원했다.

테러리스트 모집자가 나에게 돈을, 그것도 많은 돈을 제안하며 지도에 안 나오는 빈민가 골목골목을 안내해주고 기차까지 석유를 가져다달라고 했단다.

나는 콜라바간 기차역 근처 콜라바간 빈민가에서 어머니 아버지와 산다. 살았다. 우리 집은 벽돌을 쌓아올린 벽 두 면과 양철과 방수포로 막은 벽 두 면으로 된 단칸방으로, 쓰레기장 뒤에 있다. 아주 큰 쓰레기장인 데다가, 까마귀들이 진을 치고 새벽부터 밤까지 깍깍 비명을 질러대는 곳으로 유명하다. 내가 "그 쓰레기장 뒷집에 살아요"라고 말하면 다들 어딘지 알았다. 랜드마크 구역에 산다고도 할 수 있다.

러블리라는, 아이들과 신혼부부들을 축복하고 다니는 히즈라도 콜라바간 빈민가에 사는데, 나는 가끔 저녁때 그녀에게 영어를 가르쳐주었다. 문맹자를 한 사람씩 맡아 글을 알려주는 학생 의무 프로그램 때문에 시작했지만 학점을 이수받은 후에도 우리는 오래 수업을 이어갔다. 러블리는 자신이 언젠가 더 나은 삶을 살게 될 거라고 믿었고 나도 그랬다. 진도는 a-b-c-d에서 시작해 cat-bat-rat으로 이어졌다. 영어는 현대 세계의 언어다. 영어 없이 어떻게 출세할 수 있을까? 우린 계속해나갔다.

그리고 나도 위로 올라가고 있었다. 그러니 내가 절반만 벽돌집인 곳에서 살면 어떤가? 나는 배추를 먹는 사람에서 닭을 먹는 사람이 되었다. 화면이 큰 스마트폰도 생겼다. 내 월급으로 산 것이었다. 할부로 산 기본 기능만 있는 스마트폰으로, 화면은 불안정했고 요금은 그때그때 충전하는 방식이었다. 하지만 이제 나는 이 동네보다 더 큰 세상에 연결되었다.

주방 일을 하러 가다가 피클 만드는 방 안을 엿본다. 여자 여섯 명이 밖에서 팔 라임 피클과 양파 피클을 만들고 있다. 오랫동안 망가진 물건을 임시로 보관하는 창고였던 곳을 우리 감옥 사업가 아메리칸디가 푼돈이나마 벌 수 있게 이런 작업실로 만들어냈다. 페인트칠을 하고 전등까지 단 방에서는 이제 탁자마다 단지가 늘어서 겨자 냄새를 풍긴다. 모날리사가 나를 보더니 장갑을 벗고 세모나게 자른 라임 조각을 건넨다. 짙고 시다. 며칠 전 그녀의 딸에게 벵골 문자를 가르쳐주었다. '파우 화우 바우 봐우 마우.' 절인 라임 향기에 침이 고인다. 소금과 산이 혀를 간지럽히고 나는 그 시큼한 맛을 씹어 삼킨다.

체육 선생

수업이 끝난 뒤, 바짓단이 흙투성이가 된 체육 선생은 가방을 겨드랑이에 끼고 학교를 나선다. 좁은 골목에 몰려 있던 소녀들이 체육 선생을 위해 갈라진다. 학생들이 여기저기서 외친다. "좋은 오후 되세요, 선생님!"

체육 선생은 고개를 끄덕인다. 이 소녀들, 겨우 몇 시간 전에 연습시킨 이 아이들은 치마를 올리고 머리칼을 돌돌 말아 정수리에 묶었다. 손가락은 절인 과일로 끈끈하다. 남자애들 이야기를 하고 있다. 선생은 더 이상 이 소녀들을 알 수 없다. 안 적이 있었는지도 모르겠다.

골목에서 큰길로 나가자 굉음을 내며 지나가는 트럭 행렬에 체육 선생은 소스라친다. 셋, 넷, 다섯 대가 바람의 비명을 일으키며 지나간다. 덮개를 씌우지 않은 트럭 짐칸에는 빼빼 마르고 수염이 난 젊은 남자들이 열렬한 애국심을 나타내는 사프란색 깃발을 흔들며 앉아 있다. 남자 하나가 입에 손가락을 끼우고 휘파람을 분다.

기차역에서 체육 선생은 늘 서는 자리에 서서 일반석 차량의 문이 자기 앞에 멈추길 기다린다. 몸을 기울여 선로 앞쪽을 내다보는데 스피커에서 안내 방송이 나온다. 기차가 삼십 분 늦는단다.

"삼십 분이라면 최소 한 시간이라는 뜻이잖아!" 승객 하나가 불평한다. 승객은 한숨을 쉬고 돌아서더니 어디로 가버린다. 체육 선생은 휴대폰을 꺼낸다. 중국 회사에서 제조한 커다랗고 네모난 휴대폰으로 아내에게 전화를 건다.

"저기, 기차가 늦는대." 체육 선생이 말한다.

"뭐?" 아내가 외친다.

"늦는다고! 기차가 늦어! 들려?" 체육 선생도 외친다.

바로 몇 주 전 테러 공격 이후 아내는 '기차'라는 말만 꺼내도 놀란다. "이번엔 뭐래? 괜찮은 거야?"

"아무 일 없어! 괜찮아! '기술적 결함'이래."

체육 선생은 휴대폰을 귀에 붙이고 주변 상황을 점검한다. 승객들이 뛰어오다가 연착 소식을 듣고는 천천히 흩어진다. 오늘 자 신문을 바닥에 펴고 앉아 쉬는 사람들에게 한 소녀가 오이 피클을 판다. 체육 선생의 귀에 대고 아내가 말한다.

"알았어. 그럼 토마토 반 킬로그램만 사올 수 있어? 기차역 밖에 그 시장 있잖아."

배우자는 늘 나의 시간을 쓰는 방법을 알고 있다. 삼십 분쯤은 그냥 혼자 즐길 수 없는 걸까? 차를 한잔 마시고 플랫폼에 앉아 쉬면서 말이다.

체육 선생은 토마토를 찾아 나선다. 기차역 밖 도로에선 늘 택시와 버스가 빵빵거리며 욕하고 서로의 사이드 미러를 거의 긁을 뻔하다가 결국 전부 멈춰 선다. 오토바이 운전자들은 오토바이를 발로 밀며 나간다. 체육 선생은 손바닥으로 담배를 비비던 남자에게 근처 들판에서 국민복지당의 집회가 열린다는 말을 듣는다. 국민복지당은 지금 제1야당이다. 영화배우 케이티 바네르지가 그 집회에서 연설을 한단다.

케이티 바네르지라니! 체육 선생은 생각한다. 자, 이제 남은 이십 분을 토마토를 찾으며 보낼 것인가 아니면 유명한 케이티를 먼발치서나마 볼 것인가? 토마토는 어디서든 살 수 있다. 사실 집에서 십 분 거리 동네 시장에서도 살 수 있다.

왜 아내는 거기 가지 않는 걸까?

그래서 체육 선생은 들판으로 간다. 길을 따라 가다가 나대지가 시작되고 풀이 밟혀 흙이 드러난 곳에 군중이, 천 명도 더 돼 보이는 남자들이 낯익은 사프란색 깃발을 흔들어대고 있다. 휘파람을 불고 박수를 친다. 어떤 남자들은, 벌써 재빠르게 판매대를 세운 푸츠카 장수, 바삭한 껍질에 양념 감자를 채운 간식 행상 주위에 모여 있다. 고수와 양파 향이 풍긴다. 남자들의 이마에, 심지어 푸츠카 장수의 이마에도 모두 붉은 자국이 보인다. 신에 대한, 나라에 대한 경배의 표시다. 이마에 신성함을 표시한 남자들이 바지 아랫단이 맨발 밑으로 말려들어간 채 무슨 일이 일어나는지 보려고 자꾸 깡충거린다. 무대는 멀리 떨어져 있다.

"이봐요, 동생." 체육 선생이 어느 젊은 남자에게 말을 건다. 자신의 친근한 말투에 스스로 놀란다. "저기 있는 게 정말 케이티 바네르지예요?"

젊은이가 체육 선생을 보더니 조그만 정당 깃발이 가득 든 식료품점 봉지에서 하나를 꺼내 건네고는 누군가를 부른다. "이리 와봐, 여기!" 소리를 지르자 곧 한 남자가 서둘러 붉은 인주 접시를 들고 온다. 그는 엄지를 인주에 대고 누르더니 체육 선생의 이마에 찍는다. 눈썹에서 머리선까지 붉은 표식을 그린다. 체육 선생은 그저 받아들이는 수밖에 없다. 어른의 축복을 받는 아이처럼.

그렇게 표식을 받고 정당 깃발을 손에 든 체육 선생은 좀 더 잘 듣기 위해 앞으로 나간다. 무대에는 정말 풀 먹인 면 사리를 입은 영화배우 케이티 바네르지가 있다. 그녀 역시 이마에 신성한 붉은 점을 찍었다. 그녀는 연설을 끝맺으며 두 손을 들어 나마스테를 전한다. "여러분 모두 먼 동네에서 오셨지요. 그래서 더 감사합니다. 집에 안전히, 조심히 돌아가세요."

마이크가 지직거린다. 군중이 함성을 지른다.

배우가 무대를 떠나자 마이크는 정당의 이인자가 차지한다. 155센티미터가 안 되는 키의 비말라 팔은 단순한 하얀 사리를 입었고 손목에 찬 금속 시계는 햇빛에 반짝거린다. 군중이 조용해진다. 체육 선생은 깃발을 들어 얼굴에 그늘을 만들었다가 메고 있던 작은 가죽 가방으로 바꿔 해를 가린다. 훨씬 낫다.

마이크를 잡은 비말라 팔이 부르짖는다. 그녀의 말이 스피커에서 우렁우렁 울린다. "우리는 정의를 찾을 것입니다… 입니다! 이 비열한 기차… 기차 공격으로 빼앗긴… 빼앗긴 목숨들을 위해… 위해! 저는 여러분께 약속합니다… 합니다!"

사망자들을 위해 잠시 묵념한 뒤, 메아리가 사라지길 기다려가면서 비말라는 계속 말한다. "현 정부는 우리 민중을 제대로 먹이지 못합니다! 우리 게으른 정부와 정반대로 근면한 국민복지당은 열네 개 지역에 킬로당 삼 루피로 쌀을 공급했습니다! 우리가 플라스틱과 자동차 공장을 들여온 덕분에 최소 만 오천 개의 일자리가 생겼습니다—"

체육 선생이 연설을 듣는 중에 하얀 러닝셔츠를 입은 남자 하나가 일어나서, 아니 군중에 의해 밀어올려져서 앞쪽에 있는 지프 후드 위로 올라간다. 체육 선생은 그때까지 지프가 있는지 몰랐는데 그러고 보니 웬 자동차가 무대에서 꽤 떨어진 들판 가운데 서 있다. 남자가 지프의 후드 위로 올라가 서서, 들어 올린 팔들과 벌어진 입들과 누런 치아들을 살펴본다. 그런 다음 차 지붕 위로 올라가자 군중이 자동차를 밀고 치며 흔들어댄다. 그들의 격렬함과 웃음이 매끄러운 차체 위로 쏟아진다.

"만 오천 일자리!" 군중이 합창한다. "만 오천 일자리!"

흥분한 것인지 그냥 행사 진행자들의 지시에 따른 것인지는 알 수 없다. 취재 온 방송국 카메라들도 이 장면을 찍을 게 분명하다.

"여러분이 매일 희생하고 있다는 걸 압니다!" 비말라 팔이 마이크에 대고 외친다. "그런데 무엇을 위해 희생합니까? 여러분은 더 많은 기회를 가질 자격이 있지 않나요? 우리 당은 여러분이 그런 일자리를 얻을 수 있도록, 여러분 덕분에 생긴 이익을 여러분이 얻어낼 수 있도록, 여러분의 아이들이 빠짐없이 학교에 갈 수 있도록 함께 싸울 것입니다!" 비말라 팔이 허공에 주먹을 내지른다.

지켜보는 체육 선생은 자기도 모르게 감전된 것 같다. 텔레비전에서만 봐왔던 도시 바깥의 시골 사람들이 여기 실제로 나타났다. 그들에 대해 아는 것이라고는 그들 마을엔 일자리가 없을 뿐 아니라 포장도로조차 없다는 것이다! 공장이 문을 닫았을 뿐 아니라 고철을 뜯어내 팔 수 없도록 회사 경비원들이 지키고 있다는 것이다!

"이 나라가 여러분의 것임을 기억하세요. 이 나라는 큰 차를 타고 다니는 회사 사장이나 고층 건물에 사는 부유층 몇몇의 소유가 아닙니다! 여러분의 것입니다!" 비말라 팔이 말을 마친다. "반데 마타람!"

모국을 찬양하라!

자동차 위에 올라선 남자도 소리친다. "반데 마타람!"

체육 선생은 저 남자가 다른 수백 명의 사람들과 함께 시골 마을에서 여기까지 트럭을 타고 왔다고 생각했을 것이다. 굶주린 배가 공짜 닭과 쌀 상자에 낚인 거라고, 열성이 한나절 동안 매수된 거라고, 여기 실업자들에게 이 집회는 하루짜리 일감과 비슷한 거라고 생각했을 것이다. 시장이 시골 사람들을 못 먹이니 정당이 먹이는 것이다.

하지만 저 남자의 외침은 체육 선생의 팔에 난 털을 곤두서게 만들었다. 저게 어디가 가짜인가?

자동차 위의 남자가 셔츠를 들어 올려 허리띠에 끼워둔, 천에 감긴 단도를 드러낸다. 손잡이를 잡고 높이 들어 보인다. 칼날이 햇빛에 번쩍인다. 차 주변에서 어떤 남자가 춤을 추자 다른 남자도, 또 다른 남자도 체면도 잊고 제멋대로 춤추기 시작한다.

단도는 계속 하늘을 가리키며 들판 위의 태양이 되고, 그 장면을 바라보던 체육 선생은 놀라고 흥분해 꼼짝 못 한다. 단도를 들고 춤을 추는, 영화 속 영웅처럼 지프 위로 올라간 이 남자는 얼마나 고양되어 있는가. 체육 선생의 동료 교사들과 얼마나 다른가. 얼마나 자유로운가.

사람들이 지치기 시작하자 진행자가 알린다. "형제자매 여러분! 집으로 가는 버스가 저기 있습니다! 서두르지 마세요!

밀치지 마세요! 모두 공짜로 집에 갈 수 있습니다!"

체육 선생은 기차역으로 돌아간다. 연착된 기차는 이미 떠났고 다음 기차에 올라타 통로석을 찾아 엉덩이를 밀어 넣는다. 세 명 자리에 다섯 번째로 끼어 앉는다. 발이 아프다. 생각해보니 거의 종일 발로 몸무게를 지탱했다. 누군가 사람들을 밀치며 자루를 끌고 지나가다 그의 발가락을 치지만, 체육 선생이 뭐라고 하기도 전에 사라진다. 그다음에는 여자 하나가 핸드백을 들고 옆에 선다. 여자의 배가 체육 선생의 귀 바로 옆까지 튀어나왔고 핸드백은 여차하면 체육 선생의 얼굴을 강타할 것 같다. 이 와중에 쌀 뻥튀기 간식인 무리 장수가 지나가며 "무리, 무리!" 외친다. 체육 선생은 신음한다.

"허구한 날 중에 하필 오늘!" 여자의 큰 목소리가 그의 머리 위쪽에서 터져나온다. "연착에다가 설 자리도 없는데 꼭 여기서 무리를 팔아야겠어?"

"완전 고문이야." 또 다른 목소리가 체육 선생 뒤쪽 어딘가에서 나온다. "이런 통근이 바로 매일 당하는 고문이라고!"

"여기요, 여기. 무리 장수," 누가 이의를 제기한다. "두 개만 줘요."

"여기도 하나요!" 또 다른 사람이 부른다.

무리 장수는 겨자기름, 다진 토마토와 오이, 렌틸콩 양념

튀김, 쌀 뻥튀기를 캔에 넣는다. 그런 다음 거꾸로 들고 흔든다. 마지막으로 신문지로 만든 그릇에 음식을 쏟는다.

체육 선생의 위가 꾸르륵거린다. 엉덩이를 들면서 지갑에 손을 뻗는다.

"이쪽도 무리 하나요!" 체육 선생이 말한다. "얼마요?"

무리 장수가 큰 그릇을 만들어 무리를 수북이 쌓아준다.

"돈은 걱정 마요." 체육 선생에게 그릇을 건네면서 말한다. "당신은 공짜요."

"공짜요?" 체육 선생이 웃으며 그릇을 들고 정말 먹어도 되는 건지 어리둥절해한다. 그러다 기억이 난다. 이마의 빨간 자국, 무릎 위의 정당 깃발이. 다른 승객들이 체육 선생을 빤히 응시하는 게 느껴진다. 이 VIP가 누군가 하는 것이다.

집에 와서 저녁을 먹은 체육 선생은 의자에 기대앉아 소스 묻은 손가락을 접시 위에 올려놓고 아내에게 말한다. "오늘 이상한 일이 있었어. 듣고 있어?"

아내는 마른 몸에 키가 작으며, 곱슬거리는 머리칼은 땋아 놓으면 풀리지 않아서 따로 묶을 필요가 없다. 자리에 앉아 남편을 보는 표정으로 보아 토마토를 잊은 걸 용서한 듯하다.

학교에서 무슨 일이 있었나, 아내는 생각한다. 가슴이 자라고 생리 기간에는 배가 뭉치며 치마가 얼룩지기도 하는 소녀들에게 체육을 가르치는 남자. 안 좋은 일은 일어나게 되어 있다.

“무슨 일이야?” 아내가 걱정스레 묻는다.

“기차역 뒤 들판에서 국민복지당 집회가 있었어.” 남편이 말을 시작한다. “거기서 한 남자가 차에 올라가서, 상상이 가? 차 지붕 위로 올라갔는데 그러고 나서… 뭘 꺼냈는지 알아?”

“내가 어떻게 알아?” 아내가 말한다. 우유 과자 하나를 깨물자 하얀 부스러기들이 접시에 떨어진다. “총?”

“단도였어!” 남편이 김이 빠져서 말한다. 진실은 늘 소박하다. 남편은 이야기를 계속한다. “하지만 케이티 바네르지가 왔었어—”

“케이티 바네르지가!”

“비말라 팔도 왔고. 당신이 뭐라든, 훌륭한 웅변가야. 옳은 말도 좀 하더라. 좋은 연설이었어.”

아내의 표정이 일그러진다. 의자를 밀면서 일어나는 바람에 마루가 긁힌다. “연설, 연설. 그 여자는 실업자들을 전부 이용해먹고 있어. 그래서 우리나라에 발전이 없는 거야.”

남편이 말한다. “값싼 쌀로 많은 사람들을 먹이고 있던데.

그리고 이백 군데 시골 마을에, 이 년 내에 이백 곳에 전기를 공급할 거래—"

"당신," 아내가 말한다. "다 믿는구나."

체육 선생이 미소를 지어 보인다. 아내가 주방으로 가버리자 체육 선생은 일어나서 손에 묻은 터메릭 소스를 씻어내고 한때 희었던 수건에 손을 닦는다.

아내의 기분은 이해한다. 텔레비전 뉴스만 보면 회의적으로 보게 되기 쉽다. 하지만 평범한 사람들이 일자리, 임금, 토지에 대해 걱정하는 게 뭐 그렇게 잘못인가? 그리고 체육 선생이 학교 일 말고 다른 걸 좀 한 게 뭐 그리 잘못인가? 오늘 그는 뭔가 애국적이면서 의미 있고, 무관심한 여학생들을 훈련시키는 것보다 더 큰 일을 했다. 그리고 그건, 침대에 누워 윙윙 울리는 마음에 좀처럼 잠들지 못하다 깨달았는데, 흥분되는 일이었다.

지반

감옥에 들어오는 며칠 묵은 신문들에서는 내 인생을 여러 버전으로 써놓았다. 내가 콜카타의 세알다, 살푸르, 초비그람 지역에서 자랐단다. 나의 아버지는 소아마비와 암을 앓고 팔다리 중 하나를 절단했다고 한다. 아버지는 원래 호텔 요리사였다. 아니, 시청 공무원이었다. 아니, 실은 전력 회사의 검침원이었다. 그들은 내 어머니의 아침 장사에 대해서는 알아내지 못했다. 가정주부라고 써놓은 게 다였다.

“저기,” 내가 감방 메이트 아메리칸디에게 말한다. 그녀와 같은 방을 쓰게 된 이유는 간단하다. 그녀가 유명 테러리스트와 같은 방을 쓰겠다고 했단다. “〈데셰르 포트리카〉 말로는 내가 콜센터에서 근무했대요. 그러곤 엉뚱한 사람 사진을 실었어! 남자랑 오토바이에 타고 있는 사람 사진을. 난 오토바이를 타본 적도 없어요."

한낮, 목욕 시간 후라 나의 감방 동료는 사리를 허벅지까지 올리고 셀프 마사지를 한다. 손가락으로 종아리를 위아래로 문지른다. 구불구불한 핏줄이 홍수 난 강 같다.

"기자들은 아무 말이나 써대." 아메리칸디가 말한다. "나는 말이야—"

그녀의 사연은 듣고 싶지 않다.

"거리에서 들은 거예요." 내가 말한다. "들은 걸 그냥 써버린 거죠."

"마감이라는 게 있잖아." 아메리칸디가 말한다. "마감을 놓치면 해고돼. 질문할 시간이나 있겠어?"

"게다가 이런 말도 있어요." 내가 계속한다. "동네 인터넷 카페 직원 말로는 지반이 파키스탄 번호로 전화를 자주 했대요. 왜 이런 거짓말을 하는 거죠?"

아메리칸디가 나를 본다. "널 안 믿는 사람이 많은 거 알지? 나만 해도 온갖 얘길 들었어. 너희 집에 석유가 있었고, 네가 기차역에 갔고, 테러리스트 모집자랑 친구였다고. 정말이야?" 아메리칸디가 한숨을 쉰다. "하지만 왠지 난 네가 나쁜 사람 같지 않아."

나는 울음이 차올라 목이 멘다.

"있지," 아메리칸디가 말한다. "이런 말 하면 안 되는데, 기자들이 너랑 인터뷰하려고 문을 때려 부순 거 알아?"

나는 눈물을 훔치고 코를 푼다. "어느 신문이요?"

"〈타임스 오브 인디아〉! 〈힌두스탄 타임스〉! 〈스테이츠먼〉!" 아메리칸디가 말한다. "모든 신문이 돈을 걸었어. 엄청난 돈을, 너랑 인터뷰 한번 하려고 말이야. 그랬다고 하더라. 하지만 우마 마담은 전부 거절할 수밖에 없어. 위에서 압력을 받으니까."

"난 인터뷰할 권리가 있어요!" 내가 외친다.

아메리칸디가 한 대 칠 듯 자세를 취한다. "조용히 해! 그래서 내가 이 썩은 곳에서는 아무한테도 친절하게 안 구는 거야."

아메리칸디는 내가 빨아서 개어놓은 사리 네 벌 중 하나를 집어 든다. 사리를 몸에 감고는 주름을 잡아 끝부분을 옷 속에 끼워 넣는다. "너한테 권리가 있다고?" 아메리칸디가 사리 속에서 발길질을 하며 주름을 정리한다. 그리고 미소 지으며 남은 말을 생략한다.

"인터뷰하고 싶어요." 나는 나직이 말한다. "고빈드가 날 위해 하는 일이 뭐죠? 마지막으로 만난 게 언제인지도 모르겠어요. 전화도 한 통 없고."

신문기자나 텔레비전 카메라에 대고 얘기하기만 하면 사람들도 이해하지 않을까? 어두운 복도에서 벌레들이 날개를 버석대고, 천장 석고가 구름처럼 부풀어 오른 틈에서 떨어지는 물방울로 비 소식을 알게 되는 이곳에서 나는 매일 버티고 있다. 며칠이 몇 주가 되었는데도 여전히 난 건물 배수로 앞에 무릎을 꿇고 아메리칸디의 잠옷을 빤다. 모두가 월경 천을 빠는 곳이라 철분 냄새가 올라온다. 고빈드의 계획을 기다린 게 바보였다는 걸 이젠 알겠다. 그가 국선 변호사일지는 모르지만 나의 변호인은 아니다.

그래서 내가, 우리 모두가 여기 있는 거라고 생각한다. 아메리칸디만 해도 그렇다. 그녀는 거리에서 목걸이를 잡아채려는 남자를 밀었다. 남자는 넘어져서 머리를 바닥에 부딪쳤다. 그대로 혼수상태에 빠졌고 법원은 아메리칸디에게 십 년인가 그 이상인가 되는 엄청난 금고형을 내렸다. 자기 이야기를 할 기회가 주어졌다면 그녀의 인생이 이렇게 되었을까?

다음 날 아침, 아메리칸디가 돌처럼 거친 얇은 수건과 목숨 바쳐 지키는 향 좋은 물비누 병을 챙겨 목욕을 하러 간다.

“저기,” 하루가 새로 시작되어 아메리칸디의 기분이 망쳐지기 전 내가 말한다. “뭐 하나만 부탁해도 될까요?”

나는 보고 있던 신문을 들어 보인다.

“기자한테 말 좀 전해줄래요?” 〈데일리 비컨〉이라는 신문을 펼쳐 푸르넨두 사르카르라는 이름을 본다. “이 푸르넨두 사르카르라는 사람에게 와달라고 해줄래요? 어머니 말로는 이 남자가 집에 왔었는데 도움이 되었다고 그랬어요.”

아메리칸디는 샤워 슬리퍼를 찾는다.

“좋은 계획이야!” 아메리칸디가 비꼬며 말한다. “나랑 무슨 상관이지?”

아메리칸디가 멈춰서 나를 돌아본다. 잠깐의 관심은 확보했다. 더 이상은 힘들다.

“돈,” 내가 아메리칸디에게 말한다. “인터뷰하면 준다면서요. 많은 돈을 준다고 하지 않았어요? 당신이 다 가져요. 재판장도 어쩔 수 없을 거예요. 만일 언론이—”

“너 정말 잘난 척을 좋아하는구나.” 아메리칸디가 말한다. “내가 ‘전부’ 가지라고?”

“한 푼도 남김없이.”

“언제 그렇게 부자가 되셨어?” 그녀가 말한다.

체육 선생

경찰과 얽혀봐야 좋을 게 없다. 모두 아는 사실이다. 도둑을 잡으면 두들겨 패서 공포심을 심어주고 놔주는 게 낫다.

하지만 이 자는 평범한 도둑이 아니다. 사람들이 가득한 기차를 공격한 여자다. 직접적으로든 간접적으로든 그녀는 백 명 이상을 죽였다. 텔레비전 채널들에서 보도하길 그녀는 감옥에서 침묵을 지키고 있다고 한다. 인터뷰도 전혀 하지 않는다. 그 어떤 자세한 이야기도 하지 않고, 억지로 서명했다고 주장한 자백 이외에는 아무 정보도 내놓지 않는다. 자기는 결백하다며 저항하는 중이다.

경찰은 진척을 보려고 필사적으로 지반의 친구들과 지인

들에 대한 탐문을 계속하고 있다. 아무도 괴롭힘당하지 않을 것이라고 약속하면서. 경찰은 그저 테러리스트의 성격에 대한 통찰과 사건을 해결할 단서를 얻으려는 것뿐이다. 사건에 관계된 남자들은 국경을 빠져나가 도망쳐버린 지 오래다. 지반이 유일한 희망이다.

그래서 어느 날 아침, 체육 선생은 아내의 격려를 받으며 배를 든든히 채우고 새로 세탁한 옷을 입고 성긴 머리를 빗은 다음 지역 경찰서에 전화한다. 근무 중이던 서장은 영어로 말하길 고집하며 바로 경찰서로 오라고 요구한다. 체육 선생은 그의 말대로 한다. 온통 생각에 골몰한 채 기차역까지 반쯤 가서야 실내용 슬리퍼를 신고 왔다는 걸 깨닫는다.

지반

어머니는 처음 면회를 왔을 때 간수에게 집에서 만든 음식을 잔뜩 담은 찬통을 전하며 울었다. 혹시 내가 받을 수 있지 않을까 싶어서 어머니는 음식을 갖다주고 또 갖다주었다. 그래서 내가 말했다. "왜 간수들에게 요리를 해줘요?"

그때 어머니가 우는 것을 보았다. 내 눈은 말라 있었다.

오늘 어머니는 내 부탁으로 요리한 음식이 아닌, 입구를 여민 작은 주머니를 나에게 건네준다. 황금 기름, 기 버터가 가득 찬 주머니다.

"이걸로 뭘 하려고?" 어머니가 묻는다.

나는 답해준다.

어머니가 떠난다. 모든 어머니가 갔고 남은 하루가 우리 앞에 늘어진다. 운동장에서 세 여자가 이를 드러낸 채 머리를 풀어헤치고 싸운다. 우유 과자가 사라졌다며 소리를 지른다.

남은 하루 동안 우리는 소리 소문 없이 쓰러지고 죽어가지만, 감옥 내부는 손이 닿지 않는 장소라는 말을 특히 우리 어머니들한테는 할 수가 없다. 운동장과 정원과 텔레비전실이 있어도 마찬가지다. 간수들은 우리가 잘 살고 있는 거라고, 남자 감옥보다 훨씬 좋다고 되풀이해서 말한다. 그런 말을 들어도 우리는 우물 바닥에서 사는 기분이다. 우리는 개구리다. 우리가 어머니에게 간신히 할 수 있는 말은 "난 괜찮아요, 잘 지내요"다.

우리는 말한다. "정원 산책 하면서 지내요."

"텔레비전 봐요."

"내 걱정은 마요. 난 괜찮아요."

주방에서 내 일은 로티[납작한 빵] 만들기. 열 개씩 구울 수 있는 커다란 번철을 담당하고 있다. 여자 하나가 반죽을 하고, 또 다른 여자가 그걸 동그랗게 떼어낸 다음 누르고, 몇몇이 그걸 둥글납작하게 밀어 번철에 올리면 내가 굽는다. 다 되면 긴 부젓가락으로 들어 번철 옆 돌판 위에 뒤집어놓는다. 그러고 나면 두 사람이 밀가루를 털어내고 쌓는다.

백스무 개의 로티를 만들고 난 다음, 나는 번철에 기 버터를 부었다. 호화로운 향이 풍겨나, 깃털로 만든 침대에서 자거나 우리나라 고대 여왕들처럼 우유 목욕을 하는 기분이 든다. 정제된 버터 웅덩이 속에서 반죽을 뒤집고 가장자리를 바삭하게 굽는다. 빵이 부풀고 갈색 반점이 생긴다.

한 접시를 우마 마담에게 가지고 간다. 그녀는 변변찮은 왕국의 통치자처럼 운동장 플라스틱 의자에 팔을 양옆으로 늘어뜨리고 앉아 있다. 그녀 주변에서 깔끔하게 줄을 맞춘 수감자들이 밥을 먹고 있다. 우마 마담이 접시를 받아들더니 나를 보며 음흉한 미소를 띤다.

"뭘 이렇게 준비했어?" 우마 마담이 말한다. "뭘 원하는데?"

그녀는 화내지 않는다.

나는 한 걸음 물러나서 그녀가 포로타 빵 먹는 장면을 지켜본다. 바삭한 빵이 부서지는 소리가 들리는 것 같다. 그냥 내 상상일 수도. 그녀는 달[콩 커리]이 묻은 포로타를 접어서 입으로 가져간다. 나는 자칼처럼 지켜본다. 위가 꾸르륵거린다.

줄지어 앉은 수감자들과 그들의 아이들 가운데 여자아이 하나가 울음을 터뜨린다. 남자아이 하나도 음식을 달라고 칭

얼댄다. 방금 밥을 먹었는데도 말이다. 아이들에겐 하루 걸러 삶은 달걀과 우유가 배급된다. 자라나는 그들 몸에, 밤사이 늘어나는 그들 근육에 허용되는 건 그것 말고는 없다. 우리와 마찬가지로 퀴퀴한 커리를 먹는다. 어머니들이 속상해하지만 누가 이들에게 귀를 기울일까?

우마 마담이 의자에서 몸을 틀어 나를 부르더니 엄지를 들어 보인다. 빈 접시를 보여준다. 부스러기 하나 남기지 않았다. 나는 우마 마담 발치에 무릎을 꿇고 빈 접시를 받아든다. 무릎에 축축한 이끼가 느껴진다.

"그래서," 우마 마담이 혀로 잇새를 쑤신다. "왜 이러는 건데?"

"오빠가 있는데요." 내가 말한다. "면회를 오고 싶어해요. 방문객 명단에 올려줄 수 있을까요? 이름은 푸르넨두 사르카르예요."

나는 미소 지으려 애쓴다. 겨우 입술 모양만 만들고 만다.

"오빠라고? 처음 듣는데. 지금까지 동굴에서 살기라도 했던 거야?"

"아뇨, 타지에 나가 일해서요—"

우마 마담이 일어나 허리에 손을 얹고 등을 젖힌다. 눈을 가늘게 뜨고 하늘을 본다. 그러더니 지긋지긋하다는 표정으로 돌아본다. "거짓말은 적게 할수록 너한테 좋아. 네가 매일 얼마나 거짓말을 하는지 신은 아시겠지."

그 말을 남기고 우마 마담은 가버린다. 나는 접시를 든 채 홀로 남겨진다. 접시 끝에 얇은 포로타 조각 하나가 붙어 있다. 밀가루 한 알도 안 되는 양이다. 파리 한 마리도 못 먹일 것이다. 나는 그걸 손가락으로 집어 입에 넣는다.

러블리

미래의 유명 영화배우도 돈은 벌어야 한다. 어느 아침 나와 자매들은 겨드랑이에 장미수를 뿌리고 머리를 땋고 팔찌를 끼고 나서 새로 태어난 아기들을 축복해주러 간다. 사람들은 우리 히즈라들이 신과 통하는 특별 전화선을 가지고 있다고 믿는다. 우리가 축복을 내리면 신에게서 축복이 직통으로 내려오는 것과 마찬가지인 거다. 나는 행복한 가족의 집 문 앞에서 자물쇠를 흔든다. 덜컥, 덜컥, 덜컥.

"저기요, 어머니." 목소리가 큰 집의 안쪽까지 들리도록 외친다. 아무도 나오지 않아서 나는 뒤로 물러나 창문을 올려다본다. 큰 집이고 창문은 레이스 커튼으로 가려 있다.

"어머니!" 내가 외친다. "아기 좀 보여주세요. 나와보세요."

마침내 우리 앞에서 문이 열리고, 종아리까지 오는 잠옷을 입고 끈적한 머리칼이 두피에 달라붙은 어머니가 전쟁이라도 치른 듯한 눈을 하고 아이를 안고 나온다. 불쌍한 여자는 하마처럼 하품을 해댄다. 나는 아기와 함께 어머니의 기운도 북돋아줄 수 있을 것 같은 기분이 든다.

나는 아기를 팔에 안고 피부의 젖 냄새를 들이마신다. 내 눈이 아기 손목의 부드러운 주름이며 팔꿈치 안쪽의 포동포동한 살과 사랑에 빠진다. 다른 자매들은 아기를 굽어보며 손뼉을 치면서 노래를 부른다. "신이 이 아이에게 긴 수명을 주시고, 절대 개미에 물려 고생하지 않게 하소서! 이 아이에게 행복한 삶을 주시고 절대 곡물이 부족해 고생하지 않게 하소서!"

아기는 놀라서 눈을 휘둥그레 뜬다. 어쩌면 거리로 나온 게 처음이라 이 연기와 먼지를 처음 느껴보는지도 모른다. 분명 아기는 히즈라 무리를, 가장 좋은 옷을 입은 우리를 처음 보는 것일 테다! 아기가 소리를 지른다. 작은 입은 벌리고 분홍 잇몸과 분홍 혀를 보이며 내 품 안에서 비명을 지른다. 아기는 작은 동물이다. 우리는 웃는다. 아기는 괜찮을 거라고 나는 생각한다. 왜냐하면 나와 달리 이 아이에겐 결함이 없으니까.

피곤해 보이는 어머니가 아기를 데리고 안으로 들어간다. 우리는 서랍 열리는 소리를, 어머니와 아버지가 현금 세는 소리를 기다린다. 하지만 이건 뭐지. 어머니는 안으로 들어가 수돗꼭지를 틀고 물이 흐른다. 여기, 온갖 소리가 가득한 거리에서 한 가지 소리만이 또렷이 들린다. 어머니가 손을 씻는 소리를. 우리와 닿았던 손을 씻는 거다.

한편 아이 아버지가 반바지 차림으로 나와 아르주니 마, 우리 히즈라 일가의 구루에게 삼천 루피를 준다. 그가 코끝에 걸친 안경 너머로 우리를 본다. 우리 자매 중 하나가 전자레인지도 낡고 텔레비전도 낡았다며 아양을 부린다. 그가 울상을 하며 호소한다. "내가 무슨 돈이 그렇게 많겠어요, 언니? 나를 봐요. 아기도 태어났다고요."

나는 그저 그 뒤에서, 어두운 복도에서, 어머니가 하는 행동을, 손을 닦고 또 닦는 걸 보려고 목을 뺀다.

이런 모욕이 새로운 일은 아니다. 하지만 익숙한 일도 아니다. 나는 무리를 떠나 저쪽 간식 가게로 서둘러 간다. 가게에는 긴 유리 상자 안에 단것들이 가득 담긴 쟁반들이 진열돼 있다. 단것들은 피라미드처럼 쌓인 채 어떤 건 딱딱하고 어떤 건 시럽에 푹 젖어 나를 유혹한다. 튀겨낸 다음 시럽을 묻힌 갈색 판투아도 있고 하얀색 촘촘은 하도 달아서 혀 위에 올려지는 순간 소금이 절실해질 것이다. 밀키하고 담백한 칼라칸드, 그리고 내가 가장 좋아하는 키어 코돔. 나는 그 자리에 서서 진열장 전체의 냄새를 들이마신다. 정말이다. 단것들 위에서 붕붕거리는 파리 냄새도 느끼고 뜨거운 날씨에 벌써 시어지기 시작한 묵은 과자 냄새도 느낀다.

"이거 얼마예요?" 내가 말한다. "이건요?"

계산대 남자가 투덜거린다. 나를 상대해야 하는 게 싫은 거다. 나도 안다. 마침내 나는 십 루피짜리 작은 로쇼골라 하나를 선택한다. 남자는 마른 잎을 엮어 만든 작은 그릇에 로쇼골라를 담아 건네준다. 나는 그릇을 이마까지 들어 올린다. 감사를 드리는 거다. 단것을 사는 일은 사소한 일이 아니고 오늘은 이것으로 충분하다. 내 삶은 그렇게 나아간다. 눈에 얼마간의 모욕을 담고, 입에 얼마간의 단것을 넣으며.

언젠가 내가 유명 영화배우가 되면 저 어머니는 자기 손에서 나를 씻어낸 걸 후회하게 될 거다.

저녁에 자매들이 멋진 외출용 사리를 입고 집에 돌아올 때, 새 크기만 한 모기들도 행복하게 날아들어온다. 자매 중 하나가 말한다. "경찰이 너한테 아무것도 안 물었어?"

지반이 나에게 영어를 가르친 건 사실이니, 분명 경찰이 나를 심문하러 올 거다. 어째서 아직도 안 오는 거지?

방 한쪽 구석 못에 케이블선 한 타래가 걸려 있다. 자매 하나가 선을 끌어내서 바닥에 놓인 뚱뚱한 텔레비전에 꽂는다. 그런 다음 텔레비전 위를 손바닥으로 치자 전원이 들어온다. 고전 영화 〈신이 맺어준 짝〉이 시작하는 참이다.

노래들이 나오는 동안 아르주니 마가 늙은 눈에 수첩을 바짝 대고 우리의 이번 주 벌이를 읽고 있다. 결혼식 한 차례에 오천, 아기 축복 한 차례에 삼천. 기차에서 몇백.

내 생각은 딴 데 가 있다. 누가 경찰을 좋아하겠어? 아무도 없다. 하지만 한편으론 경찰이 와서 지반이 나에게 영어를 가르쳤다고 말할 기회를 주었으면 한다. 지반이 범죄자라니 말도 안 된다. 그럴 리가 없다. 나는 경찰에게 이 점을 말하고 싶다.

"경찰이 오면," 아르주니 마가 나중에 나에게 말한다. "말 조심해. 차라리 피하는 게 나을지 몰라."

경찰을 기분 나쁘게 만드는 히즈라에게 무슨 일이 생기는지 우리 모두 안다. 경찰의 괴롭힘을 신고하러 경찰서에 갔다가 되려 갇힌 우리 어린 히즈라 자매 라드두처럼 말이다. 하루가 지나고 이틀이 지나도 그녀는 나오지 못했다. 오래전에 나는 왜 이런 일이 일어나는지 묻곤 했다. 하지만 이제는 그런 질문을 해봐야 소용없다는 걸 안다. 인생에는 아무 이유 없이 많은 일이 일어난다. 기차 안에서 구걸을 하다가 얼굴에 염산이 뿌려질 수도 있다. 위험을 피해 여성 칸으로 숨으려다 부인들에게 쫓겨날 수도 있다.

나도 한번 체포될 뻔했다. 신호등 근처에서 구걸하고 있을 때 샤테르지라는 경찰이 나를 붙잡았다. 그가 말했다. "지금 내 구역에서 이런 터무니없는 짓을 하겠다고?"

"뭐가요?" 나는 감히 대들었다. "도로에 서 있는 것도 안 돼요?" 나는 여주인공처럼 대꾸했다. 나는 초짜였다. 뭘 몰랐던 거다.

무슨 일이든 일어날 수 있었다. 하지만 그는 합리적인 남자였다. 내가 담배 한 개비를 사서 불을 붙여주자 나를 그냥 놔주었다.

지반

감옥에서 우리의 주 활동은 기다리기다. 나는 아메리칸디가 기자의 답변을 받아오기를, 우마 마담이 못 본 척해줄지 알아보기를 기다린다. 완전한 암흑의 밤이 오면 다른 방법은 없을까 궁리한다. 내 손이 삽이라면 감방부터 정원 벽 너머까지 굴을 팔 텐데. 버스들이 달리고 걸인들이 배회하는 곳, 여자들이 선글라스를 쓰고 저녁 간식으로 튀김을 사는 곳까지.

아침에 식사 줄을 선다. 소문이 날아든다. 소날리 칸, 모르는 사람이 없는 유명 영화 제작자가 나타났다고. 모두 난리다. 그 여자가 왜 여길? 우리는 궁금하다. 차로 누굴 쳤나? 스위스에 돈을 숨겼나?

내 앞에 서 있던 아메리칸디가 말한다. "다들 아무것도 모르네. 코뿔소 때문이잖아."

그 영화 제작자는 언젠가 안전한 지프 안에 있으면서도 멸종 위기에 처한 코뿔소를 쏘았다. 그래서 코뿔소의 유령이 그녀를 사로잡아 마침내 벌을 주게 된 것이다. 이제 그녀는 우리와 함께 살게 되었다. 영화 이야기를 전부 들려줄 것이다.

야시위가 말한다. "분명 새 텔레비전이 올 거야!"

"이 텔레비전이 어때서?" 아메리칸디가 딱딱거린다. "마음에 안 들면 직접 새걸 알아보든가."

"아니, 나는…" 야시위가 발을 내려다본다. 그녀는 화면이 끊기지 않고 리모컨이 작동하는 텔레비전을 바라는 거다.

어느 가족을 강도질하다가 쇠막대로 그 집 어머니를 쳐서 마비시킨 콤라는 앞으로의 식사들을 생각하며 침을 흘린다.

"치킨 커리." 그녀가 줄 앞쪽 뒤쪽으로 머리를 내두르며 외친다. "확실해. 우린 치킨 커리를 먹게 될 거야. 정기적으로!"

그녀는 손가락을 귀에 넣고 사납게 후비며 해소되지 않는 가려움을 긁었다. "양고기도 넣어줄지 누가 알아?"

저 말이 믿기진 않는다.

감방으로 돌아와 우마 마담이 순찰을 돌 때 내가 그녀의 시선을 끌어온다.

"우리 오빠, 목록에 올렸어요?" 나는 그녀에게 묻는다.

우마 마담은 무표정하게 나를 보더니 허리춤의 열쇠 꾸러미를 짤랑거리며 지나간다. 그런데 〈데일리 비컨〉이 약속한 이십만 루피에 욕심이 난 아메리칸디가 벌떡 일어나 문 앞에 선다.

"우마," 아메리칸디가 부른다. "이리 와봐요."

복도에서 끊임없이 울리던 잡담과 챙그랑 소리가 멈춘다.

우마 마담이 어슬렁거리며 돌아오는 동안 침묵이 이어진다. "뭐라고 했어?" 우마 마담이 나직이 묻는다. "내가 네 친구야? 공손하게 말을 걸어야지."

이웃 감방에서 누군가 휘파람을 분다.

"뭐야, 텔레비전 시간이네!" 다른 이가 한마디 덧붙인다.

"좋아요. 우마 마담," 그녀가 입을 쑥 내밀고 복도에 다 들리도록 목소리를 높인다. "이 불쌍한 애가 마담에게 요리를 해주려고 어머니한테서 기 버터까지 얻어왔어요. 근데 자기 오빠도 못 보게 하는 거예요? 너무하잖아! 얘 어머니가 기분이 어떻겠어요?"

"제발 그냥 남자친구 만나게 해줘!" 누가 말하고 웃는다.

우마 마담은 꼼짝 않고 서 있다. 나는 아메리칸디 뒤에서 지켜본다.

"다신 순찰 중에 방해하지 마." 우마 마담이 조용히 말한다. 그러고 나서 떠난다.

몇 주가 지나도 아무것도 바뀌지 않는다. 운동장에 소날리 칸은 나타나지 않는다. 텔레비전실에는 여전히 낡은 텔레비전뿐이다. 여자들은 희망을 매주 다른 날로 옮겨 품는다. 이번 일요일엔 분명히 이리 전출될 거야. 다음 목요일엔 올 거야. 그러다 우리는 소날리 칸이 가택연금되었다는 소식을 듣는다. 그러니까 그녀는 이전과 마찬가지로 자기 집에 살고 있는 것이다. 부자들에게는 '감옥'의 뜻조차 다르다. 내가 부자는 아니라도 중산층이나마 그토록 되고 싶어한 걸 과연 비난할 수 있을까?

체육 선생

체육 선생은 국민복지당 집회에 또다시 참가해 무대 가까운 곳에 선다.

“여러분이 직접 볼 수 있습니다.” 비말라 팔이 연설 중이다. “우리 당이 무엇을—”

마이크가 지직거린다. 비말라 팔이 한 걸음 물러선다. 군중이 함성을 지르며 작은 깃발을 흔든다. 체육 선생도 지난번 집회 때 받아 보관해둔 깃발을 흔든다.

“우리 당이 나라 전역에 무엇을 들여오는지 직접 보세요.” 비말라 팔이 말한다. “자동차 부품 공장—”

마이크가 다시 지직거리고 군중이 웅성거린다. 손으로 귀를 덮는 사람도 있다.

"공장은 삼! 천! 명을 고용—"

'삐익!' 이번에는 비말라 팔이 화난 표정으로 기술자를 찾는다. 그녀 뒤에 있던 한 보좌관이 음향 담당자를 찾아 달려나간다. 아마 담배라도 피우러 갔을 것이다. 군중이 지루해하며 동요한다.

그 어수선하고 결정적인 순간, 체육 선생이 돌진한다. 몸을 앞으로 약간 숙이고 팔 하나를 앞으로 내밀면서.

"옆쪽," 체육 선생이 외친다. "옆쪽이요!" 그가 무대 계단을 한 걸음에 두 개씩 오르며 비말라 팔의 경호원들에게 마이크만 고치겠다는 뜻을 전한다. 그는 줄을 비틀고 접합부를 점검한 다음 마이크를 스피커에서 멀리 떨어뜨린다. 걸음을 옮기며 말한다. "테스팅, 테스팅."

체육 선생의 목소리가 깨끗하고 날카롭게 군중 사이로 울려퍼진다.

쿵쾅대던 그의 심장이 차분해진다.

비말라 팔이 다시 연설을 시작하고 플라스틱 의자에 앉아 있던 누군가 체육 선생을 무대 뒤쪽으로 안내한다. 체육 선생은 엄청나게 모여든 사람들을 내다본다. 경기장 여럿을 채울 만큼의 사람들 머리가 개미 같다. 이들은 그의 낮 시간을 차지하고 있는, 오냐오냐 키운 게으른 학생들도 아니고, 방과 후 벵골어로 제작된 형사 영화를 보고 중국 국수를 먹으러 몰려다니는 아줌마 교사들도 아니다. 이렇게 많은 애국자들, 국가 발전에 투입된 남자들, 집에서 이불 덮고 낮잠을 자는 대신 들판에서 지적인 강연을 듣는 남자들 가운데 있어본 적이 있었던가.

비말라 팔이 연설을 마친 후 무대 뒤로 와서 체육 선생에게 감사를 표한다. 체육 선생은 벌떡 일어나 손을 모아 인사한다.

"전 그냥 학교 선생이에요." 체육 선생이 도로 쪽을 가리킨다. "SD 고시 여학교에서 근무합니다."

비말라 팔이 가리키는 쪽을 본다.

"저 학교요?"

"네, 저 학교요." 체육 선생이 말한다. 그 테러리스트가 다닌 학교다. "제가 맡은 학교 일 중에 마이크 설치도 있어서…"

둘 다 마이크를 본다. 지금은 꺼진 채 조용히 서 있다. 누가 화환을 걸어놨다.

"그래요, 선생님," 비말라 팔이 말한다. "선생님이 오시다니 우리가 운이 좋았네요."

나중에 체육 선생의 아내가 말할 것이다. "무대로 나왔다고 꾸짖는 거잖아! 정치인들은 늘 반대로 말하는 거 몰라? 그런 걸 정치 화술이라고 한다고."

하지만 체육 선생은 기쁘다. 존경받는 유명 인사가 그를 알아주었다! 비말라 팔 뒤의 보좌진 무리도 고개를 끄덕이며 동의의 말을 웅얼거린다.

비말라 팔이 사리 천을 어깨 위로 끌어당기며 말을 잇는다. "우리 당은 당신처럼 교육받은 지지자들이 필요해요. 더 많은 교육받은 사람들이 우리나라에서 일어나는 일에 관심을 가져야 해요. 그래서 우리 집회에서 당신 같은 분을 보는 게 기쁩니다."

체육 선생은 뭐라 말하려 입을 연다. 체육 과목을 가르친다고 밝혀야 한다. 그녀가 상상하는 종류의 교사가 아니라 그저—

한 소년이 사모사 접시를 들고 나타나고, 뒤이어 모두에게 치킨 비랴니[볶음밥]가 제공된다. 들판에 있는 남자들은 번뜩이는 방송국 카메라를 피해 밴 뒤에서 은밀히 나눠주는 저녁 도시락을 받는다. 그들은 조용히 도시락을 들고 흩어진다.

하지만 문제가 있다. 비랴니 도시락 수보다 들판에 있는 사람 수가 더 많다. 실랑이가 벌어진다. 도시락을 나눠주던 남자가 곧장 밴의 뒷문을 닫는다. 비말라 팔과 그녀의 수하들이 돌아보고 체육 선생도 그 광경을 본다.

무대에서 그리 멀지 않은 곳에서 한 남자가 다른 남자를 손가락질한다. "이 자가 세 개나 가져갔어! 가방에 숨겼다고!"

상대가 대든다. "누굴 도둑으로 모는 거야?"

손바닥이 뺨으로 날아가고 다리가 다리를 찬다.

비말라 팔은 슬며시 빠져나가며 휴대폰에 입을 대고 손으로 감싼다. 더 긴급한 문제에 몰두하는 것이다. 보좌진 한 명이 체육 선생에게 농담을 한다. "아이고, 선생님, 저 시끄러운 애들 좀 보세요."

다른 젊은 보좌진은 휴대폰을 두 개씩 들고 미소를 숨기며 교사가 어떻게 하려나 기다린다.

체육 선생은 자신에게 모아지는 시선을 느낀다. 압박감은 미묘하지만 거대하다. 그는 무대 가장자리로 나가서 무릎을 꿇고 외친다. "형제들, 형제들! 모두를 위한 음식이잖아요! 왜 애들처럼 싸우는 거요?"

군중 속의 남자 둘이 그를 쳐다본다.

"당신들이 애예요? 여기 집회를 당신들 싸움으로 망치려고요? 저기 저 기자들 앞에서 당과 여기 모인 우리 원로들을 부끄럽게 만들고 싶어요?"

"당신 누구요?" 한 남자가 체육 선생에게 외친다. "뭐 하는 분인데 나한테 이래라저래라 하는 거요?"

하지만 싸움 분위기는 사그라졌다. 남자들은 욕을 하며 찢어졌다. 체육 선생이 자리로 돌아와 도시락을 집어들자 보좌관 하나가 제지한다.

"잠시만요. 밥이 식었어요. 잠깐만 기다려주세요."

그가 심부름꾼 소년을 부른다. "우탐!" 그리고 VIP용 도시락을 가져오라고 시킨다. 양고기 두 조각이 든 깨끗하고 따끈한 비랴니 한 통이 체육 선생 앞에 도착한다.

"오늘은 배가 안 고프네." 집에 온 체육 선생이 알린다. "오늘 나 비랴니 먹었어. 누구랑 먹었게? 비말라 팔이야!"

스마트폰을 보던 아내가 고개를 든다. 뒤쪽에 틀어둔 뉴스가 작은 소리로 나오고 있다. 체육 선생이 소파에 털썩 앉아 리모컨을 집어든다. 음량을 키운다. 기자가 외친다. "혐의를 받고 있는 테러리스트는 자신의 반국가관을 퍼뜨리는 데 아주 현대적인 방식을 사용했습니다. 그녀가 페이스북을 사용한 방식을 보면—"

다른 채널에서는 뉴스 진행자가 차분한 목소리로 말한다. "시청자 여러분, 전부 전해드리겠습니다. 기차에 횃불을 던진 걸로도 모자라, 그녀는 반정부적 견해를 페이스북에 유포했습니다. 또 누가 알겠습니까? 어디서 수년 동안—"

"조심해." 체육 선생이 아내에게 말한다. "당신이 페이스북에서 하는 게 전부 범죄가 될 수 있어."

"당신 머리에는 그런 생각만 들었나 봐. 난 요리 동영상만 본다고. 같은 페이스북이라도 완전히 다른 세계야. 외국 사람들이 얼마나 멋진 걸 만드는지 모르지. 합성 크림으로 애플파이 같은 걸 만들어! 그런 건 처음 봤어. 캔에서 크림이 나온다고."

잘 시간이 되자 부부는 모기장 아래로 기어들어가고, 아내는 체육 선생이 들려주는 이야기에 경탄한다. "세상에! 당신이 국민복지당 집회를 구했네!"

모기 한 마리가 부부를 따라 모기장 안으로 들어왔다. 귓가에서 앵앵대다가 이불 위에 내려앉은 모기를 아내가 발견하고 확 내려친다. 핏빛 얼룩이 번지고 아내는 모기 시체를 침대 밖으로 가져가 창밖에 버린다.

그리고 창을 닫는다. 커튼을 친다. 그러고 나서야 말한다. "얘기 하나 해도 될까?"

체육 선생이 기다린다.

아내가 말한다. "난 그런 정치인들, 모르겠어. 우리나라에

선 정치가 깡패와 강도를 위한 거잖아."

체육 선생이 한숨을 쉰다.

아내가 계속 말한다. "당신이 그 정치인들을 위해서 뭔가 할 때, 기술자가 필요한 그들을 도와줄 때, 기분이 좋았겠지. 그렇게 많은 사람들 앞에서 무대에 올랐다니 VIP가 된 기분이었을 거야. 하지만 그런 사람들과 엮이면—"

체육 선생은 짜증이 난다. 얇은 베개에 머리를 누인 채, 왜 아내는 그의 인생에 신나는 일이 일어나는 걸 용납하지 못할까 의아해한다. 그가 보기에 아내는 직접 요리한 요거트 생선 커리를 그가 맛없어해서 화가 났다. 그가 밖에서 만든 비랴니로 배를 채워서 화가 났다. 하지만 그는 남자다! 그녀가 요리하는 저녁을 먹는 것보다는 더 큰 일을 할 수 있는 남자인 것이다.

"글쎄," 체육 선생은 최대한 침착한 목소리로 말한다. 어둠 속에서는 어렵지 않다. "집회 한번 갔다 온 건데 뭘 그렇게 걱정을 해?"

아내가 다시 침대로 들어와 한동안 침묵하다가 말한다. "두 번이잖아." 한동안 침묵하다가 다시 말한다. "부탁이야. 더 이상 집회는 가지 마."

체육 선생은 이 문제를 오래 생각한다. 깊은 밤이 집에 내려앉아 그들의 가구를 낯설게 만들고 여기 끽 소리 저기 똑 소리를 증폭시키는 시간까지. 어디선가 시계가 째깍거린다. 멀리서 구급차 소리가 들린다.

지반

면회 날, 벤치에서 나를 기다리는 사람은 어머니가 아니라 웬 남자다. 수염 난 얼굴로 무릎에 천 가방을 올려놓은 채 앉아 있었다. 발치에 놓인 비닐봉지를 들어 나에게 건넨다. 내 손에 닿는 그의 보드라운 손가락들이 충격적이다.

봉지는 묵직하다. 안에는 바나나 한 다발과 쿠키 상자가 들었다.

"당신은…" 내가 말한다.

"푸르넨두라고 해요." 남자가 말한다. '안녕하세요'도 '처음 뵙겠습니다'도 없다. 그는 점잖고 내가 마주쳤던 어떤 기자보다도 신사 같다. "건강은 어때요?" 그가 묻는다.

"괜찮아요." 나는 말하고 다시 봉지 안을 들여다본다. 완벽하게 노란 바나나는 멍 자국 하나 안 보인다. 당장 다 먹어버리고 싶다.

"앉아요." 푸르넨두가 말하지만 나는 그냥 서 있다.

"받아 적지는 못해요." 내가 말하며 그가 쥔 펜을 가리킨다. "그런 말 못 들었어요?"

"아." 푸르넨두가 마치 방금 깨달았다는 듯이 손에 들린 펜을 내려다본다. 그리고 벤치 위에 내려놓는다. "그럼 쓸모가 없네" 말하며 미소 짓는다. 그의 말엔 내가 바로 알아채기 어려운 농담이 담겨 있다. 펜 말인가 아니면…?

"제발 쫓겨날 짓은 아무것도 하지 마요." 내가 말한다. "사실을 신문에 실어준다고 약속하면 난 다 말하고 싶어요. 다른 신문들은 쓰레기에 거짓말만 쓰고 내 이야기는 하나도 모르던데—"

"내가 하는 일이 그거예요." 푸르넨두가 말한다. "진실을 보도하는 거. 그래서 온 거예요."

푸르넨두가 벽에 걸린 시계를 본다. 당번 간수가 저쪽 구석에 서서 우리를 본다.

"당신 이야기를 들려줘요." 푸르넨두가 말한다.

아이였을 때 내가 살았던 곳은—

내가 어떤 사람인지, 왜 이런 일이 나에게 일어났는지 알려면 내 어린 시절을 이해해야 한다. 정말이다.

"한 가지만 먼저 말해줘요." 푸르넨두가 말한다. "당신이 그랬어요?"

나는 입술을 핥는다. 그의 눈을 똑바로 바라보려고 애쓴다. 나는 고개를 젓는다.

우리 마을에선 석탄 분진이 귓바퀴에 들러붙고 코를 풀면 시커먼 게 나왔다. 소도 농작물도 없었다. 지긋지긋한 구덩이들뿐이었다. 어머니는 그곳에 삽을 들고 내려갔다가 검은 암석을 담은 바구니를 머리에 이고 올라왔다.

"어머니가 일하는 걸 봤어요?" 푸르넨두가 묻는다.

"한 번 봤어요. 그러곤 다시 안 봤죠."

일꾼인 어머니를 보니 겁이 났다. 밤이면 나는 어머니의 손을 붙잡고 들여다보았다. 어머니의 손금, 생명선이라 불리는 금이 까매지지 않은 유일한 피부였다.

나는 렌틸콩과 쌀로 만든 공짜 점심 때문에 학교에 갔다. 축제 기간에는 닭이 나온다는 소문이 있었다. 어떤 남자가 자전거에 닭을 잔뜩 싣고 우리 학교 쪽으로 오는 걸 누가 봤다는 것이다. 하얀 암탉들이 자전거 손잡이에 거꾸로 매달려 다리를 푸닥거리면서 울지도 못하고 눈을 껌뻑이며 지나가는 걸 보았다고. 하지만 고대하던 자전거는 영영 도착하지 않았다.

나는 이런저런 수업에 앉아 있었다. 수업은 중요하지 않았다. 언어 교사는 결혼식으로 자리를 오래 비웠다가 다시 나타나서는 석회와 빈랑 열매를 채운 빤[씹는 담배 비슷한 기호품]을 씹으며 시험지에 이름을 쓰라고 했다. 어느 날은 이런 말도 했다. "이왕이면 시험지에 오 루피를 붙여요."

우리가 그렇게 하면 시험지의 나머지는 교사가 채워 넣었다.

머지 않아 염소들이나 학교에 가게 되었고 현관에는 똥이 굴러다녔다.

"말해줘요." 내가 말했다. "어떻게 생각해요? 내 인생의 시작이 어땠던 것 같아요?"

푸르넨두가 나를 보고 슬픈 미소를 지었다. "그런 게 우리 나라죠."

그런 다음에는 경찰들이 와서 우리를 쫓아냈다. 회사는 우리가 살고 있던 땅에 석탄이 많아서 파내고 싶어했다. 엄청난 돈 위에 가난한 사람들이 앉아 목욕하고 잠을 자면서 살도록 그냥 놔둘 이유가 뭐 있겠는가?

일주일 동안 우리는 비닐에 똥을 담아 돌돌 말아서 봉하고 빈 병에 소변을 담은 다음 뚜껑을 단단히 닫아, 어머니와 아버지가 폭탄이라고 부른 것을 만들었다. 아빠가 가끔 몰며 탄광 일꾼들을 실어다 주던 릭샤가 밖에 서 있었다. 아코디언 지붕을 접어놓아 파란 의자가 빛을 받아 반짝였다. 나는 자비를 빌며 기도했다. 릭샤는 어디에 숨긴단 말인가?

우리는 바람이 방수포를 때려대는 우리 오두막에서 기다렸다. 목이 바싹 말랐지만 아무도 집을 떠나 공용 수돗가에 가려고 하지 않았다.

경찰들은 늦게 도착했다.

그들은 대나무 막대를 들고 우르릉거리는 불도저를 끌고 왔다. 바퀴가 무시무시해 보였다. 어머니가 내 머리를 때리며 말했다. "입을 떡 벌리고 뭘 보는 거야? 내가 부르는 소리 못 들었어?"

나를 다시 쳐요, 어머니. 나는 지금 생각한다. 축복처럼 참겠어요.

나는 머리를 문지르고 병을 약간 열었다. 그러면 뚜껑이 벗겨지면서 공중으로 날아가 내용물이 뿌려질 것이다. 오줌 폭탄을 던질 때 액체가 손가락에 묻었다. 비닐봉지를 풀어서 딱딱하게 굳은 똥덩어리들도 던졌는데 가루가 우리한테도 날려 재채기가 나왔다.

경찰들은 우리의 가난한 무기를 보고 웃었다. 벨트 위로 늘어진 그들의 배가 흔들렸다. 경찰들은 조직적으로 대나무 막대를 휘두르며 우리의 석면과 방수포 지붕을 끌어내리느라 용을 쓰며 기합을 내질렀다. 한 친절한 경찰은 어느 헐벗은 벽에 번쩍이는 석면판을 줄줄이 세워놓았다. 누가 와서 가져가라는 듯이.

집들은 곧 태양에 노출되었고 석회 벽과 갈라진 귀퉁이만 남았다. 우리가 여기에 산 적조차 없는 것 같았다.

집들이 너무나 쉽게 부서져 깜짝 놀랐다. 이렇게 될 줄은 알았지만, 이렇게까지? 깜빡이는 석유 등잔 아래에서 밥을 먹던 부엌, 서로 머리를 빗겨주던 방의 지붕이 모두 없어졌고, 금방 한 무더기 벽돌로 무너져 쌓일 것이었다.

우리의 폭탄 소식이 경찰서에 전해지자 새로운 경찰들이 이번에는 안전모를 쓰고 등나무를 엮어 만든 방패를 들고 도착했다. 칼과 돌을 튕겨내겠다는 것이었다. 경찰들은 '폭탄'

이라는 말을 들었으니 폭탄을 예상하며 화가 나 도착했지만 우리에게 진짜 무기는 없었다. 우리에겐 몸과 목청뿐, 비축해 두었던 똥과 오줌도 오래전에 바닥났다.

한 경찰이 어머니를 치려고 대나무 막대를 쳐들자, 어머니가 비명을 지르며 그에게 몸을 던졌다. 목이 막히는 와중에도 비명이 치솟았고, 사리는 풀려 진흙에 처박혔으며 헐렁한 블라우스가 어깨에서 흘러내렸다. 어머니의 얼굴이 분노로 검어졌다.

"우리 집들을 내버려둬." 어머니는 소리를 질렀다. "우린 어디서 살란 말이야?"

그때까지 나는 순진하게도 다른 집이 생길 거라고 믿었지만, 어머니의 변신에서 진실을 보았다. 우리는 갈 곳이 없었다.

또 다른 경찰이 어머니의 다리를 잡고 끌어내기 시작했다. 나는 경악하며 보다가 나도 모르는 사이 팔을 들어 경찰을 밀어냈는데 그의 얼굴을 치는 바람에 안경이 떨어져 짓밟혔다. 어머니는 허둥지둥 기어 도망치면서 목이 쉬도록 욕설을 내질렀다. 그러는 동안 누가 아버지의 릭샤를 부쉈다. 바퀴가 휘어지고 의자가 찢어졌다. 아버지가 무릎을 꿇고 망가진 릭샤 앞에 앉아 바퀴 체인을 다시 이어보려 헛되이 애쓰는 모습을 나는 멍하니 지켜보았다.

집들이 쓰러졌다. 우리 안식처의 벽과 지붕은 우리 적으로 변해 머리 위로 쏟아졌고, 잔해가 일으키는 먼지에 기침이 나오며 정신이 아득해졌다. 벽돌이 땅에 무더기로 쌓였다. 그제야 진정이 된 경찰들은 대나무 막대를 든 팔을 늘어뜨렸다. 겁에 질려 보였다. 어쩌면 우리 집과 그들의 집이 너무 비슷했을 것이다. 급기야 한 경찰이 하소연했다. "위에서 명령이 내려왔어요, 언니. 내가 어쩌겠어요?"

"시간 됐어!" 간수가 외친다. 면회실을 성큼성큼 돌아다니며 벤치마다 막대로 내려친다. 우리 시간이 끝난다.

나의 오빠 푸르넨두가 일어나 어깨에 천 가방을 멘다.

"다음 주에 봐요." 그가 말한다. "그리고 그다음 주에, 또 그다음 주에도, 얼마가 걸리든지 만나요."

그의 말이 피리 소리처럼 달콤하게 귓가를 맴돈다. 나는 그가 떠나는 모습을, 그를 위해 마법처럼 열리는 문으로 나가는 모습을 지켜보고 돌아선다. 안에서는 어떤 여자가 머리를 벽에 박는다. 한때는 나도 저런 기분이었는지 모른다. 하지만 지금은 아니다. 지금 나는 그녀 옆을 둥둥 날아가고 있다. 그녀의 곤경은 그녀의 것일 뿐 나랑은 상관없다. 나도 면회실을 나간다. 신문에서 나의 이야기를 싣기 시작하면 나를 위한 문이 열릴 것이다. 법정은 민심이 가는 방향을 따른다. 자유는 서류 더미와 적법성 싸움이 아니라 대중의 반응에 따라 주어질 것이다.

나는 머리를 부딪치는 여자를 지나간다. 간수 하나가 나타나 여자에게 지겹다는 투로 머리를 그만 치라고 말한다.

"뭐 하는 거야." 간수가 무심하게 말한다. "당장 그만둬."

여자가 멈추고 돌아서더니 간수를 머리로 받는다.

"엇!" 복도에 있던 사람들이 기겁한다.

사람들은 치료를 받아야 한다면서 비명 지르는 여자를 끌고 간다.

막간극

빈민가 철거 중 과잉 폭력으로 해고된 경찰,
새로운 일을 얻다

'고속도로'라니, 너무 고급 단어다. 이 길은 그냥 도로다. 숲을 관통해 지나는. 포장도로긴 하지만 비만 오면 웅덩이가 팬다. 붉은 흙무더기가 보이는가? 흰개미집이다. 사슴도 있지만 올해는 통 못 봤다. 친구들과 나는 보통 저녁에 이곳에 온다. 그렇다. 우리는 밤에 주기적으로 온다. 열 시, 열한 시에. 아내와 아이들이 잠든 이후에.

나로 말하자면 십 년도 더 전에 그 빌어먹을 빈민가 철거 일로 잘린 뒤 다시 직장을 얻지 못했다. 이 일 조금 저 일 조금 하면서 산다. 운송업 약간. 무역업 약간. 수수료를 받는 중개업 약간. 그렇게 살아간다.

요즘은 방금 말한 대로 친구들과 이 고속도로 갓길에 주차를 하고 기다린다. 한번은 가난하고 늙은 마을 사람이, 아마도 마을 지킴이일 노인이 비틀거리며 다가와 말했다. "젊은 이들, 뭐 하나? 차가 고장 났어?"

우리는 웃었다. "할아버지, 이 차 본 적 있어요? 이거 외제차예요! 고장 안 나요!"

"그만 가요." 우리가 그에게 말했다. "가서 주무세요, 어서."

노인은 알아듣고 가버렸다. 안 그러면 우리 동생들 몇 명이 잡초 베는 일 이외의 용도로 칼을 사용하고 싶어 안달을 낼 것이다. 무슨 말인지 알겠지?

트럭 하나가 천천히 다가왔다. 소 운송 트럭의 특징이 포착됐다. 뒤쪽에서 액체가 떨어지고 있었다. 이제 와 생각하면 물일 수도 있었다. 인정한다. 하지만 정말 그럴까? 소 오줌일 수도 있었다. 트럭에 소가 실려서 어떤 망나니들에게 도륙당하러 끌려가는 중일 수도 있었다. 신성한 어머니 소를 말이다. 우리가 우리나라를, 우리 삶의 방식을, 우리의 신성한 소를 보호하지 않으면 누가 하겠나? 우리는 손전등을 휘둘러 운전사를 세웠다.

트럭이 멈추자 우리 남자들이 가서 트럭 옆면을 쳤다. 쾅 쾅 쾅. 안에 실린 소들이 움직이도록. 트럭이 소를 운반하고 있다면 이렇게 해서 알 수 있다. 아무 소리도 들리지 않았다. 앞쪽에서 운전사가 고함쳤다. "뭐 하는 거요? 이 트럭엔 감자뿐이라고! 냉장 저장고로 감자를 옮기는 중이에요!"

"그럼 물이 왜 흐르지?" 우리 남자들 중 하나가 옆구리의 대검을 잡은 채 따졌다.

"비가 왔잖아요!" 운전사가 외쳤다. "여긴 안 왔어요?"

알아보니 사실이었다. 우리는 트럭을 보내주었다.

우리는 의로운 남자들이다. 신조가 있는 남자들이다.

하지만 그 뭐냐, 우리 조국에 대해 아무 존중도 하지 않는 사람들이 있다. 어머니 소에 대해서도 아무 존경심 없이 고기와 가죽을, 온갖 종류의 역겨운 것들을 얻으려 공격한다. 우리 사회에 그런 사람들을 위한 자리는 결코 없다. 그렇게 생각하지 않나?

체육 선생

공화국의 날 아침 일찍, 공해가 심해 하늘은 뿌옇고 아이들은 졸린 눈으로 국기 앞에 서서 국가를 부른다. 교사들은 스모그와 한기를 막기 위해 코에 손수건을 대고 행사를 지켜본다.

학생 행진 시간이 되자 체육 선생은 줄 선 여학생들에게 가서 팔을 높이 흔들어야 하고 흐느적거리며 경례하면 안 된다고 상기시킨다. 그리고 교복을 검사한다. 하얀 신발이 깨끗한지, 손톱은 깎았는지. 체육 선생이 점검을 거의 끝냈을 때 교문에서 웅성거리는 소리가 난다. 누가 온 것이다.

교장 선생이 소규모 무리를 이끌며 누군가에게 길을 안내

한다. 그때 체육 선생에게 낯익은 사프란색 스카프를 느슨하게 두른, 흰 사리 차림의 여자가 보인다. 놀라서 소리치는 체육 선생을 비말라 팔이 조용히 시킨다.

"바로 옆에 일이 있어서 왔다가 딱 이 분만 들렀다 가려고요." 비말라 팔이 말한다.

학생 하나가 즉시 앞줄에 의자를 편 다음 비말라 팔을 뒤따르는 비서들과 경호원들을 위해 몇 개 더 편다. 또 다른 학생이 급히 나가서 차와 따끈한 신가라—양념한 감자와 완두를 넣은 페이스트리—를 사온다. 교장은 허둥대며 현금통 같은 건 찾아보지도 않고 본인 지갑에서 돈을 꺼내 학생에게 건넸다.

비말라 팔이 사양한다. "제발, 따로 뭐 해주실 필요 없어요. 잠깐 들른 거예요. 이 선생님이 초대하지도 않으셨는데요."

그러면서 비말라 팔이 체육 선생을 놀리듯 본다.

체육 선생은 혀를 깨물고 고개를 젓는다. "이런 시시한 행사에 어떻게 초대하겠어요?" 체육 선생이 말한다.

교사들과 학생들이 VIP 방문객을 보며 입을 떡 벌리고 있는 동안, 경호원들은 선글라스를 코에 걸치고 비말라 팔 뒤에 벽처럼 섰다. 제공된 플라스틱 의자는 거절한다.

곧 비말라 팔이 의자에 앉고 그녀 앞에 신가라 한 접시와

토기에 담은 밀크티가 놓이자 교장이 말한다. "체육 선생님은 우리 학교에서 가장 중요한 교사 중 하나랍니다."

체육 선생이 놀라서 교장을 본다.

"학생들에게 사랑받고 있죠." 교장이 계속한다. "정말, 이 행사는 체육 선생님이 열심히 노력한 덕에 마련된 거예요."

이 거짓말에 체육 선생이 품위 있게 미소 짓는다. 그러고 나서 몸을 돌려 학생들이 행진을 시작하도록 지휘하러 간다. 소녀들이 일렬종대로 행진하며 비말라 팔 앞에서 무릎을 한 층 더 높이 들고 카랑카랑 박자를 외친다. "하나 둘 하나! 하나 둘 하나!"

체육 선생은 자신의 학생들로 채워진 운동장을 지켜본다. 그의 등은 막대처럼 꼿꼿하고 셔츠 주머니에는 펜이 맵시 있게 꽂혀 있고 턱은 조금 높이 들었다.

집에 오니 체육 선생의 아내가 가스레인지에 구운 파니르 치즈 케밥을 내준다.

"그런 얼굴 하지 마." 아내가 말한다. 파니르가 당신한테 좋아. 당신은 콜레스테롤 수치 때문에 고기를 줄여야 해."

그래서 체육 선생은 네모난 치즈를 먹는다. 좀 딱딱하다.

"탄두르 화덕이 없으면 제대로 된 케밥을 못 만들지." 아내가 발끈한다. “그럼 먹지 마.”

하지만 체육 선생은 먹는다. 먹으면서 비말라 팔이 방문한 이야기를 한다. 국민복지당의 이인자가 그의 학교에 그의 행사를 보러 온 이야기를.

“정말 그렇게 생각하는 거야?” 아내가 말한다. “그 사람은 테러리스트가 다녔던 학교를 보러 온 거라고! 정신 좀 차려!”

그렇게 자만심에 구멍이 난 지 몇 주 지나지 않아, 그는 퇴근 후 집 우편함에서 편지를 발견한다. 소파에 앉아 찢어보니, 국민복지당 로고가 인쇄된 초대장이 들어 있다. 체육 선생은 벌떡 일어나, 식탁에서 닭가슴을 갈라 치즈를 넣고 있던 아내 앞에 대고 흔든다.

“뭐가 왔는지 봐!” 체육 선생이 말한다. “내 주소를 어떻게 알았지?”

아내는 입고 있던 카미즈에 손을 닦고 편지를 받아 든다.

“방법이 있겠지.” 아내가 미소 지으며 말한다.

월요일에 열리는 이 특별 행사에 가기 위해 체육 선생은 반차를 낸다.

그날이 되자 체육 선생은 기차를 타고, 이어 릭샤를 타고 콜라바간 빈민가로 간다. 릭샤가 차도에서 빈민가 골목으로 내려가며 구덩이들 때문에 비틀거리고 튀어오르자 체육 선생은 무릎 위에 얹은 작은 가죽 가방을 붙잡는다. 벽돌집들을 지나고 반쯤 벽돌인 집들을 지나고 양철과 방수포로 만든 집들을 지난다. 지반이 근처에 살았다는 것을 알기에 체육 선생은 더욱 예리하게 주변을 관찰한다. 어느 모퉁이에 이르자, 물이 흥건한 공용 수돗가에서 체크무늬 천을 허리에 두른 남자들이 비누로 몸을 문지르고 있다. 머리가 거품으로 하얗고 거리를 향한 눈은 감겨 있다. 릭샤는 계속 움직이고 운전사의 다리가 불끈거린다. 어느 찻집 앞의 허술한 벤치에서 손님들이 발목을 무릎에 올리고 앉아, 작은 유리잔을 들고 차를 마시며 체육 선생을 쳐다본다.

릭샤가 체육 선생을 목적지에 내려놓자 초등학교 앞에 모인 군중이 보인다. 근처 기차역 공격 때 파손된 학교 건물을 지난 몇 달 동안 수리했고 재개교에 맞춰 국민복지당의 큰 행사가 열리게 된 것이다. 학교는 방 다섯 개짜리 헛간 같다. 바깥벽에 그려진 벽화에는 사자, 얼룩말, 기린이 한 떼의 토끼와 함께 어슬렁거린다. 사자처럼 갈기를 두른 태양이 그들 모두를 향해 미소 짓는다. 시민 의식을 지닌 화가가 벽 아래쪽에 행인을 향한 경고문도 써두었다. '소변 금지.'

아이들이 있다. 학생들일 텐데, 빗자루를 들고 학교 주변

바닥을 쓴다. 몸을 잔뜩 구부려 한 손으로는 무릎을 짚고 다른 손으로는 빗자루 손잡이를 잡고 흙에서 흙을 쓸어내는 자세가 겸손하다. 체육 선생은 감동한다. 학교에서 이런 것을 가르쳐야 한다고 그는 생각한다. 그의 학교는 어째서 이런 태도를 학생들에게 심어주지 못할까?

당의 보좌진이 도착하고 그중 하나가 체육 선생을 알아본다. 등을 두드리며 학교 건물이 어때 보이느냐고 묻는다. 체육 선생이 말한다. "최고네요!"

"내부는 봤어요?" 보좌관이 묻는다. 둘이 문으로 가서 들여다본다.

빈 방이다. 아직 완성이 덜 된 것 같다. 하지만 여기에는 벤치도 의자도 들어오지 않을 것임을 체육 선생은 곧 깨닫는다. 아이들은 바닥에 앉을 것이다. 교과서도 하나를 나눠 보며 닳도록 복사할 것이다. 처음 한 차례 받은 기부 물품이 다 떨어지면 아이들은 씹고 빨던 몽당연필을 써야 할 것이다.

그래도 아이들은 학교에 올 것이다.

"제가 근무하는 학교의 학생들은요," 체육 선생이 말을 꺼낸다. "잘 먹고 잘 입고 학교에 다니면서 모든 편의와 안락함을 제공받아요."

"내 아들도요," 보좌관이 동의한다. "과목마다 전부 과외를 받으러 다녀요. 영어, 수학, 화학, 다요. 학교에서 뭘 가르치나 싶죠. 과목 공부를 가르치는 게 아니면 예절, 국가에 대한 충성심 같은 거라도 가르치나요? 아니죠!"

과자 한 상자가 돌아서 그들 앞에 오자 두 남자는 잠시 멈춘다.

"내가 가르치는 학생들이 학교 운동장을 청소하는 일이 한 번이라도 있을까요? 이런 아름다운 벽화를 그릴 일이 있을까요? 절대로 없어요! 왜냐하면 그 애들은—" 하고서 체육 선생은 과자를 씹느라 잠시 멈춘다. "수준을 최대한 끌어올려서 이 나라에서 도망치려 해요. 미국 대학 지원서 쓰는 일에 온 정성을 쏟고 학교 시험은 무시해요. 낙제하고 나서야 울며 애원하죠. SAT I을, SAT II[미국 대학 지원을 위한 시험]를 치느라 그랬다고요! 이런 말도 안 되는 시험에 두뇌를 낭비하는 걸 왜 학교에서 허용해주어야 하죠?"

당 관계자는 열심히 듣는다. 과자를 다 먹고 나서 손을 털더니 성실한 남학생처럼 뒷짐을 지고 대답한다. "문제는요, 우리가 아이들에게 그렇게 많은 것을 가르치면서도 국민감정은 안 가르친다는 거예요. 애국심이 희박해요. 그렇지 않나요? 우리 때는 알고 있었어요. 우리가 배워야 하는 건, 학교에서 배워야 하는 건…"

"타인을 위한 봉사요, 국가를 발전시키는 방법이지요." 체육 선생이 제안한다.

"그렇죠!"

체육 선생은 자신의 학교로 돌아가는 내내 그 생각을 한다. 소녀들은 단순한 이어달리기를 한다. 손에 막대를 들고 헐떡거리며 달리고 나서는 무릎에 손을 짚고 호흡을 고른다. 학생들이 하이파이브를 한 다음 너무 시끄럽게 웃었더니 삼층에 있던 교사 하나가 나와 엄한 표정을 지어 보인다.

이런 교육의 의미가 뭐지? 체육 선생은 생각하며 학교가 끝날 무렵의 복도를 걷는다. 주변에서 소녀들이 아이스바를 빨며 주황색 입으로 외친다. "좋은 오후 되세요, 선생님!"

지반

푸르넨두가 다시 왔을 때 나는 모든 걸 그의 입장에서 보려고 노력한다. 왔다 갔다 하는 여자 간수가 땀 냄새를 풍긴다. 방문객과 수감자가 앉는 벤치 사이사이에는 사람 하나 지나갈 만한 공간이 있다. 벽에는 지침이 쓰여 있다.

"집에서 만든 음식은 모두 교도관에게 맡기세요.

신체 접촉은 안 됩니다.

예의를 지켜 작은 목소리로 말하세요.

휴대폰이나 카메라는 압수됩니다."

"내 이야기 첫 부분 나갔어요?" 내가 묻는다.

푸르넨두는 다시 한 번 그 쓸모없는 펜을 우리 사이에 놓는다. 교도관이 펜을 보긴 했지만 그게 뭐든 상관하려 하지 않는다.

푸르넨두가 미소를 짓는다. "아직 시작도 안 했잖아요! 이야기가 다 나오면 편집자가 나를 도와서—"

"편집자가 왜 필요해요?" 내가 따진다. 그러고 나서 공손하게 대하려고 노력한다. "이 이야기는 신문에 나가야 해요. 내가 차례차례 잘 정리해서 말할게요. 정확한 순서대로요. 얼른 내보내요. 빨리 해야 하는 거 몰라요?"

푸르넨두가 나를 보며 벤치 위의 내 손을 토닥인다. 손바닥이 어찌나 부드러운지. 털이 난 내 앙상한 손등에 계속 두었으면 좋겠다.

"그럴 순 없어요. 대중이 처음부터 끝까지 완결된 이야기를 볼 수 있어야죠. 이거 찔끔 저거 찔끔 흘려놓는 게 아니라요. 나 믿죠?"

철거 다음 날 아침, 우리를 반가워하지 않는 옆 동네 고모 집에서 자고 일어났을 때 아버지는 '약간의 통증'을 호소했다. 목이 굳어서 고개를 돌리려면 온몸을 돌려야 했다. 이 동네는 쓰레기 소각장이 바로 옆에 있었다. 부패의 냄새와 연기에 모두가 괴로웠다. 하지만 나는 아버지가 다쳐서 아프다는 것을 알 수 있었다. 아마 경찰한테 맞아서일 것이다.

어머니도 뼈가 쑤셔서 침대에 누운 채 아무 말도 하지 않았다. 다 내가 돌봐야 했다. 갑자기 나는 부모님의 부모가 되었고, 아버지를 데리고 고모가 알려준 의사에게 갔다. 지자체에서 운영하는 병원의 진료소였다. 그곳에서는 일괄 이십 루피만 받고 빈자들과 문맹자들을 진료해주었다.

병원 건물들이 하나의 마을처럼 모여 있었다. 나무 아래, 현관 지붕 아래, 그림자 진 곳마다 가족들이 차지했다. 가족마다 신음하거나 멍한 표정으로 신문지 위에 누운 환자를 에워쌌다. 아버지는 오직 앞만 보며 그들을 지나갔다. 병원 건물 안에서 나는 서류를 작성하고 이십 루피를 지불했다. 그러고 나서 우리는 어느 방에 앉았다. 천장의 선풍기 날은 먼지가 솜처럼 들러붙어 움직이기도 힘들어 보였다. 아버지는 어깨에 한 손을 살짝 얹었는데 문지른다기보다는 자기로선 어쩔 수 없는 부위를 어떤 식으로든 달래보려는 듯했다. 마침내 의사가 우리를 불렀다. "환자 보호자들인가요? 환자는 어딨죠?"

"이분이에요." 내가 존대 인칭대명사를 사용하며 아버지를 가리켰다. "어깨가 많이 아프시대요." 우리는 조그만 방 안으로 서둘러 들어가 의자에 앉았다. 라탄 의자는 오랜 세월 수

많은 환자의 무게를 지탱하느라 찢어지기 직전이었다. 벽에선 분홍 뺨의 아기들 사진이 인쇄된 달력이 펄럭거렸다. "제발 아버지 어깨가 어떻게 된 건지 봐주세요." 내가 말했다.

의사를 보는 아버지의 눈에 눈물이 차올랐지만 흘러내리지는 않았다.

"넘어졌어요?" 의사가 안경 너머로 우리를 보았다.

"아뇨, 맞았어요." 내가 말했다.

"누구한테요?" 의사가 묻자마자 아버지가 입을 열었다.

"길 가다 어떤 사람한테서요." 아버지는 미소까지 엷게 띠고 있었다. "누군지 어떻게 알겠어요? 그러니 상관없죠. 나는 약만 먹으면 돼요. 밤엔 잘 수도 없어요. 왜냐하면—"

아버지가 고통에 비명을 내질렀다. 의사가 팔을 뻗어 아버지의 윗등 여러 부위를 인정사정없이 눌렀기 때문이다. 한때는 세 사람을 릭샤에 싣고 오르막길을 올랐던 종아리의 소유자, 한 번에 이십오 루피를 받고 허리를 잔뜩 앞으로 숙인 채 위로 아래로 힘차게 페달을 밟던 아버지. 긴장된 침묵이 방을 휘감았다.

나는 화가 났다. 왜 아버지는 의사에게 경찰이 그랬다고 말하지 않지? 경찰을 잡으라고! 이렇게 다치게 한 경찰을 감옥에 넣으라고! 이렇게 아파서 어떻게 다시 릭샤를 끌지?

지금은 아버지의 침묵을 이해한다. 숨길 수밖에 없었던 이유를 안다.

의사가 검사를 멈추고 짜증스러운 말투로 말했다. "먼저 엑스레이부터 찍고 왔어야죠. 왜 이리로 왔어요? 아무 검사도 없이 이런 식으로 오면 난 진통제밖에 못 줘요. 여기 뼈가 부러졌나 본데 아닐 수도 있어요. 내가 어떻게 알겠습니까? 환자 분이 만지지도 못하게 하고 '아아 으으 아파요'만 하는데. 가서 엑스레이 먼저 찍으세요—"

"예, 예, 선생님." 아버지가 주눅 들어 말했다. "써주실 수 있나요? 엑스레이 찍으려면 어디로 가야 하는지 말이에요—"

"읽을 줄은 알아요?" 의사가 물었다.

"딸이 압니다." 아버지는 고통 속에서도 나를 보며 자랑스레 미소를 지었다.

감방으로 돌아오니 꽃내음이 난다. 아메리칸디가 대여섯 사람에게 둘러싸여 있다. 그중 야시위가 스프레이 병을 들고 뭔가 뿌리고 있다.

재채기가 난다.

"겨드랑이엔 안 돼!" 아메리칸디가 야시위를 나무란다. "향

수 뿌리는 법도 모르는 거야? 이렇게 해야지. 잘 봐."

아메리칸디가 턱을 들고 목에 병을 기울인다. 살이 쪄서 울룩불룩한 그녀의 목에 새 향수 얼룩이 번들거린다.

"이렇게 해야지." 아메리칸디가 이번엔 손목 안쪽을 돌려 든다. "피가 뛰는 곳에 묻히는 거야."

"그럼 가슴에는 왜 안 발라?" 누가 이의를 제기한다.

"파티했으면 좋겠다!" 칼키디가 신음한다. "우리 냄새 너무 좋잖아?"

"냄새 맡아봐!" 아메리칸디가 나를 보고 명령한다. 병을 건넨다. "순수한 장미랑… 그리고…" 한동안 생각한다. "또 몇 가지 들었대. 비싼 향기 같지 않아? 트윙클 칸나[배우로 시작해 작가, 사업가로 성공한 유명인]도 이 향수 쓴대."

나는 손등으로 코를 닦고 주변 공기를 킁킁거린다. 장미와 화학약품 냄새가 난다. 변장의 냄새다. 그 아래에서는 하수구와 습기와 빨래가 느껴진다. 소화불량과 트림과 발 냄새도 있다.

나는 아메리칸디가 이 비싼 향수를 어떻게 손에 넣었을까 잠깐 의아해한다. 그러다 짐작이 간다.

바닥에는 두꺼운 새 매트리스가 깔려 있다. 그 위에는 부드러운 담요와 깨끗한 시트가 개어져 있다. 뒤에서 종이 바스락거리는 소리가 들려 돌아보니 칼키디가 영국제 초콜릿을 들고 있다. 아메리칸디가 열 개는 되는 초콜릿 바를 집어 든다.

"애들 줄 거야!" 아메리칸디가 말하자, 어느 아기 어머니는 울 것 같은 표정이 된다.

나는 속상해진다. 몇 가지는 나를 위해 살 수 있었다. 오일과 비누, 크림 비스킷 같은 걸. 좋은 매트리스와 물방울무늬 시트를. 대부분을 엄마와 아빠에게 줄 수도 있었다. 아빠의 약은 싸지 않다. 내가 무슨 짓을 한 거지?

밤늦도록 생각해본다. 덤불 속 뱀처럼 후회가 머리를 쳐든다. 신문에 이야기 하나 싣는다고 누가 설득이 될까?

러블리

어느 아침, 근처 마을로 축복 예식을 하러 가는 길이다. 양복점 앞에서 소년들이 빤히 쳐다보기에 놀려준다. "내 침대로 들어오고 싶어? 말만 해!"

그들은 부끄러워하며 손에 가위를 든 채 고개를 숙이고 킬킬거린다.

이생에서는 모두가 나에게 모욕감 주는 법을 안다. 그래서 나도 되갚아주는 법을 배웠다.

축복으로 돈을 벌러 간 결혼식 전 피로연장에 도착해 우리는 옥상으로 올라갔다. 낡은 수건 한 장이 걸린 빨랫줄 아래에 늙은 여자가, 신부의 할머니가 있다. 그녀는 바닥에 무릎을 꿇고 낡은 손풍금에 공기를 불어넣으며 상아색 건반을 친다. 공기를 넣으며 건반을 치는 그녀의 팔에서 가는 금팔찌들이 찰랑거린다. 부드러운 겨울 태양 아래 산들바람이 불고, 내 눈에 노파는 손풍금을 배우는 젊은 여자로 보인다. 아침이 부드럽게 밝아온다.

이제 아르주니 마가 노래를 부르면 나는 가운데로 나가 어깨에 힘을 빼고 왼손으로 사리를 조금 쥐어 단을 땅에서 들어 올린다. 오른손으로 허공에 별과 태양을 그리면서. 아르주니 마가 옛사랑 노래를 부르고 나는 이쪽저쪽으로 몸을 움직여 사리가 물처럼 흐르며 빛을 받게 만든다. 나는 눈으로 노래의 감정을 표현한다. 데브내스 씨 말대로 난 정말 감정 표현에 능하다. 이제 내 눈은 사랑을 하고, 유혹을 하며, 다시 수줍게 땅을 본다. 마치 지금 아자드가 여기 여자들 사이에 앉아 있는 것처럼. 내가 그에게 여자랑 결혼하라고 한 이후 그는 나를 한 번도 만나러 오지 않았다. 내가 실수한 걸까? 그렇게 하면 숭고한 기분이 들 거라고 생각한 건데, 아니었다. 슬플 뿐이다.

이건 사적인 잔치인데도 마을의 얼뜨기들이 문간에 서거나 계단에 앉아서 웃고 손가락질하며 휴대폰으로 내 사진을 찍는다. 어쩌겠어? 이게 직업이니 계속해야지.

예비 신부가 바닥에 수줍게 앉아 춤을 구경한다. 빳빳한 노란 사리에 감싸여 껍질 벗긴 오이를 분홍 소금에 찍어 먹으면서.

나는 춤을 추다 지쳐 땀이 등에 흘러내리기 시작하자 몸을 굽힌 다음 신부의 턱을 잡고 말한다. “신께서 이 아름다운 소녀를 쌀과 금 안에 머물게 하시길.”

소녀의 외모에 감탄하는데 문간에 서서 보고 있던 신부 어머니가 불평한다. “애가 너무 탔어요! 말 좀 해줘요. 맨날 땡볕에 양산도 없이 자전거 타고 나다니거든요.”

그래서 나는 신부를 비딱하게 보며 말한다. “왜 그랬어, 얘야? 얼굴에 요거트랑 레몬 좀 발라! 날 봐, 시커멓고 못생겼잖아. 누가 나랑 결혼하고 싶어할 것 같니?”

“그렇지!” 소녀의 어머니가 말한다. “듣고 있는 거야? 말 들어. 경험에서 우러나온 말이니까. 너 좋으라고 그러는 거야.”

내 직업이 이렇다. 나를 웃음거리로 만들어도 되는 것이다. 하지만 이 일이 아무나 할 수 있는 일인가?

체육 선생

“더 많은 반국가적 발언들이 밝혀졌습니다.” 콜라바간 기차역에서 기자가 소리친다. “지반의 페이스북 계정을 ‘당신의 뉴스, 당신의 관점’ 팀이 조사했습니다. 그녀는 선동적인 글들을 게시했고 의심의 여지 없이—”

체육 선생의 아내는 리모컨을 들어 음량을 줄인다.

“당신 제자 말이야,” 아내가 불평한다. “이 사건은 끝나지 않을 것 같아. 당신은 경찰에 가서 할 일을 다 했고. 대체 우리가 재미있는 걸 한 게 언제야?”

그래서 체육 선생과 아내는 저녁을 먹고 나서 집을 나와 동네 비디오 대여점까지 걸어간다. ‘디네시 가전’이라는, 방

하나짜리 사업장이다. 가게에 들어가니 주인은 전구와 전선 선반 앞에 앉아, 엄지손가락 절반만 한 USB에 불법으로 저장된 자신의 상품을 보고 있다. 그는 여기에 담긴 최신 영화 파일을 대여해준다.

"이거 보세요, 언니." 주인이 체육 선생의 아내에게 권한다. "〈그녀를 보면 내 심장에 큰일이 생겨〉! 이번 주 인기 폭발이에요. 방금 고객한테 돌려받았어요. 라니 사라와기라는 신인 여배우가 나와요. 전부 스위스에서 찍었고요!"

체육 선생의 아내는 USB를 받아 핸드백에 넣는다. 밖에 나오니 튀김 냄새가 떠돈다. 어느 노점상이 기름 그득한 검은 웍에 렌틸볼을 넣고 튀긴 다음 고수와 풋고추 양념을 뿌려 종이 그릇 가득 담아 판다. 그 옆에선 구두 수선공이 희미한 불빛 아래에서 떨어진 구두굽을 본드로 붙이고 있다.

보도가 갈라지고 울퉁불퉁해서 체육 선생과 아내는 도로 가장자리 마른 하수구 옆으로 걷는다. 자동차 전조등이 다가오다 휙 비껴간다. 나란히 걸을 수 없을 때도 자주 있다.

텔레비전 화면에 영화의 엔드 크레디트가 뜰 때 체육 선생은 그날의 빅뉴스를 전한다.

"아 참, 잊을 뻔했네." 그가 능청을 부린다.

남주인공과 여주인공이 마침내 알프스 초원에서 만나 포옹하는 영화의 낭만적 결말 덕분에, 아내가 미소를 띠고 그를 본다.

"나 점심 초대 받았어." 체육 선생이 말한다. "비말라 팔이 자기 집으로 초대했어."

체육 선생은 차분히 말한다. 하지만 심장이 좀 빨리 뛰고 있다는 걸 의식한다. 눈에선 잠이 확 달아난다.

"비말라 팔이?" 아내가 깜짝 놀라 말한다. "자기 집 점심에? 왜? 뭘 원하는 거야?"

체육 선생이 몸을 긴장시킨다. 아내는 분명 가지 말라고 할 것이다. 학교 재개교식 때 반차를 낸 것에 대해서는 아무 말 하지 않았다. 하지만—

아내가 웃는다. "세상에. 그 여자가 당신 학교로 찾아오더니 이젠 집에 초대까지. 정말 당신을 좋아하나 봐!"

체육 선생은 안도해 미소 짓는다.

"좋은 과자 한 상자 사 들고 가. 당신이 먹는 싸구려 말고."

지반

한창 텔레비전 보는 시간, 방송보다 우리 논평으로 방이 더 시끄러울 때, 우마 마담이 보란 듯이 배를 먹으며 나타난다.

"너," 그녀가 물어뜯은 배로 나를 가리킨다. "누가 찾아왔어."

나는 벌떡 일어난다. 허리가 삐끗한다. 충격이 척추를 타고 올라간다. 한 손으로 허리를 부여잡고 면회실로 간다. 변호사 고빈드가 기다리고 있다.

"어디 있었어요?" 내가 따진다. "당신한테 전화 걸 때마다 삼십 분 동안 줄을 서서 돈을 탈탈 털어 내면 비서가 받아서는—"

고빈드가 양손을 들어 올린다. “지금 난 일흔네 건의 재판 변호를 맡고 있어요. 가만히 앉아서 당신 전화만 기다릴 수 없다고요. 어쨌든 일은 하고 있어요. 러블리가 속한 히즈라 그룹의 리더에게 연락했어요. 이름이 ‘아르주니’더군요. 그분 알아요?”

나는 고개를 젓는다.

“러블리가 떠났대요.”

“뭐라고요?”

“고향으로 돌아갔대요—”

“고향이 어딘데요?”

“북부요. 그분도 정확히 모르더라고요.”

나는 그를 한참 쳐다본다. 고빈드가 주먹에 대고 기침을 하더니 말한다. “뭐 할 말 있어요?”

“내가 거짓말한다고 생각해요?” 내가 말한다. “그 리더가 거짓말하는 거예요. 당신도 거짓말을 하고 있고요. 내가 아는 한은 그래요! 러블리를 찾아보기는 했어요? 아니면 내가 만들어낸 가공의 인물이라고 생각하는 거예요?”

나는 목소리를 낮춘다. “어머니한테 러블리를 찾아보라고 할 거예요. 러블리는 분명히 그 집에 있을 거예요. 고향 마을 얘긴 한 적 없어요. 내가 부탁하면 증언하러 올 거예요. 내가 러블리를 가르쳤다고 말할 거예요. 내가 들고 있던 꾸러미는 러블리를 가르치던 책이었다고요."

"해봐요." 고빈드가 한숨을 쉰다.

막간극

고빈드, 영적 구루를 방문하다

금요일 점심시간, 사무실 때문에 짜증이 난다. 튀어나온 배가 고통스럽지 않게 책상 앞에 앉을 방법이 없다. 벽의 흰개미 자국들은 내가 고개를 돌릴 때마다 자라나는 것만 같다. 비서는 심한 기침을 그보다 더 헌신적인 흡연으로 치료한다. 전화가 울리더니 학교에서 딸아이가 동급생의 안경을 깨뜨려 정학을 당했다고 알려온다. 나는 아이 엄마에게 전화한다. 아내가 딸을 데리러 갈 것이다. 나는 일이 너무 많다.

매일이 이렇다. 한 가지만이 힘이 된다. 이제 구루를 만나러 간다. 나의 영적 지도자 구루는 칠십 대 여자로 문이 늘 열려 있는 집 일 층에 산다. 그녀의 거실 사방에는 신상神像이 놓여 있다. 그곳에선 아침 꽃향기가 난다. 구루는 고기를 먹지 않는다. 집을 나가지도 않고 텔레비전을 보지도 않는다. 한번 아이패드가 무릎 위에 놓여 있는 것을 보긴 했지만 바로 치워버렸다. 그녀는 명상을 한다. 그녀의 유일한 나쁜 습관은 떠돌이 개들을 먹이는 것이다.

"오늘 올 줄 알았지, 아이야." 구루가 까만 개를 쓰다듬다가 말한다. 개가 짖는다. 내가 손을 들자 개가 내 무릎 위로 뛰어오른다. 나는 개를 좋아하지 않는다. 구루가 개를 부르자 녀석은 즉시 그녀의 발치에 앉아 나를 본다.

"네 인생에 구름이 좀 보이더라고. 하지만 구름은 지나가."

내 앞에 물 한 잔이 놓인다. 나는 그녀에게 모든 걸 말한다. 심지어 내가 밝히려 하지 않았던 것도. 아내는 나에게 화가 나 있다. 내가 구루의 추천품에 돈을 너무 많이 쓴다는 것이다. 어느 날은 오닉스 반지, 또 어느 날은 연수정 반지. 하지만 왼쪽 새끼손가락에 낀 석류석 반지가 나의 첫 재판을 이기게 해주었다고 나는 확신한다. 백산호는, 실제로는 붉은색이지만, 치명적 사고를 면하게 도와주었다. 늘 다니던 퇴근길에 내 앞 택시 위로 나무가 쓰러졌던 것이다. 녹색 전기석은 가슴에 가까이 하고 다니고, 월장석도 찼다. 황수정을 차기 시작한 날은 무시무시한 병원 검사 결과가 음성으로 나왔다. 아무 관계가 없다는 말은 듣고 싶지 않다. 세상은 부정적인 것들, 문제들, 귀찮은 일들로 이루어져 있다. 사실이다. 변호사는 안다. 그리고 보석은 좋은 에너지를 가져온다.

나는 항상 예순 건에서 여든 건의 사건을 진행한다. 지반처럼 큰 사건도 그저 좀 더 비참할 뿐이다. 매번 열 명도 넘는 사냥개 같은 언론사 사람들에게 쫓기고, 온갖 정치단체에서 압력을 받으며, 무능한 수사를 은폐하려는 경찰서장들과 매일 연락한다. 결과가 어떻든 간에 나한테 화난 사람이 한 트럭일 것이다. 그게 골칫거리다. 빨리 끝날수록 좋다.

"빨리 끝날까요?" 내가 묻는다. "너무 힘들어요."

구루가 말한다. 그렇다고, 일찍 끝난다고, 하지만— 그녀는 잠시 멈춘다.

"네 역할이," 구루가 상냥하게 미소 짓는다. "지금보다 커질 거야."

"좋은 방향으로요?" 내가 묻는다.

"좋은 방향으로." 구루가 말한다. "길이 스스로 드러날 때 따라가길 두려워하지 말렴."

그러자 파도에 실려 해안에 안착한 느낌이 든다. 자리에서 일어난다. 아내에게 전화를 해야겠다고 생각한다. 딸아이가 정학에 어떻게 대처하고 있는지 알아봐야겠다. 비서가 사무실을 재떨이로 만들기 전에 돌아가야 한다. 가는 길에 에그롤을 하나 사 먹을 것이다.

"네 아내는 내 제안을 지지하지 않을지도 몰라." 구루가 말한다. "하지만 이 시기에 너에게 어떤 물건이 특별히 가치 있을 거라는 느낌이 강력하게 들어. 네 오른손 검지손가락을 위해서 말이야." 그녀는 검지손가락을 들어 보인다. "자수정이야."

지반

푸르넨두가 일회용 샴푸며 빨래집게, 머리끈을 가져다준다. 나는 그 선물들을 무릎 위에 올려두고 붙잡고 있다. 현금이나 마찬가지인 물건들이다.

"고마워요." 나는 그에게 영어로 말해서, 비록 그가 가져다준 물건으로 몸을 씻어야 하는 처지지만 나도 그와 대등한 사람일 수 있음을 알리려 한다.

우리는 정부에서 마련한 주택에 재정착했다. 원래 살던 마을에서 오십 킬로미터 떨어진 도시였다. 습기로 벽이 부푼 건물들 말고는 아무것도 없었다. 열린 하수구에선 오수가 흐르고 펌프에서는 녹슨 물이 왈칵왈칵 쏟아졌다. 하지만 그곳은 내가 처음 그리고 유일하게 살아본 아파트 건물이었고 나는 우리 거주지가 자랑스러웠다.

같은 철거민인 이웃 소년이 매일 저녁 우당탕탕 계단을 내려가는 소리가 들렸다. 창문에서 보고 있으면 소년은 골목으로 나가 무리에 섞여 크리켓 경기를 했다. 선수들은 널판자를 배트로 삼고 속이 빈 플라스틱 공을 쫓아다녔다. 그들은 내 또래였다. 나도 저 애들과 경기하고 싶어서, 소리 지르며 뛰고 길거리의 조약돌 위로 미끄러지고 싶어서 팔다리가 근질거렸다. 내가 뛰어놀던 들판은 이제 없었다. 어머니는 안 된다고 했다.

나는 여자아이였다. 집에 머물며 아버지를 보살피는 동안 어머니는 새벽에 집을 나서 저녁까지 일용직을 찾아다녔다. 며칠은 건축 현장에서 일할 수 있었지만 그 후엔 일거리가 없었다.

그러자 어머니는 부엌에 숨어 요리를 했다. 연기와 고추 냄새가 자욱해 제대로 대화하기도 힘들었다.

어느 날 밤, 나는 어머니와 아버지가 하는 말을 들었다.

"일자리가 어디 있어?" 어머니가 말했다. "여긴 다 우리처럼 쫓겨온 사람들이야. 누가 우릴 고용하겠어?"

"며칠만 더 기다려봐." 아버지가 말했다. "새 릭샤를 살 돈을 빌려볼게."

"새 릭샤라고?" 어머니가 비웃었다. "이 저주받은 동네에서 릭샤 타는 사람이 있겠어?"

듣고 있기 괴로웠다. 어머니가 그런 음울한 상태에 빠져드는 걸 볼 면목이 없었다.

하루는 어머니가 요리를 하고 있을 때 슬금슬금 다가갔다.

"왁!" 뒤에서 소리쳤다. 어머니가 펄쩍 뛰면서 내 다리를 때리려 했지만 슬쩍 피했다. 나는 문간에서 괴물을 흉내 낸 굵은 목소리로 말했다. "음, 냠, 카! 인간 요리 냄새가 나는구나!"

다시 가까이 가서 이번엔 어머니가 내 다리를 때리게 놔두었지만 어머니는 그러지 않았다.

나는 이렇게 자랐다. 아빠가 엑스레이를 찍는 날이 되어 내가 모시고 갔다. 우리는 경적을 울려대며 고속도로를 달리는 버스를 타고 에어컨이 있는 병원에 갔다. 한 여자가 가방을 치울 때까지 내가 계속 쳐다봐서 아빠가 의자에 앉을 수 있었다. 여자의 팔이 하얗고 포동포동했다. 손가락에서 다이아몬드가 반짝였다. 가죽끈이 이리저리 교차하는 샌들을 신었고 분홍색으로 칠한 발톱은 사탕 같았다. 그녀가 우리를 보았다. 나는 갈라지고 흙 묻은 발 한쪽을 뒤로 미끄러뜨렸다.

어두운 방에서 방사선사가 아빠를 차가운 유리판에 기대서게 하고 사라졌다. 아빠가 움찔했다.

"가만히 있어요!" 우리한테는 안 보이는 방에서 기술자가 나무랐다. "똑바로 서세요!"

하지만 엑스레이 남자는 사진을 찍지 못했다. 그가 짜증을 내며 밖으로 나왔다.

"왜 그래요, 대체?"

아빠는 맨살을 문지르며 추워하면서도 미안해하며 미소를 지었다. "추워서요—"

"저 판은 원래 차가워요!" 엑스레이 남자가 말했다. "꼼짝 말고 서 있어야 해요. 몸을 판에 대고요. 내가 얘기했잖아요. 못 배운 사람들하고 일 못 하겠네—"

촬영이 끝나고 나는 아빠의 허리와 어깨의 유령 같은 이미지가 담긴 커다란 봉투를 받았다. 그걸 어린아이가 들기엔 너무 무거운 책가방을 대신 들어주는 부모처럼 안고 집으로 돌아왔다.

집에서 엄마에게 보여주려는데, 엄마가 외쳤다. "집어넣어, 집어넣어! 그건 특별한 빛에 대고 봐야 하는 거야. 안 그럼 망가진다고. 그런 것도 모르니?"

정말인가? 일단 집어넣었다.

"오늘은 엑스레이, 내일은 또 뭐." 어머니가 말했다. "두고 봐라, 의사는 꼭 환자를 그러고 돌아다니게 만든다. 검사받고 약 사게 만들어야 돈을 버니까. 안 그래? 그 돈을 어디서 구하니?"

아버지가 침대에 앉아 목을 조심하며 다리를 들어 올렸다. 아버지는 어머니의 말에 귀 기울였다.

하지만 나는 뭔가 잘못되었다는 걸 알았다. 내가 아무것도 안 하면 아빠는 정말 아플 것이다. 적어도 의사에게 엑스레이 사진은 보여주어야 했다.

아빠의 릭샤 동료 기사가 아침에 우리를 실어다주었다. 아파트 단지 밖 도로로 나가는 길에 팬 구덩이들도 살살 지나가주었다. 아빠의 눈에 눈물이 어렸다. 아빠는 릭샤를 타는 것도 힘들었던 것이다. 병원에 겨우 도착했다.

"흠," 세 시간을 기다려 만난 의사가 말했다. 그사이 아빠는 미끄러운 화장실에 다녀오다가 넘어져서 뼈가 또 부러질 뻔했다. "뼈가 부러졌네. 여기 보여요?"

의사가 유령 같은 이미지를 펜으로 가리킨다.

"하지만 더 심각한 문제가 있네요. 여기 디스크가 다쳤어요. 심각해요. 절대적인 안정이 필요합니다. 안 그러면 마비가 올 거예요. 통증이 심하겠네요. 강한 약이 필요하겠어요. 음식과 함께 하루에 두 번 드세요."

"통증이 심하다고 저번에 말했잖아요." 내가 몸을 내밀며 불평했다. "처음 왔을 때부터 계속 말했는데요."

"이봐요, 왜 이렇게 흥분해요?" 의사가 펜을 내려놓으며 눈을 부라렸다. "어떤 사람들한텐 개미 물려 아픈 것도 심각한 통증이에요."

그러더니 처방전을 마저 썼다. 펜에 인쇄된 제약 회사 이름이 반짝였다.

"그럼 릭샤는 어떻게 해요, 선생님?" 아버지가 물었다. "빨리 다시 일해야 하는데요."

"일이요?" 의사가 말했다. "좀 참으세요, 환자분. 여기까지 걸어온 것만도 대단한 거예요. 당분간 릭샤 운전은 안 돼요."

몇 주 동안 매일 아침 일찍 공용 펌프로 달려가 물을 퍼서 계단을 다섯 층이나 오르내리다, 엄마와 나는 상수도 관리과에 가서 집 안 수도에서 나오는 녹물에 대해 호소하기 시작했다.

상수도 관리과에 우리가 가자마자 머리카락이 고리 모양

으로 남아 있는 대머리 남자가 우리를 알아보고는 손을 휘저어댔다.

"나중에, 나중에 와요. 수도 작업은 이삼 일 내로 못 한다고 말했잖아요."

"선생님, 우린 일주일인가 열흘 전에 왔어요."

"그래요?" 공무원이 말했다. "내 일정을 나보다 더 잘 아는 거요?"

"아직도 깨끗한 물이 안 나와요." 어머니가 말했다. "저번에는 적어도 7월까지는—"

"누가요?" 공무원이 껌을 씹다가 멈추고 캐물었다. "누가 그런 말을 해요? 7월, 8월이요? 내가 여기서 당신네 집까지 물을 갖다줄 책임이 있어요?"

엄마는 아무 말 하지 않았고 난 그 옆에서 조그만 아이가 된 기분이었다. 나도 그 사무실의 누구 못지않게 어른스러웠는데 말이다.

너무 심했다. "실은요. 선생님이," 내가 말했다. "지난번에 우리한테 수도관을 곧 수리할 거라고 말했어요. 아버지가 아파요. 목욕하러 공용 펌프로 계단 다섯 층을 내려올 수가 없어요." 뺨이 달아올랐다. 목이 쉬었다. "제발 어떻게 좀 해주세요."

남자는 눈을 부릅뜨고 나를 노려보더니 전화기를 들었다.

"예, 좋은 아침입니다." 그가 전화기에 대고 예의 바른 전문가처럼 부드럽게 말했다. "수도관 작업 지시가 어떻게…" 하고 대화를 이어나갔고 우리는 지켜보았다. 나는 기뻤지만 얼굴로는 계속 애원하는 표정을 지었다.

사흘 후 우리 건물 수도에서 깨끗한 물이 나오자 어머니는 사람들한테 전부 내 공이라고 말했다.

"지반이 수도 담당자한테 얘기했어요." 어머니가 이웃들에게 시시콜콜 설명했다. "아, 그 모습을 다들 봤어야 하는데!"

나중에 밥을 먹은 뒤 조용한 주방에서 어머니가 말했다. "제도가 언제나 우리를 위해 움직이는 건 아니야. 하지만 너도 봤지, 가끔은 우리한테도 좋은 일이 일어나게 만들 수 있어."

나는 생각했다. 가끔? 나는 그보다는 나은 삶을 살 거라고 생각했다.

체육 선생

정치인의 집은 늘 시장 같은 분위기가 있다. 문을 들락거리는 발들, 기다리며 빈둥빈둥 담배를 피우고 하수구에 꽁초를 던지는 기자들. 하인들과 관계자들은 드나드는 사람들을 지켜보다가 이따금 멈춰 세우고 이런저런 잡담을 한다. 불만 있는 시민들이 서류를 들고 오기도 한다. 꾸러미를 들고 오는 사람도 좀 있고 가끔은 꽃다발이나 말린 과일 선물 바구니가 나타난다. 길에서는 이 정치인을 담당하는 경찰들이 차 안에서 대기 중이다. 바람이 통하게 하려고 문은 열어뒀고 등에 장총을 찼다.

체육 선생이 현관에서 신발을 벗으며 깨끗한 양말을 신고 온 것에 안도하는데 보좌관 하나가 묻는다. "약속이 돼 있으신가요?"

"아뇨. 그러니까," 체육 선생이 말한다. "점심 초대를 받았아서—"

"아," 하면서 보좌관이 문을 연다. "그 선생님이시군요."

집은 평범하다. 부모와 조부모의 사진 액자들에 향기로운 흰 화환이 둘려 있는 것을 제외하면 벽은 비어 있다. 다소 제왕적인 스타일의 소파 두 개가 마주 놓여 있고 그 너머엔 의자 여섯 개짜리 식탁이 있다. 바닥은 여느 중산층 가정처럼 얼룩덜룩한 타일이 깔렸고 금이 간 것도 있다.

체육 선생이 양말만 신은 발로 차가운 바닥에 서서 머뭇거릴 때 비말라 팔이 안쪽 사무실에서 나타난다. 그녀의 안내를 받아 식탁에 앉는데, 식탁은 판자 표면에 레이스를 흉내 낸 비닐 천을 덮은 것이다. 주방에서 요리들이 나온다. 음식은 소박하다. 밥, 달, 볶은 가지, 생선 커리 같은. 비말라 팔이 초대 이유를 언제 얘기하려나, 체육 선생은 궁금하다. 비말라 팔은 무심해 보인다.

"어제 반쿠라 지역에 다녀왔는데요." 비말라 팔이 말한다. "거기서 무슨 일이 일어나고 있는지 아세요? 학교 점심 급식 기금이 학교 운영자들의 주머니 속으로 사라지고 있어요.

거기 아이들은 돌이 잔뜩 씹히는 밥과 기름을 거의 넣지 않고 조리한 렌틸콩을 먹어요. 내가…" 이야기는 한 학생의 할머니가 비말라 팔의 포옹을 받고 감사의 눈물을 흘린 것으로 끝난다.

접시가 거의 비워졌을 때 비말라 팔이 말한다. "내가 오늘 왜 만나자고 했는지 궁금하겠죠?"

체육 선생은 그녀를 보고 그녀의 접시를 본다. 작은 검처럼 흰 생선 가시가 쌓여 있다.

"실은 나한테 작은 골칫거리가 있는데, 혹시 당신처럼 교육받은 남자가 우리를 도와줄 수 있을까 생각하고 있었어요."

열린 문을 통해 햇빛 속에 아이를 안고 있는 어두운 형상이 보인다. 하인이 들어와 말한다. "마담, 어머니회에서—"

"들어오라고 해요, 들어오시라고." 비말라 팔이 말한다.

"기술자들도 기다리고 있고—"

비말라 팔이 고개를 끄덕이자 하인이 물러난다.

시간이 별로 없다.

"어떤 식으로든 제가 도울 수 있으면 영광이죠." 체육 선생은 자기도 모르게 말한다. "제가 뭘 하면 될까요?"

그렇게 해서 몇 주 후 체육 선생은 법원으로 간다. 붉은 벽돌색 페인트칠로 새로 단장한 장엄한 영국 시대 건물이다. 히비스커스와 금잔화가 줄줄이 심긴 커다란 정원이 건물을 둘러싸고 있다. 이른 아침 시간임에도 긴장된 분위기가 감돈다. 검은 법복을 입은 법관들이 마당을 가로질러간다. 체육 선생도 지나간다. 죽 늘어선 참나무 아래로 타자수들이 타자기를 앞에 두고 앉아 있다. 그들 옆에는 법률 문서가 쌓여 있다. 그 옆엔 차와 사모사 노점상들이 주전자와 컵들을 바닥에 내려놓고 활발히 장사 중이다.

아무도 체육 선생에게는 주목하지 않아서, 그의 재킷 겨드랑이에 흥건히 번지는 땀자국을 아무도 알아채지 못한다. 왼쪽 엄지가 파들거린다. 한 번도 경험해보지 못한 경련이다. 손을 주머니에 숨긴다.

오래된 법원 건물로 들어가서 긴 발코니를 따라가니, 저쪽 문 틈새로 천장에서 선풍기가 돌아가는 도서관이 들여다보인다. 서류들이 탑처럼 쌓인 법관 사무실들도 지나간다. 체육 선생은 바지 주머니에서 손수건을 꺼내 푹 젖은 이마를 훔친다. A6 법정 앞에 이르러 문 앞에 서 있는 경비를 살짝 건드리고 목청을 가다듬은 다음 말한다. "증인입니다."

그러고 나서 딱딱한 나무 벤치에 앉아 다른 재판 세 건이 신속히 판사 앞에 상정돼 해결되는 것을 불안하게 지켜본다.

삼십 분 후 체육 선생이 법정 앞쪽으로 호출된다. 목이 바싹 마른다. 왼손 엄지의 경련은 멈추었지만 오른쪽 눈꺼풀이 그 증세를 이어받는다. 그는 천천히 걸어가며 침착해 보이려 애쓴다. 증인석에 서자 서기 하나가 난간이 불안정하니 기대지 말라고 경고한다.

주름 잡힌 법복을 입고 앞코가 갈라진 여름 샌들을 신은 검사가 체육 선생 앞에 나타난다. 체육 선생은 그 발을 본 다음 자기 차례를 기다리며 조는 사람들을 본다.

이제 비말라 팔은 아주 멀리 있는 것 같다. 그녀의 영향력은 아련한 추억일 뿐이다.

체육 선생은 공황 상태가 되어 자신이 여기서 빠져나갈 수 있을까 싶어진다.

나갈 방법이 없을까? 심장마비가 온 척을 할 수 있을지도 모른다.

검사가 묻는다. "이삼본적이서요?"

"어엉?" 체육 선생이 말하고 기침하며 목을 고른다.

말을 해버렸다. 지금이라도 심장마비가 온 척을 할 수 있을까?

검사가 다시 말하고 이번에는 체육 선생도 이해한다. "이 사람 본 적 있어요?"

검사가 앞쪽 탁자에 앉은 남자를 가리킨다. 너무 큰 파란색 셔츠를 입었고 짧은 소매가 까매진 팔꿈치까지 내려왔다. 반쯤 벌린 입을 통해 붉게 물든 치아가 보인다.

체육 선생은 이 남자들을 전혀 모른다. 이가 착색된 남자뿐 아니라 검사도 모른다. 하지만 체육 선생의 임무는, 비말라 팔의 보좌관의 지시에 따라 대답하는 것이다. 예, 우연히 마주친 적 있습니다. 학교 근처 철물점이 강도당했을 때 달아나는 것을 보았습니다.

체육 선생은 물론 이 남자를 처음 본다. 하지만 안다. 들었다. 이 남자가 도둑질로 먹고살아왔지만 한 번도 잡힌 적 없었다는 것을. 이웃과 친구 모두 그 사실을 알지만 증거가 나온 적이 없었다. 그가 잘못된 종교에 속해 있다는 것 역시 사실이다. 소고기 먹기를 부추기는 소수 종교 말이다. 하지만 이는 주변적인 문제일 뿐이라고 비말라 팔의 보좌관이 말했다. 중요한 건 강도질을 멈추게 하는 것이다. 올바른 남자라면 정의 구현에 참여하기를 마다해서는 안 되는 법이다.

이제 체육 선생은 말을 하거나 기절해야 한다. 말을 하든지, 비말라 팔의 호의로 신분 상승할 수 있다는 희망을 다 포기해야 한다.

체육 선생은 차분하고 교사다운 말씨, 단정하게 빗은 머리, 단추 달린 셔츠와 검은 재킷 차림으로, 젖은 겨드랑이는 신경 쓰지 않고 지저분한 얼굴에 이가 썩은 범죄자 앞에 서서 말한다. "저 자요, 네. 저 남자를 거기서 봤습니다. 철물점 쪽에서 달려오고 있었어요."

검사와 판사가 뭐라 주고받더니 문제가 끝난다. 경찰이 데리고 나가는 저 범죄자는 무거운 벌금을 내거나 감옥에 가야 할 것이다. 벌금 낼 방법은 없을 게 분명하다. 범죄자는 지나가며 체육 선생을 자세히 쳐다본다. 마치 안경을 잃어버린 사람처럼 눈을 가늘게 뜬다. 체육 선생은 고개를 돌린다. 서기관이 다음 사건의 번호를 부른다. 검사는 사라진다. 다른 사람들이 나온다.

체육 선생은 재킷 단추를 풀면서 법정을 천천히 빠져나온다. 목이 따끔거리고, 금방이라도 검사가 다시 나타나 따질 것만 같다. 판사가 방으로 불러서 그가 정말로 어떤 사람인지 아느냐고 힐문하길 기다린다. 법원 구내를 순찰하는 경비들을 지나치는 동안 누가 팔을 쑥 뻗어 자신을 막아 세우는 장면을 상상한다.

하지만 어느 순간 그는 거리에 나와 있고, 아까의 괴로움은 사라지고 새로운 피로가 시작된다. 땅을 쪼던 비둘기가 그를 피해 푸드덕 날아오른다. 비둘기 날개가 얼굴을 거의 스칠

뻔한다.

이후 몇 달 동안 비말라 팔의 보좌진이 체육 선생에게 전화로 사건을 전달하면, 체육 선생은 땀 억제제를 사서 하얀 젤을 겨드랑이에 바르고 나설 준비를 한다. 물병을 가지고 다니며 마신다. 그 전날은 일찍 잠자리에 든다. 아마도 이런 조치들 때문이었을 것이다. 법원에 네 번째 가던 날, 체육 선생은 불편감이 거의 사라진 것을 느낀다.

법정 문 앞에서 경비가 체육 선생에게 친근하게 인사한다.

"잘 지내시죠?" 경비가 말한다.

"잘 지냅니다." 체육 선생이 말한다. "내 사건은 아직 시작 안 했죠?"

"오늘은 좀 늦네요." 경비가 말한다. "걱정 마요. 매점에 가서 앉아 있으면 사람을 보낼게요."

체육 선생은 법원 도서관을 지나 매점으로 가는 익숙한 복도를 거닐며, 당에서 저 경비에게도 돈을 주는지 처음으로 궁금해진다. 그렇다면 법원 서기관, 판사, 검사 들은 어떨까? 그들 중 누구도 의문의 기색조차 내비친 적 없다. "이 남자 정말 이상하네! 강도가 들고 가정 내 문제가 일어나고 이웃 간 싸움이 날 때마다 우연히 지나가다니! 배트맨이야 뭐야?"

하지만 지금은 그런 문제를 생각할 때가 아니다. 치킨 커틀릿을 먹고 한 시간 뒤, 체육 선생은 마르고 단단한 배 아래 체크무늬 룽기 치마를 묶어 입은 한 남자에 대한 재판의 증언대에 선다.

체육 선생은 말한다. "길에서 본 남자입니다. 어느 부인을 성추행하고 있었습니다. 역겨운 몸짓을 하면서요. 저더러 재현하라고 하지 마십시오." 수치스럽다는 듯 이로 혀를 물고 고개를 젓는다. "내가 그 길로 가지 않았더라면 그 부인에게 무슨 일이 일어났을지 신만이 아실 겁니다."

피고인은 어리둥절해 보인다. 그가 입을 열어 말하려 하지만 판사가 조용히 하라고 주의를 준다.

비말라 팔의 설명은, 그리고 체육 선생이 아내에게 설명한 바는 다음과 같았다. 이들은 전부 경찰이 백십 퍼센트 유죄를 확신하는 피고인들이다. 다만 증거가 많지 않을 뿐이다. 피고인들은 동네에서 유명하다. 평판이 자자하다. 이 위험한 남자들을 절차상 문제 때문에 거리로 돌려보내야 할까? 증언으로 빈틈을 메워 감옥에 보내는 게 훨씬 낫다.

체육 선생은 동의하지 않을 수 없다. 세상에는 법이 놓치는 게 많다. 게다가 매번 임무에 '선물'이 따라오는 것도 나쁘지 않다. 아마도 보좌관의 보좌관일 남자가 매달 시끄러운 오토바이를 타고 집으로 와서 새하얀 봉투를 전달한다.

러블리

오늘은 데브내스 씨가 우리에게 눈물을 흘려야 하는 장면을 줘서, 다들 걱정하는 얼굴이다.

"어디서 들었는데요," 루멜리가 말한다. "진짜 촬영 때는 따가운 안약을 사용한다고—"

"따가운 안약이라고!" 데브내스 씨가 소리친다. 얼굴이 붉어진다.

"C급 배우가 되고 싶으면 그런 싸구려 다 사용해도 돼. 진짜 배우는 가슴에서부터 울어. 진짜 배우는 자기 안에 간직된 걸 찾아내는 거야. 가짜 슬픈 순간을 상상해내는 게 아니라, 자기 인생에서 진짜 슬픈 순간으로 돌아가는 거지. 그렇게 해서 만들어진 장면에서 진짜 눈물을 흘리는 거야."

그제야 우리 모두 진지하게 고개를 끄덕인다. 데브내스 씨는 이런 심오한 이야기를 해주곤 한다.

나도 열서너 살 까지는 부모와 살았다. 두 분 다 동네 우체국에서 일했다. 우리는 조부모, 숙부 둘, 숙모 둘, 사촌들과 다 함께 방 네 개짜리 아파트에서 복닥대며 살았다. 작은 발코니도 있어서 참새들 먹으라고 튀밥을 뿌려놓곤 했다. 우리는 부자도 아니었지만 가난하지도 않았다. 한 달에 한 번씩은 집에서 밥과 달걀 요리를 먹은 후 영화관에 갔다. 우리 같은 사람들을 위한 팝콘 판매대는 없었지만 말이다.

바깥세상에서 나는 소년용 반바지를 입고 소년의 머리 스타일을 하고 크리켓 경기를 했다. 하지만 집에서는 몰래 립스틱을 발라보았다. 한번 어머니의 사리를 입어보고 나서 두 번, 세 번 또 입어보았다. 네 번째 입었을 때 숙부들이 아버지를 설득해서 날 쫓아냈다. "이런 부자연스러운 남자애가 집안에 있으면 우리가 어떻게 존경을 받겠어요? 우리 아이들은 정상인데 그 애들 생각을 해야죠!"

사촌들은 침실에 숨어서 휘둥그레진 눈으로 내다보았다.

어머니는 나를 지키려고 싸웠다. 내가 특수학교에 갈 수 있을 거라고! 병원에 가볼 수도 있을 거라고! 하지만 어머니가 사회규범에 언제까지 맞서 싸울 수 있겠는가? 그래서 내가 떠났다.

슬픔에 빠진 어머니가 오랫동안 나를 찾았을 거라는 걸 나는 가슴으로 느낀다. 어쩌면 아직도 찾고 있을지 모른다. 하지만 나는 더 이상 어머니 생각을 하지 않는다.

처음 히즈라 일가에 들어가서는 노래와 춤, 타인을 유혹하고 설득하는 기술을 배웠다. 비영리단체에서 운영하는 수업에서 벵골어와 산수 공부를 계속하긴 했지만 단체 기금이 바닥나 그만두어야 했다. 그래서 책에서 많은 걸 배우진 못했다. 어릴 때는 학교가 세상에서 제일 중요한 거라고 배웠다. 시험과 성적이 성공으로 가는 길이라고! 요즘 나는 그렇지 않다고 본다. 간디가 책 속에 앉아 시간을 보냈나? 역사상 가장 위대한 영화배우 라크히 굴자가 아뇨, 미안하지만 책을 봐야 해서 영화를 찍을 수 없어요, 하고 말하며 시간을 보냈나? 아니다. 나는 삶으로부터 배운다.

러블리는 나의 히즈라 이름이다. 열여덟 살 생일 의식 때 직접 지었다. 진정한 여성이 되는 의식이었다. 아르주니 마가 나를 자기 침실로 데리고 가서 긴 거울 앞에 세웠다. 황금색

블라우스와 검은 페티코트를 입으라고 주고 내 골반을 붉은 사리로 감쌌다. 그녀는 늙은 손마디와 주름 잡힌 손길로 너무나 큰 사랑을 담아 나를 어루만졌다. 나는 거울 속의 내 모습을 바라보다가 울지 않으려 농담을 좀 떠올렸다. 드디어 매일 보던 모든 여자들, 기차를 타고 아이 손을 잡고 생강과 마늘로 요리하는 여자들처럼 된다는 게 어떤 기분인지 알게 된 거다. 그들 모두 집을 나서기 전 이 일을 한다. 구 미터 길이의 천을 몸에 감는 거다. 아르주니 마가 내 앞에 무릎을 꿇고 주름들을 펼 때 나는 진정 신께 몸을 맡기고 흐느꼈다.

그날 밤새도록 자매들과 춤을 추었다. 스테레오에서 나오는 볼리우드 고전 영화 음악들이 스타가 된 기분을 안겨주었고, 내 몸이 비단과 금인 것처럼 느끼게 해주었다. 모두의 눈이 감탄하며 나를 보았다. 많은 자매들이, 뭐랄까, 팔십 퍼센트의 에너지와 이십 퍼센트의 재능을 가지고 있었다. 나는 좀 달랐다. 나는 빙글빙글 돌면서 분홍 풍선과 황금 리본을 영화 세트 장식으로 느꼈다. 방 안의 침침한 형광등조차 스포트라이트로 느껴졌다.

한 가지만이 나를 슬프게 한다. 아직도 생각하고 싶지 않지만 데브내스 씨가 이 과제를 주었으니 어쩔 수 없다. 나는 다정하게 미소 짓는 자매들조차 서로에 대해 몰래 험담한다는 걸 알게 됐다. "상상이 돼? 러블리는 아직 싹둑싹둑 수술도 안 받았대. 그런데도 아르주니 마가 의식을 열어준 거야. 운도 좋지!"

오래전, 그 의식 이전에, 우리 히즈라 일가에서 나와 가장 친했던 자매는 라기니였다. 라기니는 열여덟이 되었을 때 아르주니 마와 함께 치과 의사한테 수술을 받으러 갔다. 나에게도 가자고 해서 당연히 그러겠다고 했다. 그럼 수술 끝나고 아이스 캔디를 먹을 수 있으니까.

치과에는 닫힘 표지판이 걸려 있었지만 아르주니 마가 노크를 하자 웬 남자가 노키아 휴대폰으로 통화를 하면서 문을 열었다. 내부는 천장에서 중간까지 내려오는 커튼으로 나뉘어 있었다. 커튼 뒤로는 작은 공간에 약품 견본들과 한 번도 걸린 적 없는 달력들이 쌓여 있었다. 맨 위 달력에는 보조개가 깊게 파인 외국 아기의 사진이 있었다. 나는 그 아기를 보고 웃을 뻔했지만 눅눅한 수건 같은 이곳의 냄새에 제지당했다. 천장엔 검은곰팡이 자국이 보였고 좁은 침대 하나에는 방수포 같은 캔버스 시트가 덮여 있었다. 아르주니 마가 허락하자 라기니는 바지를 벗고 침대에 누웠다.

아르주니 마는 나한테 라기니의 머리맡에 서서 손을 잡아주라고 했다. 라기니는 너무나 용감했다. 그날 내 눈에 라기니는 영웅이었다. 의사가 들어왔는데 이미 마스크를 쓰고 있어서 아까 통화하던 남자인지 다른 남자인지 알 수 없었다. 아르주니 마가 라기니에게 찬송을 시작하라고 했고 라기니는 여신의 이름을 반복해서 부르고 또 불렀다. 이 수술 의식에 신의 축복이 내려지길 빌고 아픔을 잊기 위해서였다.

나는 좀 무서워졌다. 그래서 라기니의 손을 더 꽉 잡고 속삭였다. "내일부터 로미오들은 다 너한테 빠질 거야."

라기니는 검은 잇몸을 드러내며 웃었다.

치과 의사는 중얼중얼하더니 하필 그날 마취제가 없다고 했다. 왠지 모르지만 난 그가 거짓말을 한다는 것을 직감했다. 내 육감이 나에게, 그가 마취제를 보관해두고도 쓰는 걸 불안해하는 거라고 말해주었다. 라기니는 마취제 없이 말도 안 되는 고통에 직면하게 됐다. 나는 의사에게 물었다. "조금이라도 마취제를 놓거나 진통제라도 주면 안 돼요?"

그러자 의사가 짜증을 냈다. "수술을 하는 게 너냐, 나냐?"

나는 할 말이 없었다.

라기니가 끼어들었다. "괜찮아. 좀 아프면 어때? 수술 끝나고 진통제 먹으면 돼." 나를 보는 라기니의 표정은 '의사를 화나게 하지 마'라고 하는 듯했다. 그녀는 수술받고 싶은 마음

뿐이었던 거다. 그래서 난 계속 입을 다물고 있었다.

눈도 감고 있었다. 피는 고사하고 칼날이 번득이는 광경만으로도 감당하기 어려웠다. 눈을 감고 소리만 들었다. 아르주니 마의 날카로운 숨소리, 액체가 뿜어 나오는 소리, 탁자에 부딪치는 금속 소리. 눈을 떠보니 라기니의 다리 사이에 새빨간 피가 너무나 많이 흘러서 나는 그녀가 이제 완전한 여자가 되었다고 생각했다. 생리를 하게 된 거라고.

그러고 나서는 라기니가 죽었다고 생각했다.

그러나 라기니는 죽지 않았다. 그녀는 유령처럼 해쓱했다. 라기니는 비명을 지르지도 울지도 않았다. 마치 두개골이 목에서 헐거워진 것처럼 머리가 양쪽으로 흔들렸고, 고열이 나는 사람처럼 몸을 떨었다. 내 손에 쥐여진 그녀의 손은 얼음덩이 같았다. 나는 손을 놓고 울음을 터뜨렸다. "아르주니 마, 라기니 좀 봐요! 이상해요!"

아르주니 마는 의사를 독수리처럼 노려보았다.

결국 걸레 한 무더기와 아무것도 물어보지 않는 택시 덕분에 우리는 라기니의 상처를 닦아낸 다음 집으로 데리고 왔다. 라기니는 사나흘 고열에 시달렸고 우리는 더 많은 이불을 덮어서 땀을 빼 체온을 내리려 했다. 마침내 어느 날 라기니가 일어나 앉아 내가 가져다준 설탕물을 받았다. 그녀는 한 모금 마시고 미소를 지었다. 그날 나는 여신께 무한한 감사를 드렸다. 나는 기적을 믿었다. 라기니가 저녁 때 우리와 함께 앉아 텔레비전을 보며 좋아하는 노래가 나올 때 손으로 춤까지 추자, 나는 미소를 짓고 또 지었다. 그녀의 손을 잡고 놓지 않았다.

그러던 어느 날 아침, 라기니가 깨어나지 않았다.

"라기니!" 우리는 외쳤다. "라기니, 일어나!"

나는 그녀의 얼굴에 물을 뿌리고 발가락을 꼬집었다. 누구는 가죽 냄새가 도움이 될까 싶어 낡은 구두를 그녀의 코앞에 가져다 댔다.

하지만 아르주니 마가 보고 있는 것이 나에게도 보였다. 라기니는 우리에게서 멀리 떠나가버렸다. 그녀의 눈은 움직이지 않았고 입술은 갈라졌으며 피부에 핏기가 없었다. 라기니는 죽었다.

라기니는 왜 죽었는가? 아무도 모른다. 왜냐하면 우리 모두, 심지어 아르주니 마조차 진짜 의사에게 가기를 두려워했기 때문이다. 하지만 나는 알았다. 아, 백 퍼센트 확실히 알았다. 치과 의사 때문이다. 그가 사용한 칼날이 녹슬었거나, 손이 깨끗하지 않았거나. 어쩌면 마취제 없이 당한 고통이 쌓이고 쌓여 라기니의 몸이 더 이상 견딜 수 없었던 건지도 모른다. 그렇게 라기니의 삶이 끝났다.

그래서 나는 수술을 하고 싶지 않다. 평생 반반의 인간으로 남아 있을 거다.

이것이 오늘 연기 수업에서 떠올린 고통이고, 고통은 수업 후 우리 집 문 앞에서 쭈그려 앉아 있는 여자를 볼 때까지 계속되었다. 고개를 숙이고 있는 여자의 머리는 은빛이다. 내 발소리를 듣고 여자가 일어서자 닮은 얼굴을 나는 알아본다. 지반의 어머니다.

안으로 들어온 지반의 어머니는 매트리스 위에 앉는다. 거기밖에 앉을 곳이 없으니까. 다리를 접고 눈물을 글썽이며 손이 조그만 그녀는 마치 아이 같다. 그녀는 나에게 어떤 어머니도 물어서는 안 되는 질문을 한다.

"어머니," 이야기를 들은 후 내가 말한다. "사랑하는 사람을 잃는다는 게 어떤 건지 저도 알아요. 지금 불쌍한 지반도 잃어버린 상태죠. 하지만 다행인 건 지반이 다시 돌아올 거라는 거예요."

지반의 어머니는 찻잔을 들고 나를 보며 내 말이 무슨 뜻인지 설명을 기다린다. 그래서 나는 분명하게 말한다.

"증언할게요. 걱정 마세요. 법정에 설게요. 사실을 말할게요. 지반은 나 같은 가난한 사람을 가르치는 인정 많은 아이라고요! 지반은 나 같은 못난이들을 위해 좋은 일을 하는 사람이었어요! 경찰이 오면 이 모든 말을 해주려고 준비하고 있었어요. 하지만 한 번도 안 온 거죠. 나도 경찰서까지 스스로 갈 용기가 없었고요, 어머니."

지반의 어머니가 울고 내 뺨에서도 눈물이 흘러내린다. 나는 눈을 감고 라기니가 내 옆에 있음을 느낀다. 이번에는 라기니가 고통을 겪는 내 손을 잡고 있다. 눈을 뜨니 그 손은 지반의 어머니 손이다. 내 손바닥에 그녀의 눈물이 뚝뚝 떨어진다.

어머니가 말한다. "지반이 나한테 당신이 아기와 신부 축복을 잘한다고 말한 적 있어요. 오늘 당신은 이 어미에게 가장 큰 축복을 내려줬네요."

정말이지 나는 더욱 크게 운다.

지반

아메리칸디가 인조 보석 꾸러미를 푼다. 그녀의 손목에서 유리 팔찌 두 개가 부딪는 소리에 귀를 기울인다. 아메리칸디는 나와 얘기하면서 새 팔찌들이 미끄러지고 떨어지는 모습을 보려고 과도한 손짓을 한다. 그게 즐거운 것이다.

나는 러블리가 법정에 서는 상상을 하며 마음을 달랜다. 그녀가 내 재판에 와서 그 대담한 목소리로, 이 모든 바보들이 계속 떠드는 꾸러미는 낡은 책을 잔뜩 담은 꾸러미였다고 말하는 모습을 상상한다. 생각하면 내 마른 입술에 미소가 떠오른다. 사람들이 나는 못 믿는다고 해도, 러블리를 믿지 않고 배길 수 있을까?

푸르넨두가 왔을 때 나는 러블리에 대해 아무 말 하지 않는다. 불운을 가져올지도 모르니까. 하지만 기분이 좋기 때문에 우리 아파트 앞 골목의 나무들에 녹색 전구를 매달아 환히 밝혔던 이드 알피트르[이슬람교 축제 중 하나]에 대해 말한다. 나는 엄마에게 빌린 새 드레스를 입고 어울리는 팔찌를 찼다. 딱히 갈 데는 없어 창밖을 내다보았다. 정부의 이 재정착 프로그램으로 많은 돈을 번 건물주가 염소 한 마리를 잡아서 비랴니를 요리했다. 그 냄새가 우리 창문까지 올라왔다. 그의 넉넉한 마음씨 덕에 우리도 밤늦게 먹을 수 있었다. 우리가 씻어서 보관해두었던 스티로폼 접시에 담아서 동네 사람 전부와 함께 먹었다.

저녁식사 후에는 축제 장터에 모여든 노점상의 쟁반 위 과자와 장난감을 구경했다. 소년 몇 명이 제일 싼 팽이를 사서 길에서 돌렸다. 다른 소년들은 대담하게 맛보기용 솜사탕을 달라고 하고서는 줄행랑을 쳤다. 결국 상인은 더 이상 내주지 않았다.

그게 우리가 그 동네에서 보낸 마지막 달이었다. 큰 도시에 집 하나가 할당되자 어머니는 이사를 결정한 뒤 자루들을 끌고 기차를 탔다. 몇몇 사람이 우릴 밀치며 자루들을 보고 투덜댔다. 아빠는 우리 옆에 서서 좌석 등받이를 잡고 몸을 지탱하면서 괜찮다고 고집을 피웠다.

대도시는 정말 컸다! 그런 곳은 처음 보았다. 기차역엔 인파가 밀려오고 밀려갔으며 스피커에서 공지와 종소리가 울리고 그 와중에 한 남자가 신문을 팔았다. 누군가 혹은 누군가의 캐리어가 내 발을 밟았다.

"길 한복판에 서서는." 그가 투덜거리자 나는 가장자리로 얼른 피했다.

남자들이 생선을 담은 차가운 궤짝을 카트로 밀고 다니며 얼음 냄새를 흘렸다. 또 다른 남자들은 등에 콜리플라워 자루를 메고 다녔다.

"차이 있어요!" 행상이 외쳤다. "뜨거운 차이요!" 그는 찻주전자와 씻은 유리잔을 잔뜩 쌓고 다녔다. 나도 차를 마시고 싶었고 비스킷을 먹고 싶었다. 위가 꾸륵거렸다.

나는 어머니와 아버지를 바짝 따라갔다. 곧 역의 소음이 확 퍼지며 강만큼 널찍한 포장도로의 믿을 수 없는 풍경이 펼쳐졌고 온갖 색의 자동차들이 기어가며 빽빽거리고 빵빵거렸다. 운전자들이 창밖으로 고개를 내밀고 고함을 쳤다.

우리는 막 출발하는 버스에 올라탔다. 밤색과 노란색으로 칠한 미니버스였는데, 옆면에 아름다운 글씨체로 '하우라 출발 자다브푸르 도착'이라고 쓰여 있었다. 나는 그 글씨를 천천히 읽었다. 아빠가 팔에 있는 힘을 다 주며 높은 계단 위로 몸을 끌어올릴 때 차장이 소리쳤다. "뭐야 이거, 내 버스에 왜 환자를 데려왔어? 쓰러지기라도 하면 누가 책임지라고?"

아빠는 뻣뻣한 등으로 말없이 자리에 앉아 창쪽으로 고개를 돌렸다.

차장이 버스 옆면을 쾅 치자 버스가 붕 출발하며 덜컹거렸다. 아빠는 아무 소리도 내지 않으려 애썼지만 몹시 아파하는 걸 알 수 있었다. 차장이 문간에 버티고 서서 나를 흘금거렸다.

하지만 나는 흥분됐다. 전율을 느꼈다. 통로의 고르지 않은 판자를 맨발로 디디고 다니면서, 창가에 앉아 신문을 둘둘 말아 든 채 벗겨진 머리를 바람에 식히는 남자들을 관찰했다. 그들은 새옷처럼 깨끗하고 잘 다린 셔츠를 입고 있었다. 나도 모르게 빤히 쳐다보자 한 남자가 물었다. "이름이 뭐니?"

내가 어린아이인 줄 아는 모양이었다.

"도시에 처음 온 거니?"

어머니가 돌아보고서 그렇다고 말했다. 나는 아무 말 하지 않았다. 남자의 도시 억양에 주눅이 들었다. 말을 알아듣는 데 시간도 좀 걸렸는데 그가 새로운 화제를 꺼냈다.

"나는 볼푸르 출신이야." 이백 킬로미터 떨어진 지역이었다. "삼사 년 전에 왔어. 너도 그런 데서 온 거지? 난 이제 작은 동네로 돌아갈 수 없을 것 같아. 너도 여길 좋아하게 될 거야."

나도 저 남자처럼 되고 싶다는 생각이 들었다. 깨끗한 셔츠, 반짝이는 구두, 똑똑해 보이는 말투. 도시가 나를 저 사람처럼 부자로 만들어주기를 바랐다. 물론 그는 부자가 아니었다. 나중에 나는 그게 중산층이라는 걸 배웠다.

우리 집을 보고, 나는 우리가 중산층과 얼마나 거리가 먼지 깨달았다. 우리 집은 콜라바간 빈민가 깊숙한 곳에 있었다. 엄마가 인맥을 통해 우리가 살 집이 벽돌집이라고 들었지만 그건 절반의 진실이었다.

엄마가 외쳤다. "이 집이라고? 이 집이라고?" 우리는 방수포와 양철로 세운 벽 앞에 서 있었다. "그 멍청한 중개인에게 당장 전화를 해야겠어." 엄마가 씩씩거렸다.

슬쩍 내다보거나 대놓고 문간에 나와 허리에 손을 올리고 보는 이웃들에게 아빠가 힘없이 미소 지었다.

"난 누울게." 고함인지 다친 허리인지, 더 이상 참을 수 없어진 아빠가 말했다.

몇 달 동안 엄마는 한밤중에 기찻길 옆에 서는 싸구려 암시장에 가서 빵, 비트, 감자, 작은 물고기를 사와 아침을 만들었다. 그리고 이 음식들을 새벽마다 집 앞에서 팔았다. 잠에 빠진 내 귀에도 샌들이 찍찍거리고 국자가 냄비에 챙챙 부딪는 소리가 들렸다. 눈을 뜨면 바닥에 세워둔 손전등 불빛에 손님들이 보였다. 우리 새 이웃인 이들은 십 루피짜리 빵과 커리로 배를 채우고 일터로 향했다.

하지만 비가 지붕을 때리면 어머니는 장사를 접어야 했다. 릭샤가 지나가면 흙탕물이 화덕에 튀고 높은 매트리스까지 적셨다. 손잡이가 갈라져 바닥을 받쳐 들어야 하는 양동이로 떨어지는 물을 받아서 거리로 내버리면, 씨앗 깍지들과 바퀴벌레의 갈색 껍질들이 떠다니는 도랑으로 흘러들어갔다.

아빠의 상태는 더 나빠졌다. 침대에 누워 지내는 아빠의 몰골이 말이 아니었다. 머리도, 이불 밖으로 빠져나온 발도, 나를 보면 반가움의 표시로 올리는 팔 한쪽도. 아빠가 자는 동안 엄마는 요리하고 청소하며 걱정 한마디 하지 않으려 했다. 하지만 나는 상황을 알고 있었다. 아빠의 약을 사려면 돈이 들었고 우기에는 아침 장사를 할 수 없었다. 우리가 어떻게 해야겠는가?

체육 선생

여름 방학 마지막 날 아침, 체육 선생은 매트리스의 움직임으로 아내가 깨어난 것을 느낀다. 아내는 일어나 앉아 다리를 바닥으로 내리고 요란하게 하품한다. 아침 입내가 훅 끼친다. 체육 선생은 상관하지 않는다. 생각도 하지 않는다. 그는 다시 달콤한 잠에 십 분 더 빠져든다. 잠결에 타일 바닥 위 슬리퍼 소리, 팔목에서 찰그랑거리는 팔찌 소리, 건조대에서 냄비와 팬을 꺼내는 퉁탕 소리가 들린다. 아내가 오트밀 만들 물을 끓인다.

그제야 체육 선생은 일어난다. 햇빛이 눈을 정면으로 찌른다. 그는 달걀 두 개로 만든 오믈렛과 버터 감자를 아침으로 먹고 싶다고 여러 번 말했지만 아내는 늙은 아버지에게 매일 아침을 만들어주던 습관대로 계속 오트밀을 만든다. 장인은 늙었다. 하지만 체육 선생은 젊은 남자다. 활기와 힘이 넘치는 남자다.

그래, 오늘은 자신에게 맞는 아침 식사를 사 먹을 것이다. 오믈렛과 감자보다 좋은 것을 먹을 것이다. 그렇게 체육 선생은 시장으로 간다. 간식 가게에서 아침으로 렌틸콩 커리와 완두콩을 넣은 밀가루 반죽 튀김을 판다. 이런 게 향락주의자를 위한 아침이다. 오트밀은 아내나 먹으라지!

거리에서 떠돌이 개가 따라와 쫓아버린다.

"가, 훠이!"

하지만 갈비뼈가 드러나고 털이 군데군데 빠진 개는 계속 따라오며 분홍 혀를 내밀고 있다.

체육 선생은 길가에서 막대를 주워 개에게 휘두른다. 막대를 던지자 개가 물러나며 다른 쪽으로 총총 가버린다.

그가 열 명도 넘는 남자를 감옥에 보냈다는 걸 아는 사람이 있을까? 그러니 이 개도 조심하는 게 좋을 거다. 그가 손가락 한 번만 튕기면 가둬버릴 수 있으니까. 하하!

어느 날 아침, 햇빛이 사라진다. 하늘이 시커멓게 변하면서 동네 집들에 전부 불이 들어오고, 동틀 녘이 땅거미로 바뀐다. 천둥과 번개 폭풍이 몰려오며 도시 전역의 지붕에 비가 내리꽂힌다. 우기가 시작된 것이다. 체육 선생의 아내는 비가 들이치지 않도록 창문들을 닫는다. 체육 선생은 바지를 종아리까지 걷고 고무 슬리퍼를 신고 집을 나선다. 직장에서 신는 신발은 비닐에 담아 들었다.

문 계단에 서서 길 상태를 살핀다. 거리는 진흙물이 사방으로 튀는 개울로 바뀌었고, 사무직 출근자들이 비척거리며 길을 지나간다. 골목에서 물을 가르며 천천히 다가오는 릭샤 한 대가 보인다. 바퀴가 크고 파란색 좌석도 높은 데다 아코디언 덮개로 지붕이 덮여 있다. 체육 선생이 손을 들고 부른다. "릭샤!" 운전사가 페달을 밟으며 다가와 끼이익 멈춘다. 운전사의 셔츠 단추는 풀려 있었고 종아리는 근육질이며 손잡이에 설치한 우산 덕에 머리는 젖지 않았다. 멍하니 앞만 보며 평소 요금의 세 배를 부른다. 체육 선생은 자부심을 느끼며 흔쾌히 동의한다.

"좋아요, 좋아. 갑시다."

학교에선 진입로 범람을 막아주는 배수관을 고치려고 오랫동안 노력했다. 배수관은 우기 때마다 넘치고 오늘도 넘쳤다. 교복을 입고 플립플롭 슬리퍼를 신은 학생들이 아직 물에 잠기지 않은 높은 지면 쪽 진입로 입구에 모여 있다. 빗물이 지하 바퀴벌레 소굴을 쓸어 보도 틈으로 바퀴가 잔뜩 기어나왔다. 바퀴들이 땅으로 나와 이리저리 질주하자 소녀들이 놀라 소리를 지르며 발을 굴러 벌레를 죽인다. 아이들은 학교 버스가 오거나 동급생 학부모의 차가 멈추면 우르르 올라타고 학교 안으로 들어간다.

수업은 평소처럼 진행되지만 도시가 잠겼는데 누가 몽골 제국의 침입이나 삼각법에 집중할 수 있을까? 하루 종일 비가 쏟아졌고, 잠시 멈출 때도 처마와 나뭇잎에서 비 못지않게 굵은 물방울이 떨어진다.

체육 선생은 학생들에게 실내에서 요가를 시킨다. 요가 매트가 모자라 한 번에 네 명씩 한다. 다른 아이들은 '명상'을 하면서 실눈을 뜨고, 킥킥거림이 퍼져나간다. 체육 선생이 말한다. "조용!" 하지만 그도 안다. 비 오는 날은 규칙이 다르다는 걸.

점심시간에 교장이 단결을 도모한다며 에어컨이 있는 교장실에서 나와 교사들과 함께 앉는다. 그녀 역시 발이 푹 젖고 사리 아랫부분이 더럽혀진 채 출근했다.

"좀 그렇네요." 영어 교사가 투덜댄다. "교사들 모두 사리를 이렇게 올려 잡고 출근했어요. 학생들 보기에 어땠겠어요!"

"학부모들 보기에도 안 좋고요." 수학 교사도 동의한다.

점심 도시락을 앞에 둔 교장이 놀린다. "체육 선생이 유력 인사들을 알잖아요. 우리 다 봤는데."

체육 선생은 국수를 먹다 고개를 든다. 미소를 짓고 아무 말 하지 않는다.

"혹시 우리 진입로 어떻게 안 될까요?" 교장이 말한다.

다음 월요일, 지자체 배지를 단 노동자 둘이 교장에게 간다. "부탁하신 작업," 그들이 말하며 교장에게 꼬깃꼬깃한 종이 한 장을 내민다. "다 했습니다. 서명해주세요."

교장은 자기 눈을 믿을 수 없다. "진입로를 팠더군요."

정말 서류에는 작업 내용이 적혀 있다. 주말 동안 시청 건설과에서 파견한 노동자들이 아스팔트를 깨고 낡은 배수관에서 오물과 플라스틱을 빼낸 다음 도로를 다시 메운 것이다.

다시 비가 왔을 땐 도시의 다른 지역들이 침수된 반면 이 학생들과 교사들은 젖지 않고 깨끗한 모습으로 학교에 걸어 들어온다.

러블리

수업이 끝나자 데브내스 씨는 잔 받침에 차를 따르고 의자에 앉아 후후 분다. 나는 휴대폰으로 촬영한 내 연기를 분석한다. 벽에는 데브내스 씨의 양친 얼굴 주위로 갈색 꽃들이 매달려 있다. 새 꽃을 살 때가 됐다.

"러블리, 오늘 난 깨달았어." 다른 학생들이 떠난 뒤 그가 말한다. "넌 이 수업에서 더 배울 게 없어."

"그런 말 마요." 내가 항의한다. 비록 속으로는 그의 말이 맞을지도 모른다고 생각하지만. 내 연기는 늘 빼어나다. 사실 나도 같은 생각이다. 하지만 늘 겸손하게 행동한다. "데브내스 씨한테 배워야 할 게 많아요."

"내가 쓰고 있는 대본이 있어, 러블리. 이십 년 전에 내가 뭄바이에 갈 뻔한 거 기억하지? 그때부터 써온 대본이야. 캐스팅이랑 여러 가지를 생각할 단계까지 왔고."

"우와!" 나는 거위처럼 목을 쭉 빼고 말한다. "감독 일을 다시 하시려고요?"

"쓰고 난 다음엔 연출을 해야지. 질문이 하나 있는데."

그는 차 입김을 내 얼굴에 뿜으며 여주인공이 되어달라고 청한다. 그가 하는 질문이 하도 충격적이어서 완전히 이해하는 데 일 분이 걸린다.

"수락하겠니?" 그가 묻는다.

나는 그저 바보처럼 바라만 본다. 속으로는 네! 네! 네!

데브내스 씨가 말한다. "상대역이 누구일지 궁금하겠지? 주인공은, 뭐, 샤루크 칸 같은 배우를 염두에 두고 있어."

"샤루크 칸이요!" 내가 드디어 입을 연다. 목소리가 목에 걸려 잘 안 나온다. "내가 매일 밤 샤루크 칸 포스터 아래서 잔다는 말을 한 적이 있던가요?"

정말이지 너무 벅차다. 행복이라는 히말라야 산봉우리 꼭대기에 올라선 기분이다. 이 느낌을 말로 표현해야 한다면 정말 꼭 그렇다.

"그 비슷한 인물이라는 거지." 데브내스 씨가 말한다. "샤루크 칸 '같은' 배우가 연기할 인물."

그 말은 들리지도 않는다.

"수락이요?" 내가 말한다. "데브내스 씨, 오늘이 내 인생 최고의 날이에요!"

지반

일을 처음 시작할 당시 주방의 뜨거운 공기에 머리가 빙빙 돌았다. 한번은 로티 뒤집기를 잠시 멈추고 체육 시간에 배운 걸 떠올리며 머리를 무릎 사이에 묻었다. 속도가 느려진 걸 남자 간수가 금방 알아채고 다가와 내 귀에 대고 말했다. "쉬고 싶어? 원하면 진료실에 데려다줄 수 있어."

구내 진료실에서 진정제를 받고 약해진 여자들, 잠깐 눈뜰 기운도 손 들 힘도 없어진 여자들에게 무슨 일이 일어나는지 모두가 알았다.

나는 이제 그런 경솔한 여자가 아니다. 나는 매일 아침저녁으로 백 개 이상의 로티를 만든다. 움직임도 효율적으로 변했다. 찰싹 붙이고 뒤집고, 집어서 들어 올리고. 고개는 수그리고, 앙상한 손가락은 날래게 움직인다. 이런 나를 보고 하인이 다 되었다고 생각할지 모르지만 그건 내 손에 대해서만 진실이다. 머릿속으로는 수감 상황에 저항하고 있다. 머릿속으로는 매일 아침 깔끔하게 옷을 입고 배지를 달고 버스에 올라 판탈룬으로 출근한다. 그런 아침이 다시 올 것이다. 너무나 느리지만 시계는 조금씩 앞으로 움직이고 있다.

나는 항상 노동의 힘을 믿었다. 딱 한 번, 정말 딱 한 번, 범죄를 생각해봤다.

큰 도시에 와서 처음 알게 된 것 중 하나는 모두가 휴대용 텔레비전 같은 커다란 휴대폰을 가지고 있다는 거였다. 그런 휴대폰 하나면 아버지 약 몇 달 치를 살 수 있었다.

"그래서 전화기를 훔쳤어요?" 푸르넨두가 말한다. 벤치 위에 다리를 꼬고 앉은 푸르넨두의 정장 바지에서 다림질 냄새가 난다. "누구 걸?"

"아니에요. 들어봐요." 내가 말한다.

하루는 시내에서 어떤 여자의 열려 있는 핸드백을 봤다. 지갑이 비죽 나와 있었다. 여자는 영수증을 들고 치킨롤이 나오길 고대하며 가게를 바라보고 있었다. 내가 손을 뻗어 지갑을 잡는데 귀에서 심장 소리가 들렸다. 처음에는 살며시 잡았고 그다음에는 핸드백에서 거의 들어 올릴 뻔했다. 그러면서도 주저하는 마음이 소리를 질러댔다. 정말 이럴 거야? 내가 도둑이었어? 지갑은 핸드백 안쪽 뭔가에 걸려서 나오지 않았다. 나는 한번 당겨보고 손을 뗐다.

아니, 나는 도둑이 아니었다.

나는 절대 도둑이 아니었지만 여자가 몸을 돌렸고 깜짝 놀라더니 내 손목을 잡았다. 그녀의 힘센 손아귀에 내 앙상한 팔목이 잡혔다. 그녀가 외쳤다. "뭐 하는 거야?"

치킨롤 가게에 있던 사람들이 일제히 나를 보았다. 검은 팬에 달걀을 깨고 있던 남자가 동작을 멈췄다. 양파를 썰던 소년이 헝겊으로 손잡이를 싼 칼을 들고 그대로 멈췄다.

나는 고개를 숙였다. 손목은 여전히 여자에게 잡혀 있었다. 그 손이 얼마나 부드럽던지. 날아오는 손에 맞을 준비를 했다.

하지만 부드러운 손의 여자가 나를 향해 몸을 기울이더니 달라진 목소리로 질문했다.

"얘야, 너 몇 살이니? 배고프니?"

그녀의 친절한 목소리에 몸이 의심으로 딱딱하게 굳었다. 왜 상냥하게 굴지? 나는 입을 다물고 도로로 시선을 돌렸다.

도로에선 노란 택시들이 지나가면서 경적을 울려댔다.

"먹을 걸 달라고 부탁하지 그랬니?" 그녀가 말했다.

그녀는 가게에서 치킨롤을 받아 나에게 하나 주더니 자기 사무실로 데려갔다. 나는 입안에 맛있는 닭고기를 문 채, 그녀가 부드러운 손을 내 등에 얹도록, 따뜻한 손가락을 벌어진 지퍼 사이로 넣어 내 피부를 확인하도록 놔두었다. 그녀의 사무실까지는 엘리베이터를 타고 올라갔다. 상자가 움직이자 나는 벽을 짚었다.

"엘리베이터 처음 타니?" 여자가 말하며 미소 지었다. "무서워하지 않아도 돼."

사무실에서 도착하자 다른 여자들이 다가오더니 질문을 해댔다. 내가 치킨롤을 다 먹어치우자 한 명이 비스킷 두 개를 주었다. 그걸 입에 욱여넣다가 바삭한 부스러기들이 뺨에 달라붙었다.

그곳은 비영리 교육 단체였고, 혜택받지 못한 아이들이 근방에서 가장 좋은 학교 중 하나인 SD 고시 여학교에 다닐 수 있도록 장학금을 지원해주고 있었다.

우리 빈민가에서 새로 다니게 된 학교까지 가는 길에는 정육점이 하나 있었다. 껍질을 벗겨 고리에 매단, 실룩거리는 꼬리와 근육과 지방뿐인 염소 사체들을 매일 지나갔다. 염소는 나와 꽤 비슷하게 살았을 것이다. 생을 마칠 즈음 녀석은 줄에 묶여 끌려가면서 풍기는 피 냄새로 그곳이 어떤 곳인지 알았을 것이다.

그 좋은 학교에 다니기 전에 나도 그런 기분이 든 적이 있었다. 이 감옥에서도 그런 기분이 다시 든다.

하지만 당시에는 깨끗한 교복을 입고, 복사한 책이 가득 든 가방을 어깨에 메고, 주머니엔 새 연필까지 채우고 나자, 더 이상 그 염소 같은 기분이 들지 않았다.

그렇다고 학교생활이 쉬웠던 건 아니다. 나는 다른 사람들과, 다른 사람들은 나와 거리를 유지했고 그들의 표정에서 내게 신체적으로 뭔가 매력적이지 않은 점이 있다는 게 느껴졌다. 자주 뭉치거나 하얗게 먼지가 내려앉은 머리칼 때문인지, 쇠붙이에서 나는 것 같은 체취 때문인지 모르겠다. 하지만 그렇다고 내가 다른 사람들이 한 말에 웃지 못한다거나, 일종의 우정 어린 시선이 다가올 때 받아들이지 못할 정도는 아니었다.

나는 영어를, 진보의 언어를 배웠다. 영어를 하지 못하면 아무것도 될 수 없다. 나조차도 그건 알았다. 하지만 일어나서 교과서를 읽으라는 지시를 받는 것이 두려웠다.

내 읽기는 이런 식이었다. "고팔은, 그 그 그고에서, 사 사 사랐, 습니다. 그리고—"

영어 신문을 읽고 할리우드 영화를 보는 중산층 가정에서 자란 소녀들은 나를 무시했다. 하지만 빈민가에서 나는 영어 책을 가진 유일한 사람이었는데 내가 좋든 싫든 누가 신경 쓰겠는가? 대부분이 뱅골어든 영어든 아무것도 읽지 못했으므로 나는 대단한 능력의 소유자였다.

체육 선생

가을, 두르가 푸자 축제[힌두교 여신을 위한 축제] 동안 어린 연인들은 손을 잡고 새벽까지 거리를 배회한다. 숭배 의식을 올리는 사당에서는 연기가 솟아오르고, 북재비들은 다음 날이 밝아올 때까지 연주를 계속한다. 차의 통행을 막은 거리들은 튀김과 솜사탕을 파는 노점상들로 채워진다. 어떤 동네에서는 찻길이었던 곳에 대관람차와 스윙 보트를 설치한다.

도시에서 축제가 벌어진 기간 중 언젠가 밤에 국민복지당의 대표, 체육 선생은 잠깐밖에 만나보지 못한 남자, 늘 세 개의 휴대폰을 들고 다니던 남자가 죽는다. 체육 선생은 저녁 식사가 끝나고 한참 후 늦은 밤에 전화를 받는다. 아내가 전화벨 소리에 깨어나 남편의 태도를 보고는 걱정이 되어 침대에서 일어나 묻는다. "무슨 일이야?"

이 시간에 어디서 하얀 달맞이꽃 조화를 사느냐고 아내가 말한다.

체육 선생은 릭샤를 타고 그다음엔 택시를 탔다가 교통 정체 때문에 차를 포기하고 달린다. 맞은편에서 군중이 밀려온다. 군중 속에서 그의 반허리만 한 아이가 피리를 불었는데 피리가 쭉 늘어나며 깃털이 펴진다.

당 대표의 자택은 도시의 구시가에 있다. 골목마다 자동차가 속속 도착한다. 덜 뜨거운 질그릇 가장자리를 잡고 차를 마시는 남자들 무리를 경찰 지프 두 대가 통제하려 애쓴다. 골목을 따라 난 발코니에서는 이웃들이 나와 그곳에 모여든 사람들을 마치 그 자체로 축제인 듯 구경한다.

"병원에서 시신을 옮겨왔나요?" 체육 선생이 옆에 서 있던 처음 보는 남자에게 묻는다. 남자는 학자인 듯 천 가방을 들고 있다.

"몇 분 전에요." 남자가 대답한다.

낯익은 얼굴이 안 보인다. 그래서 당 대표의 집에서 좀 떨어진 곳에 커다란 하얀 꽃다발을 들고 서 있다. 그 시간에 구할 수 있는 유일한 꽃이었다. 총리가 조문하러 온다는 소문이

웅얼웅얼 퍼진다. 철도부 장관도 온단다. 차 한 대가 통과해 들어오더니 유명 배우가 선글라스를 쓴 채 내린다. 그는 군중을 향해 손을 모으고 고개를 숙이더니 집 안으로 사라진다. 군중이 함성을 지르며 일제히 움직이자 체육 선생은 밀쳐질까 봐 잠시 무서워진다.

"제발 질서를 지켜요!" 앞쪽의 남자가 외친다. "그분의 아내와 노모도 안에 있어요. 그분들을 위해서라도 여기서 이러면 안 됩니다!"

체육 선생은 왠지 창피해졌다. 슬퍼해야 하는 상황에서 이상하게 흥분한 군중 속에 있다는 것이. 처음 국민복지당 집회에 참가해 어색함을 느꼈을 때와 비슷한 기분이다.

집에 가야 하나? 분위기가 좀 진정된 뒤에 유족들에게 전화해야 할까? 하지만 꽃도 샀는데. 비말라 팔에게 그가 온 걸 알려야 하지 않을까? 저기 집 안에 모든 주요 각료들이 모였다. 그들 중 한두 명이랑 인사를 해두는 게 좋지 않을까?

그 순간 목소리가 들린다.

"왔군요." 보좌관이 말한다. 오토바이로 법원 보너스를 전달해주던 보좌관이다. 체육 선생은 감사히 그를 따라간다. 보좌관이 앞장서 군중을 헤치며 "비켜요, 비켜요" 명령한다. 체육 선생은 쏟아지는 시선을 느낀다. 군중이 뭘 생각하는지 알

것 같다. 오래전에 기차에서 공짜 간식을 받았을 때처럼, '이 VIP가 누군데?' 하는 것이다.

러블리

축복해줄 아기나 신혼부부가 없을 때 나의 히즈라 일가 자매들은 기차에서 돈을 받고 축복을 해준다. 이게 우리 전통이고, 두르가 여신이 하늘이 아닌 여기 우리 도시에 오는 축제 때는 더 그래야 한다.

"자자, 언니들," 아르주니 마가 손뼉을 치며 승객들에게 말한다. "오늘 축복받고 싶지 않아요?"

창가에 숨은 승객들은 밖을 내다보며 무시하려고 노력한다. 아르주니 마는 특히 그들에게 말을 건다. "저기, 어머니, 좋은 마음으로 우리한테 몇 루피만 줘요."

얼굴들이 나를 돌아볼 때마다, 그들 중 데브내스 씨의 연기 수업 학생은 없기를 빈다. 제발, 신이여, 나는 생각한다. 이제 스타가 되는 길에 들어섰는데, 평판을 망치면 안 돼. 어쩌면 내 인생에서 이런 일을 하는 나를 보지 못한 유일한 사람들이 동기들일지도 모른다. 다른 사람들이 눈에 약간의 혐오를 담고 바라보는 내 모습을, 동기들은 본 적이 없다. 하지만 이 일을 하지 않으면 연기 수업료를 어떻게 모으겠어?

나는 늘 기차에서 배운다. 잠든 아기를 무릎에 안고 다리를 꼰 채 앉아 있는 아기 엄마, 고개가 어깨에 닿을 듯 꺾인 채 죽은 듯 잠들었다. 우리가 하는 말을 전혀 듣지 못한다. 다음에 피곤한 어머니 역할을 맡게 되면 그녀를 생각해야겠다.

많은 사람들이 밖을, 자기 나라의 들판을 내다본다. 창밖에 마음을 달래주는 녹색이 펼쳐진다. 논과 야자나무, 전원 지대의 끝없는 녹색. 아, 환상! 사실 그들은 추한 교외 지역을 보고 있다. 어느 골목 위로 콜드크림 광고 현수막들이 걸려 있다. 현수막에는 바람이 통과하라고 구멍들을 뚫어놨다. 조용한 읍내의 이층집들, 도시에서는 절대 볼 수 없는 밝은 파랑과 노랑, 분홍과 초록으로 칠해진 집들이 먼지 속에서 솟아나 있고, 몇몇은 지역 정당의 깃발을 달고 있으며, 어떤 집 지붕에서는 웬 남자가 위성 안테나를 고치다 머리를 긁적이며 하늘을 본다.

이 모든 풍경을 나는 차창을 통해 본다. 마치 텔레비전 보듯이.

어느 날 아침, '콜라바간 기차역 근처 히즈라 러블리' 이외에 아무 주소도 안 써 있는 초대장이 손에 손을 거쳐 전달된다. 나는 카드를 마치 내 심장의 덮개라도 되는 듯 열어본다. 카드에 적힌 말을 너무 여러 번 읽어서 노래 가사처럼 외웠다. 카드를 열고 닫고 열고 닫아, 접힌 부분이 너덜너덜해져서 내 심장처럼 찢어지기 직전이다.

그날, 공용 수도의 차가운 물로 샴푸를 하고 팔꿈치에 기름을 바르고 얼굴에 장미수도 좀 바르고, 높이 쪽진 숱 많은 머리 주위에 화환을 두른다. 그리고 아자드가 어떤 여자와, 내가 권한 대로 언젠가 아자드의 아이를 낳을 진짜 여자와 결혼하는 예식장으로 출발한다. 나 같은 남자 여자와 함께하던 시간은 끝났다. 작은 유럽풍 조각상이 든 상자를 멋지게 포장해서 겨드랑이에 끼운다.

꽃과 잎으로 장식한 예식장 문에는 '아자드와 샤브남의 결혼식'이라고 적혀 있다. 문 앞에서는 젊은 여자가 서서 손님들에게 차가운 장미향 음료를 한 컵씩 나눠준다.

갑자기 목이 마른 나는 음료를 받아 홀짝인다. 그래도 목이 마르고 혀가 끈끈하다. 홀 안에는 아자드와 신부가 옥좌에 나란히 앉아 있다. 그 뒤로 커다란 포장 상자들이 쌓여 있다. 토스터, 담요, 접시 같은 거겠지. 아자드는 서른두 개의 이를 다 드러내며 어느 나이 든 친척과 악수를 한다. 그러더니 나를 본다. 우리는 서로를 계속 쳐다본다. 말은 하지 않고.

아자드에게 이제 그만 여자와 결혼하라고 말한 건 나였다. 내가 잘못 기억하는 건가? 그런데 이제 와서 아자드가 잘생겨 보인다. 그는 머리를 멋지게 빗어 넘기고 상아색 도티 쿠르타를 입었다. 신부는 얼굴을 유령처럼 하얗게 분칠했고 입술은 토마토처럼 빨갛다. 목에는 대여섯 개는 되는 금목걸이를 걸었다. 금은 아무래도 상관없다. 하지만 빈 컵을 손에 들고 있는 지금, 나는 아자드가 이것들을 신부에게 사랑의 증표로 사주었다는 게 신경 쓰인다. 한때 나 없이는 못 산다고 하지 않았나? 그렇다면 그는 왜 못생긴 외눈박이와 결혼하지 않는 걸까?

어쨌든 나는 지금 고상하게 굴어야 한다. 선물을 들고 신부와 신랑에게 걸어간다.

"러블리," 아자드가 불편한 기색으로 말한다. "와줘서 고마워."

나는 울 것 같다. 탁구공처럼 폴딱거리는 심장으로 그들에게 말한다. "두 분, 오래 행복하길." 여자가 고개를 깊이 숙이며 축복을 기다린다. 나, 러블리는 무슨 여신이라도 된 기분이 든다. 사랑한다면 보내주어야 한다고 믿는, 성인이 된 기분이다.

요리가 차려 있는 줄에서 한 눈은 비랴니를, 다른 눈은 중국식 칠리 닭고기를 보는데 웃어야 할지 울어야 할지 모르겠다. 내 남편의 결혼식에서 음식을 기다리는 나를 좀 보라지. 한 손에 접시와 냅킨을 들고 우적우적 씹으며 식장을 둘러본다. 조화로 장식하고 한쪽 구석에 작은 분수를 설치한 이곳은 이상하지 않은가?

나는 자신에게 말한다. 아자드를 향한 나의 사랑은 어딘가 다른 세상에 존재하는 거라고, 사회도 없고 신도 없는 세상에 존재한다고. 이 삶에서 우리는 그 다른 세상을 결코 알 수 없지만 분명 존재한다고 나는 확신한다. 우리 사랑 이야기는 그곳에서 쓰이는 중이다.

그날 밤 늦게 골목을 걸어가는 길. 가게들은 전부 덧문을 내렸고 철공소 하나만 열린 채 마스크 쓴 용접공이 일을 하고 있다. 용접기에서 환한 불꽃이 도로 위로 떨어진다. 이 과로 중인 남자의 손에 축복의 불잔이 들려 있는 것처럼.

데브내스 씨가 나에게 말했다. 그의 영화 제작자에게 내 연기를 보여주고 나 스스로도 소규모 프로젝트에 지원할 수 있도록 데모 영상을 준비하라고. 그래서 어느 데모 제작 사무실에 갔다. 안내 데스크의 남자가 입을 쩍 벌리고 이쑤시개로 입안을 쑤셔대고 있다. 내가 찾아낸 가장 싼 가게이므로 할 수 없이 여기서 만들어야 한다.

"어떤 수준으로 할까요?" 남자가 느릿느릿 묻는다.

"네?"

"어떤 수준의 데모 영상을 원하냐고요. 기본 수준은 육백 루피, 더 좋고 다양한 건 천 루피, 고급 패키지는 이천오백 루피예요."

나는 가격을 듣고 침을 꿀꺽 삼킨다. 그러고 나서 기본 수준을 고른다. 서류를 작성하며 그가 묻는다. "이름이 뭐죠?

"러블리요."

그러자 남자가 말처럼 콧방귀를 뀐다.

서류를 보니 내 이름 옆에 B라고 적혀 있다.

"나를 B급이라고 하는 거예요?" 내가 따진다. "내 연기 보기나 했어요?"

"진정해요, 마담." 남자가 투덜거린다. "나 쓰는 건 왜 보는 거요? 여기 업계 용어예요. 개인적인 인상이 아니라."

하지만 무슨 뜻인지는 말해주지 않는다. 나중에 혼자 알게 된 바로는 B등급이라는 뜻이었다. A등급 역할을 할 만큼 얼굴이 예쁘거나 피부색이 밝지 않다는 거다. B등급 배우는 하인, 릭샤 기사, 도둑 역할만 맡는다. 관객은 B등급 배우가 주인공에게 당하고 얻어맞고 내쫓기는 걸 보고 싶어한다.

나는 방으로 가서 상상이 아닌 진짜 카메라 앞에 초조하게 선다. 삼각대 위에 있는 카메라에서 빨간 불빛이 깜빡인다. 졸린 눈의 남자가 그 뒤에 서자, 나도 그를 좋아하지 않고 그도 나를 좋아하지 않지만, 이제 진짜 여배우가 된 기분이다. 나는 렌즈를 바라보면서, 이 렌즈를 통해 언젠가 내가 수천 수백만 사람에게 닿게 될 것임을 확신한다. 지금이야 퉁명스러운 남자 하나뿐이면 어떤가? 이 남자가 접수원이자 카메라 감독이자 사장이라고 해도, 소규모 제작사라 그런 것뿐일 수 있다.

남자가 나에게 여러 인물과 상황을 연기할 시간을 십오 분 주겠다고 말한다. 그게 육백 루피짜리라고 확인해준다.

"만일 고급 패키지를 선택하면—"

"필요 없어요!" 나는 말한다. "기본 패키지면 돼요."

나는 머리를 묶어 올리고 발성 연습을 좀 한다. 텅 빈 방에 목소리가 공허하게 울린다.

그가 말한다. "화난 주부 연기 할 수 있어요?"

"이제 오지 않는 버스를 기다리는 사람 연기를 해봐요. 미묘한 표정 연기죠."

"떼쓰는 아기 연기를 해봐요." 내가 말한다. "아기요?"

하지만 이런 것도 여배우가 되기 위한 시험일 수 있다. 해당 인물로 망설임 없이 미끄러져 들어가야 한다.

나는 바닥에 놓인 더러운 매트리스 위에 눕는다. 매트리스 가장자리를 따라 조그만 벌레 하나가 숨어 들어갈 틈을 찾아 기어간다. 등을 대고 손과 발을 들고 누우니 아기보다는 뒤집힌 바퀴벌레 같다. 나는 와앙 와앙 울음을 터뜨린다.

그러는 내내 이 남자가 나를 나쁜 웹사이트에 올리기 위해 몰래 찍고 있는 기분이 든다. 이 접수원이 전부 다 알아서 해도 되는 걸까? 그런 생각에 불안감이 커진다.

남자가 육백사십 루피를 가져가며 "세금은 별도예요" 설명하고 시디를 건네주자, 나는 어쩐지 사기당한 기분이 든다.

집으로 돌아오니 문 앞에 웬 남자가 기다리고 있다. 그는 정장에 구두를 신었고 차림이 너무 깨끗해서 모두가 그를 구경한다. 손가락에는 녹색 보석 하나, 빨간 보석 하나, 파란 보석 하나, 구리 반지 몇 개를 끼고 있다.

"당신이 러블리인가요?" 핸드백에서 열쇠를 꺼내고 있는데 그가 묻는다.

"무슨 일이죠?" 내가 묻는다. 남자들은 늘 원하는 게 있다.

그가 긴장한 물고기처럼 침을 꿀꺽 삼킨다. "지반이 그러는데 당신이 법정에 와줄 거라고 했다면서요. 지반 어머니와 만났다고—"

"누구시죠, 미스터?"

"나는 지반의 변호사예요. 당신이 법정에 올 건지 확인해야 해서요."

그가 나에게 서류를 건넨다.

"나는 영어를 읽을 줄 몰라요."

"지반이 당신을 가르쳤다면서요?"

"그랬죠." 내가 한숨을 쉰다. "지반은 어때요? 밥은 제대로 먹는 거예요?"

남자는 대답 대신 질문을 더 하고 싶어한다. "잠깐 앉아서 얘기할 수 있을까요? 서류를 작성할 수 있게 도와줄게요. 저쪽에 있는 찻집에 가면 어때요?"

체육 선생

비말라 팔이 취임식도 없이 조용히 국민복지당의 신임 대표가 된 지 두 달 후, 체육 선생에게 임무가 하달된다. 그는 솔직히 좀 당황스럽다.

겨울 한기가 떠도는 가운데 당 소속 지프 한 대가 체육 선생을 집에서 팔십 킬로미터 떨어진 시골 마을 찰나이로 데리고 간다. 고속도로에서 커다란 트럭들이 콜리플라워나 감자 같은 제철 채소를 수송하면서 곡조 있는 경적을 울려댄다. 가끔 세모난 모직 숄 아래 두 다리만 보이는 보행자들이 고속도로를 가로질러 달린다. 아무것도 두렵지 않다는 듯이.

마을에 가까워지자 지프가 속도를 늦추며 마을 사람들이

도로에 깔아놓은 곡물을 바퀴로 으깬다. 한 소녀가 쭈그리고 앉아 지나가는 차들이 분쇄기 역할을 잘하는지 지켜본다. 소녀 뒤로는 포장도로 가장자리부터 숲이 흐릿하게 보이는 지평선까지 그루터기만 남은 밭이 펼쳐져 있다.

찰나이의 공립학교는 먼지투성이 밭 옆에 자리 잡은, 교문도 없는 건물이다. 안에는 교사로 보이는 열 명 남짓한 여자들과 남자들이 바닥에 책상다리를 하고 앉아 있다. 체육 선생이 들어가도 아무 말 하지 않는다. 지시를 기다리는 분위기다. 무엇을 해야 할지, 어떻게 행동해야 할지, 말을 해야 하는지, 미소를 지어야 하는지에 대해서까지 말이다. 체육 선생은 손을 모아 인사한다.

이곳에서 그는 학생들에게 매일 반 시간 동안 체육 활동을 시켜야 한다고 교사들을 설득해야 한다. 학생들은 책에서 놓여나 공기를 마시고 운동을 하고 경주를 해야 한다. 학교에 큰 운동장이 없다면 줄넘기라도 해야 한다. 약간 우스꽝스럽다고 느끼며 이십 분간 강의한 후, 체육 선생은 교사들에게 당의 팸플릿을 나눠준다. 팸플릿에는 공부에 지친 학생들이 목을 매거나 지붕에서 뛰어내리는 모습이 그려져 있다. 실제로 일어난 일이고 심각한 문제다. 하지만 이곳 교사들이 멍한 표정으로 선생이 하는 모든 말에 고개를 끄덕이자 체육 선생은 실없는 임무를 맡은 기분이 든다. 여기는 어차피 시골 마을이고 아이들이 마음껏 뛰어놀 들판과 숲이 널려 있다.

밤에 아내가 있는 집에서 체육 선생은 시골 흙으로 붉어진 셔츠와 러닝을 벗는다. 얼굴을 씻다 보니 귓바퀴에서도 붉은 먼지가 나온다.

"그래서 당신을 거기 보낸 '진짜' 이유가 뭐야?" 아내가 캐묻는다.

체육 선생은 생각해본다. 이번 외유는 모종의 시험이 아니었을까. 하지만 통과했는지 아닌지 아직 모른다.

지반

감옥 본채 뒤로 난 긴 배수로에서는 녹색 식물들이 자란다. 그 위로는 열 개 남짓한 수도꼭지가 달린 비뚤한 수도관이 설치되어 있다. 이틀에 한 번 아침마다 나는 여기서 무릎을 꿇고 아메리칸디의 옷을 빤다.

어느 날 아침 무릎을 꿇고 상의와 바지를 비비고 바닥에 치대면서 둥글게 퍼져나가는 비누 거품을 지켜보는데, 누가 뒤에 와서 선다. 간수다. "변호사가 왔어. 그거 놔두고 따라와."

정말? 아메르칸디의 옷을 안 빨고 놔두고 가면 응징당할 게 뻔한데?

나는 빨래를 재빨리 헹구고 온 힘을 다해 짠다. 옷에서 물이 줄줄 흐른다. 옷을 허공에 털자 안개비 같은 물이 내 쪽으로도 흩뿌려진다. 마지막으로 감방 안 빨랫줄에 옷을 넌다. 드디어 면회실로 걸어가는데, 걸을 때마다 기름칠이 필요한 경첩처럼 허리가 아프다.

고빈드가 이렇게 활짝 웃는 건 처음 본다.

"러블리를 찾았어요." 그가 나를 보더니 벌떡 일어선다. "당신 말이 옳았어요. 연락이 되더라고."

"알아요. 내 어머니가 찾았잖아요. 당신이 아니라요!"

"증언해준다고 약속했어요." 고빈드가 내 말은 못 들은 척 말한다. "우리가 한 수 이겼어요!"

며칠 후, 고빈드가 수없는 밤을 지새우며 사방을 샅샅이 뒤진 끝에 은둔한 히즈라 러블리를 찾아냈다는 기사가 난다.

내가 체육 선생 이야기를 하자 푸르넨두가 눈썹을 추켜올린다.

"왜요? 그 사람 알아요?"

"비말라 팔이랑 같이 일하는 그 남자 말이에요? 국민복지당 새 멤버?"

"아니, 아니에요. 그 사람은 그냥 SD 고시 여학교의 체육 교사예요."

어느 날 태양 때문에 기절할 것 같던 수업 후에 체육 선생이 나를 불렀다. 이번엔 또 뭐지? 나는 의아했다. 옷이 해졌나, 신발 끈에 흙이 묻었나? 하지만 그는 내가 창피해하지 않도록 꾸짖는 말투로 말했다. "너 식사는 제대로 하고 있니?"

나는 실없는 질문이라는 듯 웃으려 노력했다. "너무 더웠어요, 선생님. 그래서 힘이 없어 보인 거예요."

그가 나를 한참 바라봐서 벌을 받으려나 싶었다. 교사들이 불러서 가면 주로 벌을 받았으니까.

하지만 체육 선생은 나를 교무실로 데려가 자기 가방에서 도시락 상자를 꺼내주었다. 그 안에는 세모 모양으로 접은 로티 대여섯 조각과 채소가 들어 있었다.

"앉아서 먹어라." 나는 그의 말대로 했다. 내 몸의 모든 구멍이 음식을 부르짖었고 그 요구가 창피함보다 우렁찼다. 어머니는 늘 우리를 위해 음식을 만들었지만 그달엔 아버지가 우리 식료품값으로 주사를 맞아야 했다. 나는 그날 아침으로 밥과 소금 조금밖에 먹지 못했다.

그 후 체육 선생은 나를 지켜보다가 잼 바른 빵이며 바나

나를 슬쩍 주었다. 나는 그 보답으로 그의 수업에 열심히 참여했다. "무릎을 높이! 숙여!" 펄쩍펄쩍 뛰며 힘차게 농구공을 튀기고 새 골대를 향해 뛰었다. 팔꿈치로 허공을 가르며 허벅지가 터질 듯 경주했다. 아버지를 돌보느라 집에 머물러야 했던 그 오랜 시간이 생각났다. 이제는 팔다리에서 땀이 반짝였다.

체육 선생은 가장자리를 빗어 넘긴 벗겨져가는 머리에 햇빛을 받으며 수업 내내 호루라기를 물고 서 있었다. 그는 나를 보며 미소를 지었다. "잘했어!"

한번은 그가 나에게 크리켓 캠프에 갈 생각이 있느냐고 물었다.

그도 아웃사이더 같은 기분을 느껴서 나에게 관심을 가지는 게 아닐까 하는 생각이 가끔 들었다. 그는 아버지고 다른 교사들은 어머니 같다는 생각도 해봤다. 아침 조회 때 교장이 도덕에 대해 얘기할 때 마이크가 지직거리기 시작하면 여자 교사들은 남자인 체육 선생을 찾아 두리번거렸다. 그런 식으로 학교에서 그의 자리는 다른 교사들과는 좀 떨어져 있었다.

그러고 나서 두 가지 일이 있었다.

하나는 내가 동급생의 생일 파티에 간 것이다. 프리야의 어머니가 우리를 버스에 태워 집으로 데려가 주었다. 내 버스비도 지불해줬다. 나는 고르지 않은 버스 안 판자들 위에 이번에는 신발을 신고 서서 천장을 가로지르는 가로대를 잡으려 손을 뻗었다. 한 부인이 커다란 봉지를 무릎에 올려놓은 채 초콜릿 웨하스를 먹고 있었다. 다들 무시하는 그 과자를 나만 쳐다보았다.

프리야의 방에는 공부용 책상이 있었고 책상만을 위한 특별 램프도 있었다. 빛은 아래쪽으로 곡선을 그리며 책에만 드리워져 눈이 부시지 않았다. 그런 램프는 처음 보았다. 지금도 무척 가지고 싶다.

부엌에서 프리야는 부순 비스킷과 초콜릿 소스로 달콤한 음식을 만들어서 그녀의 어머니에게 야단을 맞았다. 식사 전에 입맛을 버린다고. 하지만 나는 그것을 몇 숟갈이나 먹고도 내 몫의 식사를 다 먹었다. 그런 진수성찬은 처음 보았다. 이 집에서는 납작하게 튀긴 루치, 달, 치킨을 내놓았을 뿐 아니라 우리가 집에서 요리한 음식을 맛없어할까 봐 버스 정류장에서 파는 중국 국수까지 사놓았다. 떠날 때는 프리야의 어머니가 나의 부모님을 위해 음식이 가득 든 도시락 상자를 주었다. 프리야네가 백만장자였나? 아니, 그냥 중산층이었을 뿐이다.

자랑스러웠다. 보세요, 엄마. 나요, 중산층 친구네 갔었어요. 그때 나는 생각했다. 언젠가 나도 중산층이 될 거라고.

두 번째 사건은 언젠가 밤에 일어났다. 어머니의 고함 소리에 자다가 깼다. 어두웠고 나는 한참 허둥댔다.

"날 이렇게 긁어놨어, 야만인들." 어머니가 맨 팔뚝을 내밀며 말했다. 야만인들이 누구인지는 모르겠지만 정말 상처를 내놨다. 나는 침대에서 내려와 숨을 들이마시며 어머니의 팔을 살며시 들었다. 나의 부드러운 손길로 아픔을 달래줄 수 있는 것처럼. 아침을 살 수 없게 된 단골 몇 명이 둘러서서는 느닷없는 사건에 흥분해 웅성거렸다.

밤 시장에서 남자 두세 명이 어머니를 밀치고 식료품 살 돈을 빼앗은 다음 소리쳤다는 것이다. "방글라데시로 돌아가!"

나중에 관중이 흩어지자 엄마는 집에 앉아 머리를 감쌌다. 한참 후에 고개를 들고 말했다. "놈들이 나를 만지는 거야. 여기를. 아, 내 금쪽같은 딸, 너한테 이런 말을 하면 안 되는데."

그러자 어머니가 여자로 보였다. 어머니의 모욕감을 나도 느낄 수 있었다. 그리고 내가 늘 수치심을 느껴온 그 어떤 지점에서 이제는 분노가 하얗게 타올랐다. 목을 타고 올라오는 분노를 가라앉히려 이를 악물었다.

우리 삶은 왜 이럴까? 왜 삶이 이래야 하나? 한밤중에 싸구려 채소를 사야 하는 어머니는 공격당하고 강도를 당하고. 우린 왜 이런 삶을 살아야 하나? 아버지의 통증은 너무 늦기 전까지 의사에게 제대로 치료받지도 못하고.

그래서 나는 결심했다. 좋은 결정이었는지 나쁜 결정이었는지 이제는 모르겠다.

막간극

배우 지망생 브리제시, 새 쇼핑몰을 방문하다

재봉틀 공장이 있던 자리에 새 쇼핑몰이 개장했다. 입이 떡 벌어졌다. 꼭 공항 같았다. 날렵하고 아슬아슬했다. 여기도 유리, 저기도 유리. 축제 때처럼 사방에 조명이 빛났다.

일요일 연기 수업 후에 새 청바지를 입고 (가끔 가는 앨런 골목의 플레이보이 숍에서 산) 가슴 주머니에 승마 기수를 수놓은 셔츠를 단추 채워서 입고, 휴대폰을 꺼내 페인트 일을 하는 친구 라주에게 전화했다. 우리는 함께 그 쇼핑몰로 향했다. 쇼핑몰 밖에는 과자 파는 소년들과 빙수 파는 소년들이 있었다. 그중 몇 명은 나도 알아서 고개를 까딱했다. 그들이 말했다. "안에 들어가 봐. 들어가서 어떤지 봐!"

라주와 나는 입구로 갔다. 라주의 팔에는 페인트가 묻어 있었다. 나는 머리를 감고 빗었다. 신발은 좀 더러웠지만 광택제를 발라서 거의 가렸다. 우리는 금속 탐지기 앞에 줄을 섰고 나는 금시계를 찬 여자가 인쇄된 커다란 포스터를 올려다보았다. 금속 탐지기를 지나가는데 벌써부터 에어컨 공기가, 향수와 가죽 가방 냄새가 안에서 흘러나왔다. 아, 얼굴에 끼쳐오는 이 시원한 공기. 기분이 좋았다. 신이 났다. 상쾌하고 시원한 바람을 즐기고 있는데 갑자기 경비원이 내 팔을 잡았다.

"오십 루피요." 경비원이 말했다.

"뭐예요?" 내가 말했다. "저리 가요, 아저씨." 어떻게 아무 핑계도 없이 그냥 돈을 달라고 하는지 이해가 안 갔다! 나도 쇼핑몰 밖에 서서 돈 내라고 한번 외쳐볼까. 얼마나 벌 수 있는지.

"입장료 오십 루피요." 경비원이 화도 내지 않고 무심하게 딴 곳을 보며 말했다.

"어디 입장료 말이에요? 우린 그냥 가게에 가는 거라고요." 라주가 커다란 새 스마트폰을 꺼내 보이며 돈이 있다는 걸 보여주었다.

하지만 늙은 경비원은 속지 않았다. "이봐, 동생. 오십 루피를 내야 들어갈 수 있어. 아니면 바깥 공기나 즐겨. 나처럼."

난 그를 친근하게 대할 기분이 전혀 아니었다.

"저 아줌마한텐 입장료 안 받았잖아요!" 우리 앞쪽에서 벌써 안으로 사라진 여자는 분홍색 사리 위로 하얀 배가 출렁이고 팔꿈치가 지방덩이에 묻혀 보이지 않는 것이 매일 양고기를 먹는 게 분명했다.

"규칙을 내가 만들었나?" 경비원이 말했다. "난 그저 해야 할 말을 하는 것뿐이야. 나랑 싸우면서 이 사람은 어떻고 저 사람은 어떻고 하려고? 나더러 어쩌라고? 난 그냥 규칙을 말해주는 거야. 결정을 해—"

그래서 라주와 나는 입구에서 돌아 나왔다. 우리는 서로 마주보았다. 둘 다 말을 하고 싶지 않았다. 라주가 내 등을 치고 내가 그의 어깨를 쳤다. 우리는 빙수 판매대로 가서 오렌지 빙수를 먹었다. 그러고 나서 일터로 돌아갔다. 라주는 다시 머리에 페인트 냄새가 나는 터번을 쓰고 칠을 하러 갔다. 나는 팔목과 엄지를 아프게 만드는 전기 수리 가게로 갔다. 그래도 빙수는 맛있었다.

체육 선생

마지막 재판이 될 법정에서 체육 선생은 위조범과 대면한다. 나이키스와 아디다브스를 동네 가게들에 넘기던 남자다. 증언대에 서기 전 쪽지에서 본 아자드라는 이름을 머리에 담는다.

남자가 수상해 보인다고 체육 선생은 생각한다. 옷이 뭔가 너무 새것이다. 머리는 젤로 매끈하게 넘겼다. 아이라이너를 칠한 건가? 그럴 수 있다. 위조품 판매자라고 들었다. 국가 경제를 해치는 부도덕한 남자는 감옥에 가야 마땅하다. 그게 오늘 그가 법정에 선 이유다.

"물건은 어디서 공급받습니까?" 판사가 말한다.

"판사 선생님," 아자드가 말한다. "다 지어낸 말입니다. 믿어주세요. 저는 심지어—"

"어디서 공급받죠?" 판사가 다시 묻는다. "이것 때문에 감옥에 가고 싶어요?"

"저는 무슨 말씀을 하시는 건지도 몰라요, 판사 선생님." 아자드가 저항한다. "저는 그저 사장이 시키는 대로 물건을 운반했을 뿐이에요. 진짜가 뭐고 가짜가 뭔지도 몰라요."

"이 고소 누가 했어요?" 판사가 화가 나서 말한다. 검사가 체육 선생을 가리킨다. 체육 선생이 증언대로 나간다. 그리고 이야기를 들려준다. 팔백 루피를 주고 구두를 샀는데 한번 외출하고 났더니 밑창이 떨어졌다고.

"당신 누구요?" 아자드가 끼어든다. 눈이 휘둥그래졌다. "이 남자 누구예요? 평생 본 적도 없는 남자예요. 나랑 무슨 원한을 져서 이래요?"

판사가 아자드에게 조용히 하라고 경고한다. 결국 아자드에게 오천 루피의 벌금형을 선고한다.

체육 선생은 아자드가 눈물 흘리는 것을 보고 충격을 받는다. 그가 겁에 질려 울부짖는다. "판사 선생님, 전 그냥 배달부예요. 저한테 오천 루피가 어디 있어요? 전 이제 막 결혼했어요. 먹여 살릴 아내도 생겼다고요—"

판사가 짜증을 내며 자신의 재판에서 위조품 거래는 용납될 수 없다고 고지한다. "벌금을 낼 수 없으면 금고형으로 대체됩니다." 판사가 선언한다. "그 편을 선택하겠습니까?"

러블리

이제 데모 테이프도 만들었으니, 데브내스 씨의 추천을 받아 캐스팅 감독 준준왈라 씨를 방문하러 간다.

약속한 날 아침, 기름기 많은 부위인 이마, 코, 턱에 베이비 파우더를 바른다. 그가 즉석에서 뭘 좀 찍어보자고 할 경우에 대비해서!

다시 영화의 거리로 나가지만, 이번에는 데브내스 씨의 집과 반대편으로 간다. 백 년 전에 지어진, 지금은 도로 일부를 막고 있는 커다란 스튜디오를 지나간다. 엄청난 스타들이 그곳에서 영화를 찍기 때문에 정부에서 그 스튜디오를 그냥 놔두고 있다.

캐스팅 감독의 사무실은 멀지 않다. 열린 하수구에서 모기가 들끓는 골목을 지나자마자 준준왈라라고 적힌 문이 보인다.

문은 얇고 아래쪽 판자는 깨져 있다. 계단을 올라가면서 보니 벌건 침 자국들로 벽이 더러워서 좀 놀랐다. 솔직히 사무실은 정말 더러워 보인다. 하지만 명성과 성공이란 게 어디서 오는지 내가 어떻게 알겠어?

3C호를 노크하자 안에서 크게 통화하는 남자 목소리가 들린다. 남자가 "들어와요, 들어와" 한다. 들어가보니 남자가 전화기를 목에 끼고 나를 향해 손짓하며 탁자 맞은편 의자 두 개를 가리킨다. 나는 앉아서 블라우스의 어깨 부분을 만지며 브라 끈이 비어져 나오지 않았는지 확인한다. 데브내스 씨는 늘 몸을 곧게 세워 앉으라고 했다. 그러면 실제로는 불안하더라도 자신감 있게 만들어준다고. 그렇게 앉아 기다리는 동안 겸손하면서도 당당하게 보이려 노력한다.

드디어 통화가 끝나자 준준왈라 씨가 일어나서 내 쪽으로 오더니 자기 두 손으로 내 한 손을 잡는다. 내가 총리라도 되는 것처럼 악수를 하는 거다.

"기다리게 해서 미안해요." 그의 입에서 빤 냄새가 난다. 치아도 빈랑 잎으로 붉게 착색돼 있다. 계단에 매일 침을 뱉은 건 바로 이 사람인 것 같다. “프로듀서 몇 명이 나한테 아주 많이 의지하고 있어서 작은 사안까지 하나하나 의논하고 싶어해요…” 고개를 저으며 말한다. 요구 많은 프로듀서들 같으니라고!

“차이 마실래요? 아니면 펩시?” 그가 권하자 작은 소년 하나가 문으로 고개를 들이밀고 지시를 기다린다. 저 아이는 어떻게 자기가 필요하다는 걸 알았는지 모르겠다. 하지만 전문 영화사니까 방법이 있겠지. 나는 물만 주세요, 감사합니다, 말하지만 준준왈라 씨는 “물만?” 하더니 소년에게 지시한다. “차가운 펩시 하나 가져와. 냉장고에 뒀던 걸로.”

그래서 나는 영화배우들처럼 가느다란 빨대를 입에 끼우고 유리병에 담긴 펩시를 마신다. 립스틱을 망가뜨리고 싶지 않으니까. 내 앞에는 유리판을 얹은 탁자가 있고 유리판 아래에는 대형 영화배우들이 사인한 엽서들이 끼워져 있다. 내가 아는 이름들도 있다. 복사본일까, 진짜 사인일까? 잠깐 생각한다. 그러다가 자신을 나무란다. 너무 냉소적이잖아! 당연히 진짜겠지. 여기가 내가 곧 들어갈 세상이다.

그러고 나서 준준왈라 씨가 앉는다. 차이 잔을 앞에 두고 엄중한 표정으로 나를 본다. “자, 당신에게 연기를 가르친 데브내스 씨는 내가 아주 존경하는 분이에요. 그래서 그분이 꼭 만나봐야 할 학생이 있다고 했을 때 난 아주 진지하게 받아들였어요. 아주아주 진지하게! 바로 대답했죠. 내가 영광이라고. 그녀에게 빨리 오라고 전해달라고."

나는 미소를 지으며 홀짝인다. 보글거리는 달콤한 음료수 덕분에 기분이 좋아진다.

준준왈라 씨가 말한다. "캄즈, 그러니까 카말 바네르지라고 들어봤어요?"

위대한 감독 카말 바네르지를 모르는 사람도 있나?

"캄즈가 지금 배우를 찾고 있어요. 줄거리를 들려줄게요. 반전이 있는 러브 스토리예요. 추수철에 비가 너무 적게 내리는 바람에 수확량이 줄어서 마을 전체가 고생하는 게 배경이에요. 블록버스터가 될 거예요. 확실해요. 영화에서 히즈라가 나오는 장면이 있어요. 불운한 히즈라가 마을에 와서 말해요. '돈 좀 주세요, 아니, 어머니, 제발요, 아이가 굶고 있어요' 같은 말을 하는 거죠. 그리고 우리의 주인공, 자신도 밭이 죽어가서 고생하는 남자가요, 밖으로 나와서 그 히즈라를 빗자루로 쫓아내요."

펩시를 빨아들이는 속도가 빨라진다. 본론이 나올 차례다.

"당신이 그 히즈라 역에 적격이에요. 데모 시디 가져왔어요?"

나는 영화의 여주인공이 되고 싶다. 적어도 여주인공의 자매나 여자 친구는 돼야 한다. 그런데 이 위대한 캐스팅 감독이 나에게 단역을 맡으라고 말한다. 빗자루로 쫓겨나는 역할을! 나는 입술에서 빨대를 뺀다. 몸이 가라앉고, 갑자기 이 방이 나를 불행하게 만드는 것 같다. 구석에 쥐구멍이 눈에 들어오고, 앉아 있는 낡은 의자가 흔들리는 게 느껴진다. 나는 조그만 목소리로 말한다. "네, 감독님." 나는 그에게 시디를 건넨다.

준준왈라 씨가 내 목소리에서 실망감을 감지한다. 시디를 받고 의자에 기대앉더니 천장을 보며 말한다. "있죠, 많은 사람들이 나를 찾아오면 내가 자기를 영화에 바로 투입시켜줄 거라고 생각해요. 하지만 여기 일은 그런 식으로 굴러가지 않아요. 아마추어 수준에 머무는 게 아니라 제대로 경력을 쌓으려면 작은 역할부터 시작해야죠."

"네. 물론이에요, 감독님. 전 그저 — 아, 이 분야가 어떻게 돌아가는지 이제 알았어요! 몰랐던 저를 용서하세요."

"아니, 몰랐던 걸 용서할 수는 없어요." 다시 좀 친근해지며 그가 말한다. "시디 보고 나서 전화 줄게요, 괜찮죠? 나가면서 등록비 백 루피 내주시고요."

"등록비요!" 나는 힘없는 목소리로 말한다. "등록비가 있어요?"

"내가 비영리 에이전시로 보여요, 러블리?" 준준왈라 씨가 미소 지으며 말한다. "그래요, 당신을 내 리스트에 올리고 배역을 찾아주는 대가로 받는 거예요."

펩시가 출렁이는 배를 안고 계단을 내려가면서, 나는 사기를 당한 기분이 든다. 그가 백 루피를 가져간 데다, 나에게 절대 좋은 배역을 주지 않을 것 같기 때문이다. 이 남자들이 전부 나를 가지고 장난을 치는 걸까?

바깥으로 나오니 태양이 너무 밝다. 나는 손으로 눈을 가린다. 지금은 엄청난 스타가 된 레시마 고얄이 커피 체인점에서 캐스팅 감독에게 배역을 제안받았다고 들은 적이 있다. 거기 커피 한 잔이 백 루피다. 그 생각을 하니 한숨이 나온다. 내가 부자였다면 나도 그런 식으로 꿈을 좇을 수 있을 텐데.

한동안 너무 낙담해서 거리를 하염없이 걸으며 왓츠앱만 계속 넘긴다.

나의 자매들이 전해준 조언이 펼쳐진다.

"모든 인도 다이어트 전문가들이 경고합니다. 오렌지와 초콜릿을 같은 날 먹지 마세요, 안 그러면—"

"+123456으로 걸려오는 전화는 받지 마세요. 당신 심카드를 사용해 국제전화를 걸려고 하는—"

한 자매는 농담을 보냈다.

"산타 싱[시크교도를 풍자하는 캐릭터]이 밤마다 침대맡에 가득 찬 물 잔과 빈 물 잔을 둘 다 놔두는 이유는? 자기가 물을 마실지 안 마실지 모르니까!"

고개를 드니 모퉁이 가게에서 웬 소년이 보인다. 손님의 휴대폰 요금을 충전하느라 손톱으로 카드를 긁어 코드를 따는 동안 시선은 내 가슴을 똑바로 향해 있다.

"와서 젖 좀 마실래?" 내가 외친다.

이제 기차역에 가까이 왔지만 나는 기차를 타는 대신 걷고 또 걷는다. 발이 이끄는 대로 왼쪽으로 틀었다가, 오른쪽으로 왼쪽으로 멋대로 틀다 보니 내가 아주 잘 아는 집 앞에 서 있다. 노랗게 칠한 이층집이다. 아자드의 집. 아자드가 결혼해서 뭐? 우리의 인연은 인간이 만든 법으로는 깨지지 않는다고 말한 게 그이다. 하지만 이제 많은 날이 지났고 그는 날 보러 오지도 않는다. 지금 난 그의 품이 그립다. 나에게 다시 와서 함께 바닥에 앉아 초콜릿 아이스크림을 먹었으면 좋겠다. 그에게 준준왈라 씨에 대해 전부 말하면서. 그러면 아자드는 준준왈라 씨에 대한 농담을 해서 나를 웃겨주겠지.

아자드는 내가 결혼 이야기를 해서 화가 났던 거다. 하지만 그는 다시 올 거다. 나는 발코니를 바라보며 그가 입었던 셔츠나 바지라도 볼 수 있을까 싶어 두리번거린다. 하지만 빨랫줄은 비어 있다. 발코니 난간에서 말리고 있는 아자드의 신발만 보인다. 아자드가 자주 신던 신발이라 길에서 올려다보기만 해도 알아볼 수 있다. 나이키 상표지만 로고가 하나가 아니라 두 개 있어서 더 좋다. 아자드는 늘 최신 스타일을 알았다. 아자드가 내 집, 내 방에서 저 신발을 벗으며 나를 껴안던 그 모든 시간을 생각하고 있는데—

갑자기 웬 남자가 말한다. "아이고, 제발 손님 좀 오게 비킵시다." 그 말에 휙 돌아본다. 그러고 보니 뒤에 자동차 수리점이 있고 석유 냄새가 풍긴다. 나한테 말하고 있는 건 시크교도 아저씨다. 수리점 주인인가 보다. 회색 유니폼을 입고 빨간 터번을 둘렀다.

"뭐예요?" 내가 따지고 든다. "내가 코끼리라도 돼요? 길을 다 막고 있어요? 손님들이 들어가지도 못해요?"

하지만 곧 무서운 생각이 든다. 혹시 아자드가 이런 내 모습을 보는 거 아닐까. 그래서 나는 얼른 도망친다.

"좋아요, 아저씨. 예의 바르게 부탁하셨으니 사라져드리죠."

지반

우마 마담이 끝부분이 금속인 막대로 감방 창살을 친다. 복도를 지나가며 캉 캉 캉.

"기상, 기상." 우마 마담이 외친다. "일어날 시간이야!"

소리가 점점 가까워지더니 내 감방 앞에서 멈춘다. 자고 있지는 않았지만 일어나기 싫어서 매트리스에 누워 있다가 올려다본다. 아침 여섯 시, 태양열이 벌써 벽들을 데우며 공기를 익힌다. 피부가 끈끈하다. 고개를 드니 우마 마담이 창살 사이로 막대를 겨눈다. "특히 너! 너 때문에 우리가 이 난리잖아. 왜 아직 자고 있는 거야?"

내 재판 때문에 여자 감옥이 집중 조명되고 있다. 텔레비전 방송국과 영화 제작사에서 우리가 사는 모습, 우리의 일과를 보여주고 싶어한다. 아마도 내부로 잠입해 우리를 동물원 원숭이 보듯 관찰하고 싶을 것이다. "이제 수감자들은 한 시간 동안 텔레비전을 볼 수 있습니다. 그러고 나서는 음식을 만들어야 합니다." 당국은 요청을 거절했지만 그럴수록 수상해 보인다. 당국은 보안과 안전 때문이라고 주장한다. 하지만 우리 감옥이 무엇을 숨기고 있나? 감옥 상태는 얼마나 안 좋은가? 대중은 알고 싶어한다. 듣기로 어떤 방송사의 요구는 받아들여질 것 같단다. 카메라들이 나타나기 전에 감옥을 '미화'해야 한다.

"미화란다!" 우마 마담이 코웃음 치며 멀어져간다.

오늘 아침 나는 주방 벽의 수십 년 묵은 때와 숯을 긁어내는 임무를 맡는다. 다른 수감자들은 대걸레와 손걸레로 바닥을 문지르고 전구를 교체하고 마당에 묘목을 심는다. 예쁨받는 여자들은 벽화를 그리는 우아한 일을 한다. 모두의 대장 아메리칸디는 네모난 초콜릿 바를 입에 물고 감독한다.

이 작업은 묵은 통증을 덧나게 만든다. 그 주 내내 여자들은 긴 노동 시간을 불평한다. 나는 철 수세미와 세정제로 기름때를 긁어내느라 손바닥이 벗겨질 것만 같지만 이 일에 쓰인 손이 내 손이라는 걸 누가 알겠나? 머릿속에서 나는 재판정에 앉아 눈앞의 탁자를 움켜쥐고 나의 지지자들을 보고 있다. 목에 종양이 있는 칼루와 러블리는 당연히 올 것이다. 어머니의 아침 장사 단골이며 다시 장사를 해달라고 부탁하던 몇 명도 재판에 나타나 방청객 모두에게 내가 책을 들고 러블리를 만나러 가는 것을 보았다고 말할 것이다. 그들은 내가 러블리에게 영어를 가르쳤다는 것을 안다. 러블리의 이웃들도 안다. 열 명 가까이 되는 사람들의 정보, 이것이 일종의 증거 아닌가?

다음번에 푸르넨두가 오자 나는 학교를 그만두겠다고 어머니에게 말한 날에 대해 이야기한다.

"엄마," 나는 어느 날 어머니에게 말했다. "나 할 말이 있는데 화내면 안 돼."

푸르넨두는 내 어머니라도 된 것처럼 몸을 앞으로 기울인다.

어머니는 밀가루투성이 로티 반죽을 손바닥에 올린 채 화덕에서 몸을 돌렸다.

"10학년까지만 다니고 학교 그만두려고. 일해서 엄마랑 아빠를 도울 거야."

귀가 뜨거웠다. 입이 말랐다.

"누가 그런 멍청한 짓을 하라고 가르쳤어?" 엄마가 나를 올려다보며 말했다. "학교를 그만두고 싶다고? 너처럼 똑똑한 애가! 그만두고 뭘 하려고?"

"일해야지, 엄마. 일! 아빠가 허리 때문에 일 못 한 지 오래됐잖아. 밤 시장은 엄마한테 안전하지 않아. 폭행당한 거 잊었어? 그렇게 돈을 벌 순 없어."

"네가 걱정할 일이 아니야." 엄마가 딱 잘라 말했다. "언제 그런 늙은이가 됐니? 학교나 다녀. 공부 열심히 하고. 그게 네 일이야."

하지만 나는 포기할 수 없었다. 이대로 입을 닫으면 다시는 말을 꺼내지 못할 것 같았다.

"10학년까지만 다녀도 좋은 직장 얻을 수 있어. 10학년은 마칠 거고 졸업 시험도 볼 거야. 그러고 나서 일자리 구할게."

그렇게 며칠 실랑이한 후 엄마는 포기했다. 어느 날 밤 밥을 다 먹었을 때 엄마가 단념하고 만 것이다.

"아무래도 일자리 유령이 네 어깨에 앉아 있는 모양이니, 내가 어쩌겠니? 그래, 네가 인생을 망쳐도 할 수 없지! 빈민가에서 나고 자라고 계속 살고, 그것도 괜찮겠지!"

잘못된 결정이었는지도 모른다. 하지만 더 나은 삶을 살

방법을 어디서 배울 수 있었겠는가.

졸업 시험이 있던 달, 나는 열심히 공부했다. 늦은 밤까지 침대에 앉아 손전등을 들고 책을 읽었다. 구절들을 중얼거리며 몸을 앞뒤로 흔들었다. 밤이 깊어지면 주변을 둘러싼 고요함 가운데 우리 집 바로 밖의 하수로에서 남자 오줌 누는 소리가 들리기도 했다. 유령처럼 사삭거리는 발소리도 들렸다. 내가 얼마나 많은 걸 배웠는지는 모르겠지만 교과서는 통째로 암기해버렸다.

삼월에 졸업 시험이 시작되었다. 우리는 벽에 미리 답을 써놓지 못하게 각각 다른 학교들에 배정받았다. 몇몇 소녀들은 교과서를 펴 들고 골목을 서성이며 입술을 달싹였다. 저쪽에서는 한 소녀가 허리를 숙이고 먹은 걸 다 게워내는 동안 그녀의 어머니가 등을 두드려주었다.

시험장 안 교실에 들어가 누군가 다른 사람의 것이었던 의자와 경사진 책상 앞에 앉으려니 이상했다. 책상에는 하트 그림 안에 'S+K'라고 새겨져 있었다. 교사가 답안지를 나눠주는 동안 나는 새 볼펜을 꼭 쥐고 기다렸다. 곧이어 문제지를 받았다. 창밖에는 나무 한 그루가 꼼짝 않고 서 있었다.

세 시간 후 종이 울리자 나는 답안지를 고무줄로 묶어 시험 감독에게 제출했다. 가운뎃손가락이 펜을 쥐었던 자국으로 부풀었다.

복도에 삼삼오오 모인 아이들이 손에 잉크를 묻힌 채 저린 손을 문질렀다. 나는 대화를 토막토막 엿들으며 시험장을 떠났다.

"여름 작물 문제 뭐라고 썼어?"

"수수!"

"그 도표 나올 줄 진작 알았지."

결과가 나오던 날, 52퍼센트로 통과한 성적표를 받고 날아갈 것 같았다. 우리 반에서 제일 낮은 점수여서 아이들은 나를 걱정스레 쳐다보았다. 내가 울거나 낙담해 주저앉을 거라고 생각하는 것 같았다. 어떤 애들은 구석에 숨어서 70퍼센트를 받았다며 훌쩍였다. 하지만 그들과 달리 나는 대학에 갈 계획이 없었다. 난 그저 통과만 하면 되었고 통과했다.

집에서 졸업 축하를 받았다. 아버지와 어머니가 얼마나 자랑스러워했는지. 어머니는 내 입에 우유 사탕을 넣어주었고 이웃들에게 사탕 봉지를 돌렸다.

"내 딸이 졸업 시험에 통과했어요!" 어머니는 자랑스레 알렸다.

어머니는 내 이후 계획에 대해서는 잊은 듯했다. 하지만 나는 잊지 않았다.

그다음 주, 시험 확인서를 받고 뉴월드 몰에 가서 직장을 얻었다. 판탈룬의 청바지 코너에서 일하기로 했다.

판탈룬에서 나는 나쁜 버릇이 들었다. 주변 모두가 그랬다. 스스로 돈을 버는데 좀 즐기면 안 되나? 나는 담배를 피우기 시작했다. 비싸고 유명한 담배 낱개비를 보란 듯이 사서 가게 한쪽에 매달려 있는 라이터로 불을 붙였다. 영화배우처럼 손가락 사이에 담배를 끼우고 피웠다.

기차가 불에 타던 밤, 나는 어머니와 마주치지 않을 만한 곳으로 걸어갔다. 콜라바간 기차역 말이다. 그곳에 늦은 시간까지 문을 여는 담배 가게가 있었다. 담배 한 개비를 사서 불을 붙였다. 플랫폼에 독립적인 여성처럼 서서 재를 떨었다. 교과서 꾸러미는 옆에 내려놓았다. 나에겐 더 이상 필요 없게 된 교과서들을 러블리에게 줄 생각이었다.

멈춰 선 기차 안에서 승객 몇 명이 나를 보았다. 밤에 혼자 서서 담배를 피우는 나를. 위험한 여자애라고 생각했을 것이다.

도시 여자애들은 그런 거라고 나는 생각했다. 그들에게 그런 인상을 주는 게 즐거웠다.

그러고 있는데 천둥 소리가 두 번 들렸다. 번개처럼 빠르게 불이 타오르며 기차에 번졌다. 두 사람이 기찻길 옆의 웃자란 화단, 빈민가의 화장실로 슬쩍 사라지는 게 보였다. 곧 객차 두 량이 연기에 휩싸였고 그 안에서 불이 넘실거렸다. 불은 미친 듯이 창문 밖으로 솟아올라 이 칸 저 칸으로 옮겨 붙었다. 불소리 말고는 아무 소리도 안 들렸지만 차 안에 갇혀 비명 지르는 얼굴들이 보였다. 나는 얼어붙어 꼼짝도 못 했다. 내 손에서도 조그만 불이 빛나고 있었다. 공기 중에서 머리칼 타는 냄새가 나기 시작했다.

바로 내 앞에서 기차에 갇힌 남자 하나가 손목으로 창문 쇠창살을 두드렸다. 남자는 나를 보고 있었다. 다 큰 남자가 나를 보며 울부짖었다. 나에게 말하고 있었다. 목소리는 들리지 않았고 그의 입술 사이로 늘어지는 침이 보였다. 들리지 않아도 알 수 있었다. 도움을 호소하는 것이었다. 그는 작은 여자아이를 안아 들고 있었고 아이는 괴롭게 몸을 뒤틀며 울고 있었다.

그는 나에게 어떻게든 와서 아이를 받아달라고, 창살 사이로 빼내달라고 애원했다.

나는 뒤돌아 달렸다. 도랑에 담배를 떨어뜨리고 나서 달리고 또 달렸다. 집에 도착할 때까지 멈추지 않았다.

나에게 죄가 있다면, 푸르넨두, 내가 유죄라면, 겁쟁이였다는 것뿐이에요.

체육 선생

어느 날 아침, 조회 시간에 교장이 연설하는 동안 마이크가 삐익 소리를 낸다.

학생들이 귀를 막는다. 교사들은 침착한 표정을 유지한다.

체육 선생은 서둘러 문제를 해결하러 나서는 대신 다른 교사들과 나란히 서서 차분하게 차를 홀짝인다.

교장이 외친다. "수레시는 어디 있죠?"

수레시는 행정실 급사다. 그가 불려와 마이크 선을 만지작거린다. 뽑았다가 다시 끼운다. 마이크 머리를 툭툭 친다.

체육 선생은 그 모습을 지켜보며 손가락 하나 까딱하지 않는다.

지반

푸르넨두가 돌아갔다. 가슴속에 갇힌 심장이 아우성친다. 묵은 빵과 마른 감자를 목구멍으로 억지로 넘긴다. 오늘은 차가 없다. 보이지 않는 태양이 옷 속에 들어 있는 듯 천이 배에 들러붙고 짠물이 목으로 흘러내린다. 나는 무릎을 꿇고 오늘치 미화 임무를 수행한다. 화장실 청소다. 변기를 문지르고 붕산을 관에 붓는다. 물에 희석된 산이 손의 오래된 상처들을 따갑게 만들지만, 오수관 속에 모여든 펄떡이는 오물, 수십 마리의 바퀴벌레들은 끝장낼 것이다.

그러는 동안 여기서 멀리 떨어진 깨끗한 사무실에서 푸르넨두가 내 이야기를 쓰고 편집자가 더 좋게 만든다.

"편집자가 이야기를 더 좋게 만든다고요?" 푸르넨두의 말을 듣고 내가 웃었다. "내 이야기는 더 좋았을 거예요, 만일…"

잠시 따져본다. "우리 집이 철거되지 않았더라면 말이에요. 그렇지 않아요? 만일 아버지가 허리를 다치지 않았더라면, 만일 어머니가 작은 사업을 운영하다가 폭행을 당하지 않았더라면, 만일 내가 학교를 마칠 수 있었더라면 말이에요."

"그런 식으로 좋게 말고요." 푸르넨두가 말했다.

"그럼 어떻게요?"

그는 대답하지 않았다.

이틀 후 아침 식사 줄에 서 있는데 우마 마담이 마당에 와서 허공에 대고 신문을 흔든다.

"너!" 우마 마담이 나를 보며 말한다. 입을 비틀며 미소를 숨긴다. 그러고 나서 신문을 건넨다. "잘했다."

커다란 글자로 제목이 쓰여 있다. "나는 경찰에게 폭탄을 던졌다—테러리스트의 인생 이야기."

기사는 다음과 같이 시작한다. "여자 감옥에서 진행된 몇 번의 인터뷰를 통해 본 기자는 평생에 걸친 가난과 불운의 사연뿐 아니라 정부에 대한 분노를 들었다. 이야기는 지반이 아이였을 때 그녀의 가족이 쿠를라 광산 근처 정착지에서 철거당하면서 시작되었다. 당시 그녀와 가족은 집에서 만든 폭탄으로 경찰을 공격했다고 거리낌 없이 털어놓았다."

나는 줄에서 빠져나와 바닥에 앉는다. 기사를 다시 읽는다. 내가 푸르넨두에게 확실히 말하지 않은 건가? 우리가 폭탄이라 부르긴 했어도 그건 오줌과 똥일 뿐이었다고 하지 않았나? 벌레들의 딱한 방어 수단이었다.

나는 기자 이름을 확인했다. "푸르넨두 사르카르." 그 기자 이름이 맞는데?

나는 좀 더 읽어보았다. "정부에 대한 그녀의 분노는 최근의 것이 아니라 평생에 걸친 무시에 뿌리를 두고 있다. 허리를 다친 아버지가 주립병원의 방치로 만성 쇠약성 통증에 시달리게 된 것부터 시작해 그녀 가족이 공영주택에 살 때 제대로 나오지 않는 수돗물 때문에 매일 괴로워했던 것까지, 지반의 이야기를 자세히 들여다볼수록 정부를 향한 원한이 드러난다—"

기사를 다 읽고 다시 읽는다. 다 읽고 또 맨 윗줄로 돌아간다. 급기야 단어들이 흰개미들이 굴려놓은 흙덩어리 같아 보인다. 눈을 감자 땅이 기우뚱하며 몸을 끌어당긴다.

우마 마담이 신문을 가져간다. 나는 내버려둔다. 주저앉은 내 눈에는 슬리퍼를 신고 있는 우마 마담의 주름진 발과 습한 공기에 걸레가 된 사리밖에 안 보인다. "기분 좋아?" 마담이 위에서 조롱한다. "허락도 없이 비밀 인터뷰를 하면 이렇게 되는 거야! 또 해봐! 열 번 더 해봐! 얼마나 도움이 되는지 보라고!"

고개가 땅속으로 끌려들어가는 것만 같다. 머리를 들 수가 없다. 그래, 푸르넨두는 그런 놈이었다. 나는 이 수치스러운 자세로 우마 마담의 꾸지람을 듣는다. 몸이 그대로 굳어버린다.

엄마가 신문을 들고 온다.

"그거 치워요." 나는 엄마에게 벌컥 화를 낸다.

엄마가 신문을 펼치며 보풀보풀한 지면을 한 쪽 한 쪽 넘긴다.

"잠깐, 잠깐, 칼루가 읽어줬는데 이 기사는 괜찮댔어." 엄마가 안쪽에 연필로 표시한 칼럼을 보여준다.

"언론 재판을 경계하며"라는 제목의 기사다. 다른 신문이다. "이 젊은 여성이 기차 공격에 가담했다는 구체적 증거가 어디 있는가? 경찰이 우리에게 말한 것은 정황증거뿐이다. 이 여성은 무슬림이라는 이유로 희생되고 있다."

"봤지?" 어머니가 말한다. "이 신문은 널 위해서 나서주고 있다고 칼루가 그랬어. 사람들도 귀담아 듣고 있고. 아직 결정된 건 아무것도 없어. 포기하지 마."

그래봐야 무슨 소용인지 모르겠다. 나에게 희망이 있는 건지 없는 건지, 그걸 어떻게 분간해야 하는지, 점점 더 알기가 어려워진다.

"그건 네가 희망이 없는 듯이 굴고 있어서 그런 거야." 엄마가 놀린다. 그리고 미소 지으며 내 뺨을 만진다. 간수가 우리한테 등을 돌리고 있는 동안.

웃을 일은 하나도 없지만 어머니의 미소, 그 정겨운 입가의 주름, 비뚤비뚤한 이, 관자놀이에 붙은 머리 타래가 마음을 달래준다.

면회 시간이 끝날 때 어머니가 일어서며 상기시킨다. "알고 있지? 재판 때 콜라바간 사람들이 많이 와서 너에 대해 이야기해줄 거야. 네가 얼마나 착한 아이인지 말이야. 좋은 학생이고 우리 동네에서 영어를 하는 유일한 여자애라는 걸. 그 신문에서 말하는 거랑은 전혀 다르다는 걸 다들 알게 될 거야."

나는 끄덕이며 눈물을 흘리지 않으려 애쓴다.

간수가 외친다. "시간 됐어!" 어머니는 잠시 내 머리에 다정하게 손을 얹은 다음 떠난다. 나는 다시 안으로 들어간다. 불이 꺼지는 취침 시간 전에는 무너지지 않으려, 바닥에 쓰러져 뒹굴지 않으려 단단히 마음먹는다.

하지만 놀랍게도 견딜 만하다. 나는 로티 반죽을 굽고 망가진 새 배기통을 청소한다. 이 작업 저 작업 옮겨가는 동안 내가 언제 무너지나 기다리는 아메리칸디의 시선이 따라온다. 하지만 나는 쓰러지지 않는다. 어머니의 굉장한 능력을 조금 빌려왔기에.

지반의 부모

집 안 어둠 속에서 지반의 어머니와 아버지가 쌀밥과 요거트를 앞에 두고 앉는다. 접시 위로 그들의 눈물이 떨어진다.

"애 앞에서 웃어 보이느라 힘이 다 빠졌어." 지반의 어머니가 말한다.

"알아." 지반의 아버지가 아내의 어깨에 손을 얹는다. "알아. 먹어."

지반

재판 첫날, 우마 마담이 내가 입을 사리를 가져온다. 아는 옷이다. 내가 판탈룬에 다닐 때 어머니 주려고 직원 할인을 받아 산 거니까. 겨울날에 어울리는 밝은 파란색에 가장자리를 단순하게 처리한 사리다. 나는 그걸 입고 어머니 곁에 있는 기분을 느낀다.

법원에는 정원이 있다. 발아래 밟히는 새 흙, 뜰의 나무들은 높이 솟아 있고, 빛은 너무나 밝아서 깨진 유리처럼 눈을 찌른다. 기자들이 우르르 몰려들어 고래고래 질문을 외치고 내 얼굴을 찍으려 실랑이를 벌인다. 밴을 나서자마자 나는 경찰들에게 둘러싸여 껍질 안에 들어간 모양새로 걷는다.

그렇게 가려도 기자들은 계속 외친다. "여기! 여기 좀 봐요!"

"사망자 가족들에게 할 말 없습니까?"

"감옥에서 뭘 먹고 지내죠?"

"안에서 맞고 지내나요?"

"테러리스트 집단에서 연락이 오진 않았나요?"

"그들이 말할 내용에 대해서도 조언했나요?"

법정에 들어와서야 안도하며 앉는다. 방은 컸고 천장은 너무 높아 한 층이 더 들어와도 될 정도다. 긴 봉에 매달린 천장 선풍기가 돌아간다. 내 앞의 증인석에는 하얀 커튼이 드리워졌다. 내가 증인들에게 영향을 주지 못하게 하려는 것이다.

나의 변호사, 고빈드가 먹고 싶은 게 있는지 묻고 또 묻는다. "바나나 먹을래요? 시작하기 전에 뭘 먹어두어야 해요."

식욕이 전혀 없다.

검사가 공소 제기를 시작한다. 이야기를 지어낸다. 내가 반항적인 젊은이로 학교를 중퇴했고 정부에 화가 나 있었으며 페이스북에서 유명한 테러리스트 모집자와 관계를 다져왔다고. 그 증거로 내가 그 외국 친구와 나눈 페이스북 대화를 제시한다. 그가 꾸며낸 이야기 속에서 테러리스트 모집자는 나에게 도움을 청했고 나는 암호화된 텍스트 메시지인지 전화 통화인지로 동의했다고 한다. 테러리스트들에게는 동네 연락책이 필요했다고, 그러니까 번지도 없는 구불구불한 빈민가 골목을 지나 역까지 갔다가 빠져나가게 안내해줄 조력자가 필요했다고 검사는 주장한다. 그의 이야기에 따르면 나는 테러리스트들을 역으로 안내했을 뿐 아니라 직접 기차에 횃불을 던졌다. 내가 전에도 당국에 폭탄을 던진 적이 있다고, 검사가 참석한 모두에게 상기시킨다—

참을 수가 없다. 내가 일어서서 말한다. "그건 폭탄이 아니었어요. 세상에, 그건 그저 우리—"

고빈드가 앉으라고 날카롭게 속삭인다. 판사가 앉으라고 침착하게 말한다. 침묵이 귓가에 윙윙 울린다. 나는 나무 의자 안쪽 깊숙이 몸을 낮춘다.

"그리고," 검사가 결론짓는다. "이 점을 이 법정에서 상기시키고 싶습니다. 이 모든 것이 어떤, 뭐랄까, 제가 지어낸 가설이 아니라는 점입니다. 피고가 서명한 자백서에 다 있는 내용입니다."

검사가 나를 극적으로 가리킨다.

"제가 말한 모든 것은 자백서에 기록되어 있을 뿐 아니라, 방금 여러분께 들려드린 바와 같이 세부 사항이 보강되었습니다. 〈데일리 비컨〉의 저명한 기자 푸르넨두 사르카르와의 인터뷰로 다들 보았다시피, 피고인 본인이 이 진술의 많은 부분을 되풀이해서 확인해주었습니다."

판사가 인상을 쓰더니 검사와 변호사를 왕좌 같은 자기 자리로 부른다. 나는 자리에서 기다린다. 팔다리가 차갑게 굳어간다. 뭘 저렇게 비밀스레 의논하는 걸까? 나는 놀이용 밀짚 인형이 되어 냉혹한 아이들의 자비에 운명이 맡겨진 기분이다.

그때 자비가 베풀어진다. 판사가 내 '자백'을 기각한다. 강요에 의해 서명했기에 채택할 수 없다고 선언한다. 그것만은 판사가 믿는 것이다.

고빈드가 용기를 내라는 듯 나를 보고 미소 짓는다.

이 작은 승리가 기쁘다. 나는 아무 짓도 하지 않았다. 나는 아무 짓도 하지 않았지만 이 법정에 있는 누구도 믿지 않는다. 오직 어머니만 믿어준다. 어머니는 내 뒤 어딘가 앉아 있지만 나는 뒤돌아 다른 이들의 눈을 마주할 용기가 없다.

나흘 동안 법정에서 비슷한 일을 겪는다. 넷째 날, 법원 앞에서 기자인지 행인 하나가 내 얼굴에 침을 뱉는다. 변호사가 매점 냅킨을 가져왔지만 화장실에 가서 씻을 시간이 없다. 나는 온종일 낯선 이의 증오를 얼굴에 묻힌 채 앉아 있다.

이번엔 검사가 증인 마흔 명을 소환했다. 그중에는 예전 빈민가 철거 때의 이웃들, 아버지를 치료했던 의사, 내 장학금을 후원한 비영리단체 관계자도 있다. 그들은 하얀 커튼 뒤에서 증언한다. 나랑 눈이 마주치면 두려워서 증언을 못 할 수도 있다는 거다. 나는 그들의 유령 같은 목소리를 듣는다. 내가 담배를 피우는 것을 보았다는 이들도 있다. 마치 담배에 불을 붙이는 것이 횃불을 밝히는 것과 같다는 듯이 말한다.

젊은 여성이 담배를 피우는 게 범죄인가?

다섯째 날, 남자 하나가 증언석으로 들어간다. 그가 말을 시작하자 목소리가 기억난다. 아는 목소리다.

농구를 하던 학교 운동장으로 돌아간 듯하다. 체육 선생이다. 내가 운동을 좋아하던 평범한 학생이었다고, 그가 모두에게 말하기를 기다린다.

체육 선생이 말한다. "그녀는 가난했습니다. 다른 소녀들과 달랐죠. 하지만 내 수업에서 나쁘게 행동하지는 않았습니다. 사실 운동을 아주 잘했어요. 선수가 되지 않을까 하는 기대가 컸습니다."

교사의 말을 들으며 나는 생각한다. 그의 말을 들어봐. 그는 알고 있어. 감사의 눈빛을 보내고 싶지만 불가능하다.

"그래요, 제가 보기에 그녀는 힘든 삶을 살았습니다. 제가 가끔 점심으로 먹을 음식을 주었어요. 그녀가 충분히 먹고 다녔는지는 모르겠습니다. 음식을 주면 고마워하는 것 같았어요."

고마웠던 게 기억난다. 나는 감사히 받았다. 어쩌면 어린아이의 건방짐 때문에 적절히 감사를 표하지는 못했는지도 모른다. 말할 수 있게 해준다면 지금이라도 감사 인사를 하고 싶다. 내 편에서 이야기해주는 데에도 감사하고 싶다. 지금까지는 아무도 그래준 사람이 없었다. 비영리단체 사람들조차도, 학교 때 사람들도, 아직은 우리 동네 사람들도.

그때 체육 선생이 말한다. "하지만 그녀는 사라져버렸습니다. 나는 격려하고 음식을 주면서 도우려 했습니다. 하지만 어느 날부터 학교에 오지 않았어요. 10학년 졸업 시험 이후였습니다. 내 기억으로는 그렇게 잘 보지 못했습니다. 하지만 뭐 어떻습니까? 12학년 졸업 시험 때 더 좋은 점수로 보완할 수 있는 겁니다. 하지만 그녀는 그냥 떠났어요. 사라졌어요. 텔레비전에 등장하기 전까지 다시는 볼 수 없었죠. 학교를 떠난 후에 범죄에 연루되었을지도 모르겠습니다. 종종 그런 일이 생기니까요."

가슴속에 묵직한 것이 들어앉는다. 갈비뼈 안쪽에서 중력이 느껴진다. 계속 잘 들어보려 하지만 귓가에 윙윙 소리만 커진다.

여섯째, 일곱째, 여덟째 날, 고빈드가 나를 변호한다. 쉬는 시간에 내가 말하게 해달라고 부탁해보지만 그는 입술에 손가락을 올리고 말한다.

"99.9퍼센트의 경우 피고가 말하는 건 도움이 안 돼요. 증명된 사실이에요."

정말 그런가? 그를 믿을 수밖에 없다.

내가 페이스북으로 테러리스트 모집자와 연락을 하긴 했지만, 하고 고빈드는 인정한다. 우리가 나눈 대화는 내 직장이나 동료, 내 감정에 대해서뿐이었다. 공격에 대한 건 한마디도 없었다. 나 지반은 그가 외국에 사는 친절한 청년이라고 생각했다. 젊은 남녀가 떨 법한 수다를 주고받았을 뿐이다.

고빈드는 푸르넨두 사르카르가 쓴 기사의 오류를 일일이 지적한다. 내가 경찰에게 던진 건 진짜 폭탄이 아니라고 정정한다. 내가 페이스북에 쓴 게시글도 어린 여자가 자기 감정을 표현한 것 이상은 아니라고 주장한다. 그는 나를 멍청하고 순진한 인물로 묘사한다. 너무 잘하고 있다.

고빈드가 말한다. "그리고 계속 언급되는 그 꾸러미 말입니다. 그 꾸러미요? 그건 그 어떤 종류의 폭발물도 아니었습니다. 책 꾸러미였습니다! 빈민가의 어느 히즈라에게 책을 전해주었던 겁니다! 그렇습니다. 피고인은 공익을 위해 봉사하고 있었습니다. 동네 히즈라 이웃에게 영어를 가르치고 있었습니다. 우리는 그 히즈라로부터 직접 이야기를 들을 수 있습니다."

러블리가 증인석으로 불려 나온다. 희망에 찬 아이가 하늘에 띄워 올린 연처럼 내 심장이 뛴다.

러블리가 왔다. 마이크를 통해 그녀가 증인석에 앉는 소리와 음성이 들린다. "이 자리는 마른 사람만 앉으라고 만든 거예요 뭐예요?"

재판 이후 처음으로 미소가 번진다. 러블리가 왔다. 그녀의 목소리다. 그녀는 저 겁 없는 태도로 나의 진실을 알려줄 것이다.

"충격적인 건," 러블리가 벵골어로 말한다. "다들 어쩌면 그렇게 거짓말을 잘 지어내느냐는 거예요."

"제발 사실만 말하세요." 고빈드가 말한다.

"좋아요! 지반은 나에게 영어를 가르쳤어요. 난 영어를 못했고 사실 지금도 못해요."

법정에 웃음이 터진다.

판사가 정숙을 요구한다.

러블리가 계속 말한다. "하지만 지반의 잘못이 아니에요. 지반은 이삼 일에 한 번씩 예전 교과서들을 가지고 우리 집에 왔다고요. 난 a-b-c-d랑 cat 같은 간단한 단어들을 배웠어요. 영어를 하면 오디션을 더 잘 볼 수 있을 거 같아서요. 나는," 하더니 러블리가 수줍어하며 기침한다. "배우거든요."

법정에 다시 웃음이 터진다.

러블리는 들리지 않는 것처럼 진지하게 말을 잇는다. "나는 배우라서 대본을 읽고 영어도 능숙하게 해야 해요. 이해하겠죠? 그래서 지반을 만났어요. 착한 아이죠. 시간을 내서 가난한 사람들을 가르친 거니까. 여러분 중 몇 명이나 살면서 그런 일을 했죠?" 러블리가 따진다. "당신들 전부 뭔데 지반을 함부로 심판하는 거예요?"

아홉째 날, 나의 하나뿐인 사리는 구겨지고 광택도 사라졌다. 판사가 말한다. 목청을 가다듬더니 영어로 말한다. 먼저 혐의 내용을 읽어내려간다.

정부를 상대로 벌인 전쟁. 살인과 범죄 모의. 테러 행위 준비임을 알면서 도움을 준 행위. 자유의사로 테러리스트들을 은닉한 행위.

"우리는 양쪽에 공평하게 소명 기회를 주었습니다." 판사가 코끝에 안경을 걸치고 미리 써온 글을 읽는다. "피고인은 기차역에서 꾸러미를 들고 있었습니다. 피고인은 페이스북이라는 소셜네트워크서비스를 통해 유명한 테러리스트 모집자와 관계를 발전시키고 있었습니다. 피고인을 가르쳤던 교사는 우리에게 피고인이 학교를 떠났다고, 수상한 상황에서 공부를 중단했다고 말했습니다. 한편 우리는 한 히즈라의 이야기를 들었습니다. 거리에서 구걸하는 증인은 피고인이 자신에게 영어를 가르쳐주었다고 했습니다. 그럼에도 불구하고," 판사는 깊은 한숨을 쉬고, 나는 폐에 들어찬 공기를 느낀다. "피고인이 오랫동안 이 나라의 가치관을 배신해왔다는 건 분명합니다. 피고인은 인터넷에서, 페이스북에서 분명하게 정부와 경찰에 반대하는 목소리를 내왔습니다. 애국심 결여는 가볍게 받아들여서는 안 됩니다. 그것 자체가 강력한 하나의 증거입니다. 그리고 이 도시와 이 나라의 양심을 달래기 위해 사례를 만들어야 할 때도 있습니다. 대중은 정의를 원합니다."

판사가 판결문을 계속 읽는다.

그들은 테러리스트들을 추적하지 못했고 기차역에는 단속 카메라가 없었다. 테러리스트들은 벌써 국경을 넘었을 것이다. 그들은 그야말로 밤 속으로 사라져버렸다. 오직 나만

이, 바보 천치인 나만이 여기 앉아 있다.

판사가 말을 멈추고 종이를 넘긴다. 종이 소리가 조용한 실내를 채찍처럼 가른다. 판사는 피고인에게 사형을 선고한다.

누구 이야기를 하는지 모르겠다.

다음 사건으로 넘어갔나?

뒷자리 어디선가 웬 동물이 마치 뇌에 못이 박힌 것처럼 고통스럽게 울부짖는다. 어머니다. 나는 돌아본다. 셋째 줄, 사리를 어깨에 감은 어머니가 일어섰다가 주저앉는다. 법정 전체가 숨을 멈춘다. 어머니가 쓰러지고 내가 일어선다. 경비 둘이 뒤쪽에서 뛰어나오며 들것을 찾는다. 내게서 가까운 출구에 자리 잡고 있던 경찰 한 무리가 나를 매처럼 지켜본다.

천으로 만든 들것이 나타나자 경비 둘이 어머니를 싣고 간다.

나는 그들에게 소리친다. "어디로 데려가는 거예요?"

변호사가 앉으라고 말한다.

"잠깐만요." 내가 외친다. "금방 깨어나실 거예요."

"정숙하세요." 판사가 외친다.

러블리

아침에 공용 수도에서 그 소식을 듣는다. '살인자'에 대한 수다를 듣자 심장이 가슴속에서 들썩인다.

며칠 전 법정에 섰다. 아르주니 마가 이 재판에 엮이지 말라고 했지만 그래도 갔다. 다들 내가 무슨 이유에서인지 억지로 끌려갔다고 생각하지만 나는 주변 모두에게 자랑스레 말했다. 복사 가게 부인에게도, 휴대폰을 들여다보며 입술을 씹던 검사에게도, 내가 "증언을 하러" 갔다고 말이다. 고빈드가 나한테 그렇게 설명했다. 그러는 내내 나는 잠깐이라도 지반을 보면서 다정한 눈빛을 전해주고 싶었다. 하지만 하얀 천이 드리워 있어서 서로 볼 수 없었다. 영화에서는 한 번도 본 적 없는 이상한 상황이었다.

정말이지 나는 이 판결을 믿을 수 없다. 분명 고빈드가 뭔가를 제출해야, 어딘가에 호소해야, 어떻게든 지반을 구해야 한다. 그게 고빈드의 일 아닌가?

나는 혼자 어느 작은 건널목에 가서 건성으로 구걸을 한다. 이 자동차 저 자동차 두드리면서. 창문으로 보이는 얼굴들이 영화 같아 보인다. 뒷좌석에서 아이 하나가 몸을 뒤척인다. 남자 둘이 앉아 망고 주스를 마신다. 심지어 늑대처럼 보이는 개도 에어컨이 작동하는 아늑한 자동차 안을 즐기고 있다. 그 모두가 나를 무시한다.

대중은 피를 원한다.

언론은 죽음을 원한다.

내 주변의 모두가, 사람들이 그렇게 말한다. 대중이 그녀를 죽이는 거라고.

사무직 남자 하나가 깨끗한 가죽 구두와 다림질한 바지를 입고 지나가자 고함을 치고 싶어진다. "너 같은 사람들이 그녀를 죽였어! 네 손으로 직접 그녀의 목을 조른 거야!"

하지만 나는 목소리를 가다듬고 말한다. "오빠, 좀 베풀어 주세요."

갑자기 어디선가 거지 아이 둘이 나타난다. 내가 자기들

영역에 들어왔다고 인상을 쓰면서 고함을 친다. "누구 허락 받고 이 건널목에서 구걸을 해?"

나는 녀석들에게 혀를 내밀어 보이고 자리를 피한다. 뒤에서 두 아이가 깔깔대며 욕설인지 농담인지 고함친다.

나도 모르게 지반의 집으로 가고 있다. 기자들이 쉰 명, 아니 백 명쯤 와 있다. 위성 안테나를 올린 트럭과 자동차가 골목을 다 막고 있다. 카메라와 조명과 전선이 사방에 널렸다.

지반의 아버지가 지팡이를 짚고 나와 햇빛에 눈을 깜빡인다. 나는 군중 뒤쪽에서 보고 있다.

"보세요," 아버지가 말한다. "나 좀 보세요. 불구, 절름발이에요. 내 딸을 구할 수가 없어요."

아버지가 수탉처럼 고개를 쭉 뺀다. "나에 대해서 또 뭘 알고 싶은 거요? 물어요." 그가 말한다. "물어봐요!"

정신 나간 사람 같다. 팔을 부들부들 떤다. 이웃 칼루가 그 옆에 서서 눈이 아픈 듯 코끝에 손가락 두 개를 대고 있다.

"왜 아무것도 안 묻는 거예요?" 지반의 아버지가 말한다.

기자들은 잠시 그저 조용히 서 있다.

그러더니 질문들을 외쳐댄다. "판결에 대해서 어떻게 생각하세요?"

"따님은 항소할 예정입니까?"

"지반 어머니의 건강은 어떤가요?"

아버지의 눈을 끌기 위해 "선생님, 선생님!" 하고들 외친다. 사진을 찍기 위해 "이쪽이요!" 외친다.

기자들이 떠났다. 짓밟은 꽁초를 줄줄 남기고서. 밤에 나는 빗자루를 가지고 나가 꽁초들을 한쪽 구석으로 쓸어낸다. 발치에서 먼지가 작은 폭풍처럼 일어난다.

막간극

비말라 팔의 보좌관, 부업을 하다

부업이 없는 사람이 있나? 비말라 팔이 나한테 잘해주지만 그렇다 하더라도 난 일개 보좌관일 뿐이다. 나에게는 가족이 있다. 아내와 학교 다니는 아이들이. 요즘 학비가 얼마나 비싼지 아는가? 거기다 식구들이 지쳐서 집에 오면 매일 쌀밥과 달걀만 먹고 싶어하지는 않는다. 조그만 텔레비전을 보고 싶어하지 않는다. 모두 뭔가 좋은 것을 원한다. 나는 그런 이유에서 중개업을 한다고 할 수 있다.

당신이 무슬림이라고 해보자. 어느 날 무슨 일이 일어날까? 당신의 이웃들, 착한 사람들이 갑자기 무슨 소문을 듣고 모여서 폭도로 돌변해 당신 집 문을 부순다. 당신 아내를 위

협하고 몸이 불편한 어머니를 겁준다. 집에 불을 지른다. 폭도들은 고맙게도 당신들이 모두 밖에 나가 있는 동안 불을 지른다. 그것이 폭도들이 베푼 친절이다. 당신들은 도망간다. 부서진 집을 떠난다. 가난을 떠나 도망친다. 목숨이 너무나 소중해진다. 너무나! 몇 달 동안은 괜찮다. 난민 캠프가 있으니까. 기부받은 쌀과 판잣집도 있다.

하지만 어느 날 정부가 알린다. 이 추한 난민 캠프를 더 이상 놔둘 수 없다고! 당신이 받은 보상금은 오십만 루피가 전부다. 그 돈으로 어딘가 가서 살아야 한다. 에휴.

누가 바로 달려올까? 사기꾼들이다.

당신에게 중개인, 땅 주인, 시의회, 수도 공급자, 전기공이 찾아온다. 심지어 교육 컨설턴트가 와서 아이들을 그냥 집에서 당신처럼 문맹자로 키울 거냐고 묻는다. 그렇게 다들 와서 말을 풀어놓는다. 선생님, 좋은 부지가 있어요. 땅을 사서 집을 짓는 거예요. 제일 중요한 건 이름으로 된 자기 땅 한 뙈기를 가지는 거예요. 일단 수도가 연결될 거고 전기선은 벌써 놓였어요. 일단 와서 보기만 해요. 그래서 부지를 본다. 땅이 괜찮아 보인다. 보상금의 대부분을 부지 사는 데 쓴다.

그런 뒤 어느 날 모두가 사라진다. 하루에 다섯 번씩 전화하던 중개인들이 온데간데없다. 전기공과 수도 공급자? 흔적도 없이 사라졌다.

당신은 땅문서에 적힌 주소로 찾아갔다가 처음에 가봤던 곳과 다른 곳에 도착해 혼란을 느낀다. 난생처음 보는 부지다! 동네 소년들이 죄 고개를 까딱하고 나뭇가지를 씹으며 웃는다. 소년들이 웃자 당신은 깨닫는다. 당신이 산 것은 작은 늪지라는 걸.

이것이 폭동 경제다. 이런 경제 안에서 나는 그저 중개인일 뿐이다.

러블리

아침에 나는 안절부절못하며 캐스팅 감독 준준왈라 씨에게 전화를 건다. 휴대폰이 아직 충전 중이라 콘센트 가까이 고개를 수그린 채로.

“여보세요?” 그가 말한다.

“안녕하세요. 나예요, 러블리.” 내가 말한다. “좋은 아침이에요!”

준준왈라 씨는 말이 없다. 숨소리만 들린다. 그의 짜증이 전화선을 건너오는 듯하다. 그제야 나는 깨닫는다. 어쩌면 그는 의욕 충만한 배우 지망생들에게서 매일 이런 전화를 받는지도 모른다. 어쩌면 그들은 아침 인사를, 명절 인사를, 밤 인사를 거르지 않고 하는지도 모른다.

준준왈라 씨가 한숨을 쉬며 말한다. "그래요, 러블리."

"내 데모 시디는 본 거예요?" 내가 말한다. "어떻게 봤어요? 나한테 역할 줄 거예요?"

"러블리, 이런 식으로 전화하지 마요. 난 회의 중이에요. 내가 나중에 전화할게요. 알았죠?"

"알았어요. 하지만 준준왈라 씨, 몇 주가 지났는데 당신은 계속—"

"회의 중이에요, 러블리." 준준왈라 씨가 말하고 전화를 끊는다.

일요일 수업 후에 나는 데브내스 씨에게 불안한 목소리로 묻는다. "나한테 그 역할 맡길 생각 지금도 있어요? 당신이 말해서 데모 영상 만든 건데—"

데브내스 씨는 늘 앉는 의자에 앉아 한숨을 쉰다. 나는 그의 배가 오르내리는 모습을 본다. 그가 찻잔 받침을 옆의 탁자에 올려놓고 가슴 위로 깍지를 낀다. 나는 그 앞에 서 있는 내내 등 뒤에서 깍지를 끼고 있다. 초상화 속 데브내스 씨의 어머니와 아버지가 나를 내려다본다. 초상화에는 마치 로맨스 영화의 주인공들처럼 두 사람에게 빨간 장미들로 꾸민 화환이 바쳐졌다.

"러블리," 데브내스 씨가 연설을 시작한다. "내가 만드는 종류의 대작을 만들려면 시간이 얼마나 걸리는지 아니? 그런 영화는 배역을 정하는 데만 일 년 반이 걸리기도 해. 싸움 장면 하나에만 일흔두 명의 엑스트라가 필요한 거 알지? 단 한 장면에 말이야. 일흔두 명이라니. 생각해봐. 빨리 되겠니?"

나는 야단맞는 아이처럼 고개를 푹 수그린다.

"게다가 말이야," 데브내스 씨가 중얼거린다. "너 재판에 가서 온갖 말을 했더구나."

"데브내스 씨," 내가 바로 묻는다. "내가 지반을 위해 증언해서 화가 나셨나요?"

그는 잠시 말이 없다.

"그럴 리가 있니." 데브내스 씨가 입을 연다. "난 정치에는 관심 없어. 다만 그 재판 후에 네가 벌써 유명 스타가 된 기분을 느끼는 게 아닌가 하고. 텔레비전에 이 분 나왔다고 네가 전설이 됐다고 생각하는 거지. 그래서 인내심이 없어진 거고." 데브내스 씨의 두꺼운 눈썹이 흙 속 벌레 둘처럼 한데 모인다. "그리고 네가 한 말들 말이야. 뭐랄까, 신문에서는 네가 애국적이지 않다고… 내가 다시 언급하고 싶지는 않아."

"어떤 말이요?" 내가 따진다.

나는 데브내스 씨가 나를 신뢰한다고 생각해왔지만 이번에는, 그의 털 많은 발가락을 보고 있는 지금은, 내가 그를 진정으로 알지 못하는 게 아닌가 하는 느낌이 든다. 그리고 그도 나를 진정으로 알지 못하고 말이다. 내가 언제까지 그의 말을 믿고 그의 영화를 기다려야 할까? 젊은 스타가 될 기회가 줄어들고 있다. 누구도 머리가 세고 팔이 늘어진 스타는 보고 싶어하지 않는다.

바깥에서 칼갈이가 도구들을 들고 지나가며 외친다. "칼 갈아요! 칼 갈아요!"

전기 공급이 좋아졌다고, 이제는 동네가 단전되지 않는다는 생각이 들기 시작한 바로 그때, 전기가 끊어진다. 어느 날 밤 갑자기 형광등이 꺼진 거다. 텔레비전에서 나오던 〈가끔 행복 가끔 슬픔〉도 멈춘다. 화면에선 약간의 색채만이 어른거린다. 내 눈이 잘못됐나 하는 기분이 든다. 하지만 그게 아니다. 전력이 부족해 우리 동네를 단전시킨 거다. 모기 몇 마리가 금방 내 팔과 귀를 찾아와 입질한다. 냉장고와 텔레비전의 소음이 없어지니 사람들 목소리가 멀리에서까지 들려온다.

정말 오랜만에 휴대폰을 손에서 내려놓는다. 배터리가 다

됐다.

초 한 개 없는 우리 집의 어둠 속 문간에 앉아 밖을 내다본다. 한 시간, 이어서 두 시간이 흐른다.

사람들이 지나간다. 이웃 부인이 보여 이름을 불러보지만 다른 사람이다. 낯선 여자가 어둠에 싸인 얼굴로 나를 돌아본다.

이제 하늘이 땅보다 밝다. 하늘의 반달에 회색 얼룩이 있는데 어쩐지 처음 보는 것 같다. 달도 뾰루지가 나는 걸까. 점점 풀려나는 솜 같은 구름들이 달 아래서 움직인다. 때로는 달을 가리며, 때로는 달을 드러내며. 왠지 세상이 너무 크게 느껴지고, 세상이 우리의 꿈과 사랑 이야기로, 그리고 슬픔으로 가득 찬 기분이 든다.

나는 코를 풀고 일어나 안으로 들어온다.

집 안에서 혼자, 눈물이 샘처럼 솟아나온다. 불쌍한 지반. 내 증언은 뱀에게 준 신발만큼이나 쓸모없었던 것으로 드러났다.

그동안 아자드는 한 번도 나를 만나러 오지 않았다. 나는 두파타에 눈물을 닦는다. 어쩔 수 없었던 건데, 내 심정을 아자드는 모르는 건가? 그를 몰아낸 건 내가 아니다. 이 사회가 그런 거다. 이번에는 결백한 지반에게 달려들어, 단지 그녀가 가난한 무슬림 여성이라는 이유로 그녀의 피를 고래고래 요구하는 바로 그 사회가.

심장이 박동하듯 불이 켜지고 선풍기가 돌아간다. 동네의 환호성도 들린다. 전기가 다시 들어온다.

나는 눈물을 닦는다. 창밖으로 코도 풀어내고.

생각해보면 정말이지 지반과 나 둘 다 벌레에 지나지 않는 것 같다. 우리는 날개가 뜯겨버린 메뚜기일 뿐이다. 꼬리가 뽑힌 도마뱀일 뿐이다. 지반에게 죄가 없다고 믿는 사람이 있을까? 내게 재능이 있다고 믿는 사람이 있을까?

영화배우가 되고 싶은 건 나고 캐스팅 감독이나 연기 선생이 대신 해줄 수는 없다. 그러니 나 자신, 똥배 나오고 영어도 못하고 데브내스 씨의 거실에서만 성공적인 연기를 펼치는 내가 직접 나서야 한다. 비록 당신들 신발 아래 짓밟힌 벌레일 뿐일지라도. 나는 살기 위해 몸부림친다. 나는 아직 살아 있다.

휴대폰이 조금 충전되자 나는 연기 수업 영상 몇 개를 왓츠앱으로 자매들에게 보낸다. 브리제시와의 연습 때 대박 친 연기도 포함해서. "부탁인데, 내 영상을 친구들에게, 친구의 친구들에게 공유해줘. 영화 배역을 구하고 있어. 적당한 기회가 있으면 말 좀 해줘."

다음 날, 다시 돈을 벌어야 하는 일상으로 돌아가, 나는 이 도시에서 제일가는 관광지로 간다. 하얀 대리석으로 지어진 빅토리아 기념관, 얼간이 시골 사람들이 요즘같이 시원하고 구름 낀 날에 오는 곳이다. 도시를 구경하는 시골 사람들은 늘 입을 벌리고 있다. 모든 게 신이 직접 만든 물건처럼 보이는 거다. 쇼핑몰도, 횡단보도도, 바지 입은 여자들도.

그들은 또한 최대한 많은 축복을 원해서 다섯 가지 신성한 끈을 손목에 차고 일곱 가지 신성한 끈을 위팔에 차고 그 밖에 또 뭔지 모를 것들을 찬다. 이 불쌍한 사람들은 많은 걸 두려워하고 그 목록 맨 위에는 신이 내리는 불운이 있다. 이 점은 나도 이해한다. 가장 저주받은 사람은 나니까.

어쨌거나 나는 빅토리아 기념관 정원으로 들어가서 군중을 바라본다. 대궁전으로 이어진 하얀 길이 있다. 길 양쪽은 녹색 잔디와 나무로 채워져 있다. 날씨가 시원해 잔디에는 부모들과 배드민턴 치는 아이들이 가득하다. 연인들이 나무 아래 바싹 붙어 앉아 아이스크림콘을 먹는다. 다들 신발을 벗고 있어서 걸어가는 길 주변엔 갈라진 밑창들이 늘어섰다. 나는 손뼉을 치고 말한다. "어머니 여신께서 오늘 여러분 모두를 축복하라고 나를 보냈어요."

나는 어느 어린 소녀를 축복해준다. 그러고 나서 아기 하나를 축복한다. 그러자 경비가 막대기로 나를 툭툭 친다.

"뭐죠?" 내가 경비에게 말한다. "나 티켓 있거든요, 봐요!"

경비는 말문이 막힌다. 사실이니까. 그는 이렇게 말하고 만다. "잔디 밟지 마요!"

그러더니 내 얼굴을 자세히 본다. "혹시— 그 큰 재판 때 증언하지 않았어요? 미안, 미안!" 하고 그가 말한다. 나는 왜 그러는지 이해를 못 한다.

한 남자가 아기를 데려와서 나는 들고 온 작은 성수, 즉 공용 수돗물이 담긴 단지에 시든 꽃을 담갔다가 아기의 머리 위에서 빙빙 돌려서 물방울이 똑똑 떨어뜨린다. 아기가 금방이라도 울 것 같은 표정이 된다.

갑자기 누가 뒤에서 부른다. "러블리? 맞아요?"

돌아보니 준준왈라 씨다. 청바지를 입고 선글라스를 머리에 걸치고 있다.

"맞군요! 하하!" 그가 말한다. 마치 내가 관광지에서 어슬렁거리고 있는 게 놀랍다는 듯이.

나는 인사를 하고 가족은 잘 지내요, 하고 안부도 묻는다.

"잠깐 시간 괜찮아요?" 준준왈라 씨가 말한다. "내가 할 말이—"

나는 시골 사람에게 아기를 돌려주고 돈은 달라고 하지 않는다. 캐스팅 감독 앞에서 연기 이외의 일을 하는 걸 보여주고 싶지 않기 때문이다. "훌륭한 아기를 위해 무료로 축복해 드렸어요!"

이제 준준왈라 씨와 나 둘뿐이다. 그가 말한다. "저기요, 러블리. 이제야 그 큰 재판에서 당신이 한 증언에 대해 들었어요. 그래서 당신 데모를 보았죠. 당신 데모는—!" 그러더니 자신의 모든 손가락을 한데 모아 서로 키스시킨다.

"내 데모요?"

"그러고 나서 당신의 왓츠앱 영상도 봤죠. 백 퍼센트짜리 진짜였어요!"

"왓츠앱이라면—"

"당신 연기 수업 영상요—"

"연습 영상요? 데브내스 씨 수업 때 찍은 영상요? 당신이 어떻게 본 거죠?" 내가 캐묻는다. "내 자매들한테만 보낸 건데요?" 잠시 미친 생각이 머릿속에서 소용돌이친다. 날 비웃으려는 건가? 내 연기가 B급이라고 직접 말하려고 굳이 나를 불러 세운 거야?

"몰라서 물어요, 러블리?" 그가 말한다. "당신 자매들이 당연히 공유했겠죠. 왓츠앱에 전부 돌아다니고 있다고요. 내 친구들이 나한테 전달해줬어요. 하도 많이 공유해줘서 나중에는 '알아, 알아, 벌써 봤다고' 하고 대답해줘야 했어요. 어쨌든 이제는 감독들이 다들 전화하고 난리예요. '그 재판에서 그렇게 열정적으로 증언한 사람이랑 같은 사람인 거지? 약속 잡아줄 수 있어?' 난 당신이 이 뮤직비디오에 딱이라고 생각해요. 내일 시간 돼요?"

스튜디오는 경기장급 세기의 조명과 사람들이 들고 있는 반사판들로 가득하다. 주연 배우 둘이 녹색 스크린 앞에서 포옹하는 동안 나는 한쪽에서 지켜보고 있다.

"돌아, 돌아, 돌아." 감독이 외치고 커플은 빙글빙글 돈다. "이제 남자 뺨에 키스!"

여배우는 차라리 코끼리 엉덩이에 키스하고 싶어하는 것 같지만 그래도 한다.

"컷." 감독이 말한다.

그러고 나서 몇 분간 정리를 하며 조명을 옮기고 바닥에 분필로 내 자리를 표시한다. 내 차례가 된다.

내 장면은 한 개뿐이다. 하지만 반복되고 또 반복된다.

이제 커플은 결혼을 하고 나는 신부를 축복하다가 고개를 들고 카메라를 향해 윙크한다.

나는 신부를 축복하다가 고개를 들고 카메라를 향해 윙크한다.

나는 신부를 축복하다가 고개를 들고 카메라를 향해 윙크한다.

나는 신부를 축복하다가 고개를 들고 카메라를 향해 윙크한다. 눈에 경련이 일어난다. 마지막에 감독이 와서 말한다. "러블리, 재판 때 당신 말이 진실인지 거짓인지 그 중간인지는 나한테 중요하지 않아요! 내가 관심 있는 건 당신의 스타성이에요. 온 국민이 당신을 보길 원해요. 당신이 이 노래를 히트시킬 거예요. 느낌이 온다고요!"

휴식 시간이 되자 나는 먹을 걸 좀 가지러 스펀지케이크와 과일이 가득 쌓인 탁자로 가본다. 그 더미에 갈색이 있나 찾아본다. 초콜릿 맛을 먹고 싶다. 제대로 즐겨야 하지 않을까? 마침내 더미 아래 깔린 걸 하나 찾아냈는데 어시스턴트가 나타난다. 수첩으로 내 어깨를 두드리며 말한다. "당신 휴식 공간은 저쪽이에요. 밖이라고요! 이쪽은 A급 배우 전용이에요."

나는 아직도 이 A급 B급 분류를 정말이지 이해하지 못하겠다.

"알았어요." 나는 말하고 몸을 돌린다.

어시스턴트가 말한다. "아니! 여기서 케이크 가져가면 안 돼요."

그래서 나는 케이크를 내려놓는다. 나는 그에게 내가 누군지 아느냐고 묻고 싶다. 내 영상을 못 봤나? 하지만 나 같은 사람이 소란을 부리기 기대하는 인간들이 사방에 있다. 그러니 이렇게 프로들이 일하는 곳에서는 절대 소란을 부리지 않을 거다. 나는 아무 항의 없이 B급 배우들 쪽으로 간다.

스튜디오 밖 들판은 햇빛에 눈이 부시다. 머리가 띵하다. 조명이 비추는 곳 이외에는 온통 깜깜한 스튜디오 안에 너무 오래 있었다.

뭔가 놓여 있는 탁자 주위에 엑스트라들이 모여 있다. 정수기다.

여자 하나가 외친다. "어떻게 물이 떨어질 수 있어? 물 더 가져와요!"

내가 가까이 가자 다른 남자가 말한다. "누가 기절이라도 해야 정신 차리지."

텅 빈 정수기 이외에는 검게 변한 바나나만 약간 있다. 바나나를 보자 그 물컹한 식감, 열기 속에 썩어가며 살짝 발효된 냄새가 느껴지는 듯하다. 그래서 나는 침을 꿀꺽 넘기며 새 물 단지가 오기를 기다린다.

옆에 한껏 차려입은 여자가 있어서 그녀의 팔을 건드리며 묻는다. "언니, 화장실은 어디야?"

여자가 나를 위아래로 훑는다. "니가 무슨 공주야? 사방이 들판이고 덤불이야. 거기서 해."

목소리로 봐서 영화판에서 오래 일한 여자라는 걸 알 수 있다. 경험이 잔뜩 담긴 목소리. 하지만 사방에 사람이 있는데 어떻게 덤불에서 일을 보나? 감독이 와서 부끄러운 꼴을 보이게 되면 어쩌라고? 더구나 내가 남자처럼 서서 드레스 아래로 일을 보는 모습을 들킬 수는 없다.

나는 답답해서 한숨을 쉬고 자매들에게 촬영이 얼마나 엉망인지 들려주려고 왓츠앱을 켠다. 메시지가 마흔 통이나 와 있다. 휴대폰은 내내 묵음이었다.

"넌 슈퍼스타야!" 자매 하나가 말한다.

"잘하고 있어! 세상이 너의 무대야." 다른 자매가 말한다.

다들 내 영상이 퍼지는 걸 본 거다!

"연기 좋다 러블리." 이건 또 뭐지? 아르주니 마까지 나에게 왓츠앱 메시지를 보냈다! 내가 증언한 걸 용서한 거다.

모르는 사람들에게서도 왓츠앱 메시지가 와 있다.

"대단한 연기야!"라고들 말한다. "이 수업 어디서 해? 너무 멋지다!"

집으로 돌아와 나는 텔레비전을 한 대 때려서 화면이 들어오게 한다. 지역 뉴스 채널에 내가 나온다. 내가 브리제시와 연기하는 영상이 큰 화면으로 나오고 남자 몇 명이 그 앞에 앉아서 토론하고 있다.

"여기서 참신한 점은, 아디트야 씨, 각계각층의 꿈 많은 젊은이들이 자신의 꿈을 추구하기 위해 모였다는 것입니다."

채널을 바꾼다. 또 내가 나온다!

"이 아마추어 연기 수업 영상은," 턱수염 남자가 말한다. "사방으로 전염되며 돌풍을 일으켰어요. 최근의 잔혹한 뉴스들을 생각할 때, 대중이 이런 기분 좋은 일에 목말라한다는 게 놀랍지 않습니까? 아직 이 도시에 꿈과 몽상가가 존재한다는 사실을 환기시켜주는 일들 말이지요."

다시 버튼을 누르자—

"그 사건의 스타 러블리를 '테러리스트 옹호자'라고 부르는 사람들도 있는 반면, 많은 사람들이 그녀는 단순히 선한 이웃이었다고 생각한 사람을 위해 나선 것뿐이라고 주장합니다."

"물론입니다." 다른 남자가 말한다. "많은 사람들이 지반의 재판에 대해 공정성을 문제 삼고 있어요. 러블리의 법정 내 행동은 이와 많은 관계가 있고요. 러블리는 물론 법률 전문가나 수사관이 아니에요. 주목을 끌고 있는 것은 그녀의 '열정'이지요. 채널 고정해주세요. 우리는 잠시 후—"

"평범한 사람은 어디서 꿈을 좇아야 하나요? 말해보세요. 엘리트 영화 학교에 가서 서로 밀어주고 끌어주지 못하는—"

이 모든 남자가 나에게 훈계를 하고 있다. 그들은 내가 옳았는지 멍청했는지, 지반이 결백한지 사악한지에 대해 서로 다른 견해를 주장한다. 하지만 어쨌든 이들 모두 소위 최고 시간대 뉴스에 나와서 나에 대해 논평하고 있다!

화면을 보고 있는데 누가 문을 노크하더니 창문으로 들여다보며 말한다. "나야."

"아르주니 마?" 나는 즉시 문을 열며 침대에 널려 있던 옷들을 치우고 지나치게 재빠른 모기 몇 놈을 찾아 손바닥으로 내려친다. 들어온 아르주니 마는 앉지 않는다. 대신에 두 손으로 내가 아이라도 되는 것처럼 뺨을 감싼다. 그리고 켜진 텔레비전을 본다.

"난 너보다 나이가 많아." 아르주니 마가 텔레비전에 대고 말한다. "맞지, 러블리?"

나는 그녀를 본다.

"난 인생에서 모든 걸 가질 수는 없다고 배웠어. 예를 들면, 물고기를 접시에 올리려면 우린 거리에서 체면을 희생해야 하지. 우린 구걸을 해야 해. 왜냐고? 우리는 먹어야 하니까. 경찰한테 간섭을 안 당하려면 우리는— 뭐, 말 안 해도 알겠지. 지금은 너를 위해 희생할 때야, 러블리. 너는 텔레비전에 나왔어. 네 영상이 인기를 얻고 있어. 그 범죄자, 테러리스트가—"

나는 항의하려 입을 열지만 아르주니 마가 손을 들어 올린다.

"그 여자애를 네 삶에서 내보내. 그 여자애를 좋아했는지는 모르지만, 이젠 선택을 해야 해. 영화계에서 뜨고 싶니? 아니면 대중이 너를 테러리스트 옹호자로 보길 원하니? 그 사건이 네 발목을 잡게 놔두지 마, 러블리. 이게 내 유일한 충고야."

"하지만 그 재판이 공정하지 않다는 사람들도 있어요—"

"네가 싸워야 할 싸움이니? 그 재판으로 넌 꿈에 다가갔어. 그러니 이젠 네가 진짜 원하는 걸 위해 노력해야 하지 않겠어? 스타가 되고 싶니, 아니면 영원히 그 여자애의 옹호자로 남을 거니?"

아르주니 마가 가고 텔레비전과 나만 남는다. 나는 음량을 줄인다. 이 작은 방에서 소리가 너무 큰 것 같다. 화면에서 내 연습 영상이 나온다. 나는 고요 속에 지켜보며 배 속에 느껴지는 뭔가 묵직한 것 때문에 꼼짝 못 하고 매트리스 위에 앉아 바닥에 발을 딱 붙이고 있다. 다른 곳을 보고 싶지만 그럴 수가 없다. 나는 한 번도 아르주니 마가 말한 것처럼 생각해보지 못했다. 하지만 이제는 다른 방식으로 생각할 수가 없다.

침대에 누워 눈을 감고 있을 때 내 마음이 전하는 나름의 교훈이 느껴진다. 마음이 말한다. 넌 그런 사람이야, 러블리. 너를 배신한 가족 속에서 자라났으니 이건 새로운 일도 아니야. 지반은 너 없이도 알아서 해나갈 수 있어. 사실 계속 떠오르는 건 이런 생각이다. 나는 그녀의 가족도 아니라고, 그녀를 떠나라고, 이 차가운 마음이 말한다. 영화배우가 되는 꿈을 꾸지 않았어? 이렇게 명성에 가까워지길 꿈꾸었던 거 아니야?

이 밤, 나는 수치심 속에 잠들고 수치심 속에 깨어나지만, 아직 수치심은 다른 것보다 약하다.

일요일 아침! 연기 수업에 갈 시간이다. 빨리빨리, 나는 엉덩이를 요리조리 흔들며 골목을 지나가, 계좌를 열려면 출생증명서가 필요하다고 했던 작은 은행을 지나간다. "내가 직원한테 말했어요. "계좌를 트려면," 나는 따라다니는 카메라에게 말한다. "출생증명서가 필요하다니! 내가 무슨 공주예요?"

나랑 같이 걷고 있는 인터뷰어가 웃는다. 인터뷰어는 윤기 흐르는 머리를 쓸어 넘기며 말한다. "연기 수업은 어떻게 시작했어요?"

"뭐, 이렇게 된 거예요—" 나는 이야기를 시작한다.

이번에는 길모퉁이에서 구아버 장수를 지난다. 그는 보통 내가 보이지 않는다는 듯 행동하지만 오늘은 눈을 휘둥그레 뜨고 쳐다본다.

"어이, 텔레비전!" 그가 손을 퍼덕이며 부른다. "와서 구아버 가져가요. 공짜야!"

"오빠," 내가 그에게 말한다. "체면 좀 차려요. 매번 날 무시하더니 오늘은 친구가 된 거예요?"

인터뷰어는 또 웃는다. 내가 하는 행동이 대개 그녀를 웃게 만든다. 좋은 일이다. 웃으면 안 될 이유가 뭔가? 이 텔레비전 채널이 나를 따라 연기 수업에 오게 해주는 대가로 팔만 루피를 받는다. 다른 텔레비전 채널들도 나한테 연락해 돈을 준다고 했지만 나는 제일 인기 있는 이 방송을 골랐다. 내가 웃을 차례다.

기차에 올라 카메라 앞에서 멋진 자세를 취해 보인다.

"기차는," 나는 대학 교수처럼 사색에 잠겨 말한다. "영화 같아요. 보이죠? 기차에서 우리는 행동, 말다툼, 목소리를 관찰할 수 있어요. 사람들이 행복해하거나 화난 모습, 아기 엄마들과 다른 승객들과 펜 장수가 대화하는 방식도요."

인터뷰어는 내가 전국 영화상 수상자라도 되는 것처럼 쳐다본다. 내 입에서 지혜의 말씀이 쏟아져나오니까! 그녀는 끄덕이고 또 끄덕이며, 오늘 밤 이 프로그램을 볼 수많은 시청자들을 생각하며 눈을 빛낸다.

연기 수업의 데브내스 씨는 당황한 것 같다. 지금 보니 카메라 한번 본 적 없는 사람처럼 보인다.

"저 빨간 불은 뭐죠?" 그가 떨리는 손가락으로 메인 카메라를 가리키며 묻는다. "저길 볼까요?"

"긴장 푸세요, 데브내스 씨." 인터뷰어가 말한다. "수년간 이 수업을 해왔잖아요. 당신은 전문가예요. 우리가 여기 없다고 생각하세요!"

하지만 그건 불가능하다. 거실 창밖에는 군중이 모여 안을 구경한다. "그 연기 수업이 여기서 하는 거였어!" 거리에서 누가 외친다. 심지어 어떤 약삭빠른 사람은 손을 집어넣어 커튼을 움직여서 더 잘 보이게 만든다.

안에서는 청소부가 빛나는 사리를 수상하게 잘 차려입고 히비스커스 꽃을 머리에 꽂았다. 그녀가 인터뷰어에게 말한다. "마담, 당신 프로그램을 늘 보고 있어요! 그리고 나는 이 수업 청소를 오랫동안, 아휴, 몇 년인지는 묻지 마세요, 맡아 온 담당자랍니다. 나도 본 게 좀 있지요. 어떤 프로그램이든 출연 가능해요."

인터뷰어가 예의 바르게 미소 지으며 알았어요, 감사해요, 하는 동안 브리제시가 다가와 우물거린다. "러블리, 나—" 하더니 갑자기 히죽거린다. "나, 광고 찍자는 연락받았어! 세제 광고. 네 영상에서 날 보고 연락했대!"

방송국 사람들이 키 큰 조명들을 가지고 와서 이 작은 거실을 수천 개의 태양이 뜬 대지로 만든다. 메이크업 전문가 남자가 고품질 파운데이션과 컨실러를 발라주지 않았다면 내 얼굴의 여드름과 흉터가 전부 드러났을 거다. 벽에 걸린 데브내스 씨의 작고한 어머니와 아버지는, 부디 편히 쉬시길 빌지만, 눈이 튀어나올 것 같다. 살아생전엔 이런 휘황찬란한 광경을 못 보았을 거다.

진짜 카메라 앞에서 연기해보기를 그렇게 오래 꿈꿨는데

이제 세 대의 카메라가 내 앞에 있다! 텔레비전 제작팀이 우리 연습 장면을 몇 시간이나 촬영한다. 그들 앞에서 우리는 극을 만들어낸다. 죽어가는 부모, 런웨이에 선 슈퍼모델, 남편을 위해 요리하는 어머니가 된다. 또 다른 장면들에서 우리는 소화불량에서 불륜까지 모든 걸 해본다.

마지막에 인터뷰어가 내 생각을 좀 묻는다.

"사회는 나에게 이 꿈을 꿀 수 없다고 말해요. 사회에는 나 같은 사람들을 위한 자리가 없어요." 나는 말하고서 속으로 생각한다. 나를 용서해, 지반. 너는 여기서 빼놓아야겠어. "왜냐하면 우리가 가난하니까. 그리고 영어를 완벽하게 못 하니까요. 하지만 그렇다고 꿈도 가질 수 없나요?"

그러고 나서 이 프로그램에서 고백한다. 내가 '영화방송예술원' 앞에 수없이 가서 안을 들여다보곤 했다고. 부유한 학생들의 성공에 조금이라도 가까이 가고 싶었던 거다. 그들 수업에는 캐스팅 감독뿐 아니라 배우 에이전트와 영화 제작자도 온다. 감독과 연기자, 무술 연기자, 안무가 들에게 특별 수업도 받는다.

어느 날 나는 이런 미친 생각도 해봤다. 이 셋방을 포기하면 어떨까? 그냥 기차역에서 자면서 방세를 저 대형 연기학원에 쓴다면?

나는 말하고 나서 웃는다.

“하하하!” 나는 웃는다. “장난 아니죠?”

하지만 인터뷰어는 눈물을 글썽인다. 내 차가운 손 위에 자기 손을 얹는다. 마치 우리가 자매라는 사실을 새로 알게 된 것처럼.

바로 그날, 케이블 채널에서 그 방송 일부가 십오 분 동안 나온 후 왓츠앱이 울린다!

나는 자매들과 내 방에 앉아 호박칩을 우적거리며 진짜 카메라들 앞에서 펼친 모두의 연기에 대해 토론하는 중이었다. 쿠마르는 발작적인 킥킥거림을 봐줄 만한 수준으로 참았는지? 펀지는 보험사에서 일하며 세 아이를 먹인 인생 이야기로 강한 인상을 남겼는지?

“러블리 씨,” 휴대폰 화면에 메시지가 뜬다.

왓츠앱을 여니 모르는 번호로 문자가 와 있다. “소날리 칸 영화 제작사입니다. 통화 좀 할 수 있을까요?”

나는 문자를 읽고 또 읽는다. 눈을 휘둥그레 뜨고 자매들에게 전부 보여준다. 아르주니 마, 내게 아무 조언도 해준 적 없는 척하는 그녀가 말한다. “이거— 이거— 그 소날리 칸?”

그래, 그 소날리 칸이다. 연달아 블록버스터를 제작하고 있는 사람. 이 나라 사람 중에 외국의 산악 지대에서 찍은 〈나는 영원히 당신 것〉의 러브 스토리나 애국 영화 〈크리켓 마니아〉 속 싸움 장면을 모르는 사람이 있을까?

갑자기, 우리 모두 입을 벌리고 앉아서 휴대폰이 마법의 돌이라도 되는 듯 바라보고 있는데, 벨이 울린다. 받아보니 어떤 여자가 말한다. "러블리, 방금 제가 보낸 왓츠앱 메시지 받았어요? 우린 소날리 칸의 다음 영화 중 한 역할에 당신을 생각하고 있어요. 좋은 역이고 큰 역이에요. 다음 주에 오디션 보러 올 수 있어요?"

자매들은 신났다. 휴대폰으로 몸을 잔뜩 기울이고 들으려 낑낑댄다. 아그작아그작 소리가 나지 않게 모두 호박칩 씹기를 멈췄다.

나는 전화에 귀를 기울이며 눈으로는 정수기를 본다. 정수기는 반쯤 차 있고, 매트리스는 우리 몸무게로 납작해졌고, 창문 밖에서는 한 여자가 지저분한 접시가 가득 담긴 설거지 통을 들고 간다.

모든 침착함과 위엄을 다 끌어내어 나 러블리는 휴대폰 너머에서 내 꿈의 기회를 주는 여자의 말을 듣고 있다. "네." 나는 말한다. "네."

체육 선생

비말라 팔과 약속을 잡는 데 이 주가 걸린다. 게다가 그 만남도 그녀가 한 장소에서 다른 장소로 이동하는 차에 같이 타는 동안뿐이다. 도시 중심부 도로는 자가용과 버스로 가득하다. 역방향으로 밀고 나가는 자전거도 있다. 갓길을 따라 나무둥치 사이에 매놓은 방수포들이 임시변통 가게가 되어 달력, 사탕, 휴대폰 케이스를 판다. 백미러로 보니 하얀 차 두 대가 따라온다.

체육 선생이 잘돼가느냐고 묻자 비말라 팔이 "묻지 마요" 한다. 양파값이 치솟고 있고 이건 정부에 문젯거리다. 그래도 야당인 비말라 팔은 거기서 상당한 이득을 얻고 있다.

"대중이 불만스러워해요." 비말라 팔이 말한다. "정부는 물가조절에 실패했어요. 뉴스에 따르면, 당신도 지역 시장에 대한 보도를 봤겠지만, 채소값에 대해 불평하지 않는 사람이 없어요."

비말라 팔은 체육 선생을 돌아보며 지난 몇 달 동안 학교 앞 골목은 괜찮았느냐고 묻는다. 또 침수 안 됐느냐고.

"전혀요." 체육 선생이 말한다.

"덕분에 제 위신이 많이 올라갔죠." 체육 선생은 친근한 분위기를 드러낸다.

그러자 비말라 팔이 웃는다.

체육 선생이 모든 용기를 끌어모아서 하고 싶은 말을 한다. "마담, 저는 당을 위해 더 많은 일을 하고 싶습니다. 더 큰 역할을 맡을 준비가 됐습니다. 벌이고 있는 일이 아주 많잖아요. 제가 도움이 될지도 몰라요—"

울퉁불퉁한 도로를 지나갈 때 비말라 팔이 앞좌석 머리 받침에 손을 뻗는다. 선팅된 창문으로 노점상들이 국수를 건네고 거대한 용기에서 비랴니를 푸고 뜨거운 번철에서 하얀 도사[밀전병] 반죽을 굽는 모습이 보인다. 가끔 경고도 없이 보행자가 손을 번쩍 들고 쏜살같이 거리를 가로지르는 모습이 앞창을 통해 보인다. 화난 운전자들이 손바닥으로 운전대를 두드리고 경적이 터진다.

일이 분 말이 없다가 비말라 팔이 말한다. "당신이 말을 꺼내줘서 잘됐네요."

체육 선생의 머릿속엔 가죽 의자와 전용 컴퓨터가 놓인 사무실이 떠오른다. 에어컨 있는 방에 저녁마다 가서 앉을 수 있는 것이다. 일단 교사 일과 병행해야 할 초반에는 말이다.

하지만 비말라 팔의 생각은 좀 다르다. 그녀는 체육 선생이 찰나이 마을에서 교사들에게 아주 잘해줬다고 말한다. 그래서 시골 마을들에서 열리는 집회에 나서주었으면 좋겠다고, 그 지역 학교에 대한 당의 계획을 발표해주면 좋겠다고 한다. 당은 체육 선생처럼 현장에 식견이 있는 사람이 필요하다. 그리고 그는 정치인의 삶을 맛볼 수 있을 것이다.

"어때요?"

풍선이 터진다. 시원하고 아늑한 사무실의 꿈은 재빨리 꺼진다. 그렇게 되면 운동장에 하루 종일 서 있는 거나 다를 바 없다. 무릎 아래 혈액 순환이 느려질 테고. 물론 그는 제안을 받아들인다.

겨울이 물러가고 태양이 다시 힘을 얻을 때, 체육 선생은 코킬하트라는 마을에 간다. 뿌리가 주먹처럼 흙을 움켜쥔 망고나무 그늘에서 체육 선생은 마이크를 잡고, 호리호리한 남자 둘이 머리 위쪽 나뭇가지에 앉아 확성기를 지탱한다.

깨끗한 하얀 셔츠와 카키색 바지, 목에 건 화환 위로 체육 선생의 얼굴에 정치인의 가면이 쉽게 덧씌워진다. 전날 공부한 메모를 떠올리며 체육 선생이 말한다. "여러분의 학교가 이 년 넘게 닫혀 있었다는 걸 알고 있습니다! 교사들은 없고, 우기에는 비가 새고, 교과서는 보급되지 않았습니다. 그래서 우리는 건물을 완전히 보수하고 전 과목 교사를 고용하려고 합니다. 학기 첫날 모든 아이들에게 할인된 교과서가 지급되도록 할 것입니다. 거기다 아이들에게 무료 중식이 제공될 겁니다!"

체육 선생의 목소리가 확성기에서 터져나온다. 근처 습지 연못의 오리들이 훌쩍 날아오른다.

"이를 단지 여러분 아이들을 위한 교육으로만 생각하지 마시고, 여러분 가족을 위한 과업으로 생각하십시오! 우리는 많은 사람이 필요할 겁니다. 건설 노동자, 요리사—"

체육 선생은 자신이 일종의 비말라 팔이 된 기분을 느낀다. 그는 스스로의 자신감 있는 목소리에, 백 명 이상으로 불어난 군중 앞에 선 고양감에, 기분 좋게 놀란다. 대부분이 남자다. 이 중 많은 이들이 공짜 밀가루 포대를 받으러 온 건 사실이다. 그래도 그들은 여기에 왔다. 체육 선생을 좀 더 잘 보려고 목을 빼는 사람도 보인다. 체육 선생의 말에 귀 기울이는 게 보인다. 권력자들이 느끼는 기분이 이건가?

그때 군중 가운데 한 남자가 외친다. "학교에 무슬림 교사도 올 겁니까? 그럼 우린 아이들을 보내지 않을 거예요!"

체육 선생이 목을 가다듬는다. "에, 난 여러분의 종교를 존중합니다. 여러분의 우려도 존중합니다. 공립학교는 모두를 위한 곳이지만 우리가 염두에 두는 것은 여러분 공동체—"

뒤쪽, 호기심 많은 부랑자들이 모인 쪽에서 몇몇이 웃음을 터뜨린다. 우스갯소리가 퍼지는 것 같은데 체육 선생에겐 들리지 않는다.

체육 선생은 외친다. "중요한 것은 여러분의 종교가 존중받으리라는 점입니다. 이 학교에서 여러분의 도덕관이 교육될 것입니다. 약속드립니다! 다음 선거에서 국민복지당에 투표하세요!"

체육 선생이 마이크를 끄고 한 소년에게 건네자 소년이 선을 둘둘 감는다. 확성기를 잡고 있던 남자들이 아래서 기다리던 직원에게 금속 부품들을 던지고 뛰어내리자 먼지가 풀썩인다. 그들이 손에서 먼지를 떨어낸다.

그때 군중 가운데서 어느 젊은이가 외친다. "신성한 어머니 소가 살해당했어요." 놀란 침묵이 흐르고 젊은이가 말을 계속한다. "그래요, 바로 우리 마을에서 살해당했습니다!"

떠나가던 사람들이 멈추고 젊은이를 돌아본다. 그 주변으로 작은 원이 생긴다. "우리는 무엇을 해야 할까요? 여기 서서 학교에 대한 연설을 들어야 할까요? 우린 '남자' 아닌가요?"

체육 선생이 양손을 든다. "진정해요, 형제. 뜬소문은 퍼뜨리지 않는 게 좋겠어요."

하지만 군중은 동요하기 시작한다. 남자들이 외친다. "누구야, 누가 그랬어?"

"누가 소를 죽였어?"

"누구네 소를?"

체육 선생이 외친다. "제발 진정해요. 여러분 마을 지도자가 조사할 겁니다—"

아무도 체육 선생의 말을 듣지 않고 군중 사이에서 이름들이 거론된다. 소를 먹는, 몇 안 되는 자들의 이름이.

체육 선생이 다시 외친다. "비가 올 겁니다. 제발 진정하고—"

하지만 군중은 마치 새로 흉포성을 얻은, 여러 개의 다리를 가진 동물처럼 큰 소리로 웅성거리며 우르르 몰려간다. 모두가 하나 된 듯 발걸음을 무슬림들이 사는 곳으로 옮긴다.

체육 선생도 군중을 따라간다. 겨우 몇 분 전엔 체육 선생이 학교에 대한 약속으로 이 남자들을 고양시키며 완전히 쥐락펴락했는데, 이제 그들은 좁고 더 좁은 골목들로 빠르게 퍼져나간다. 목욕하던 아이들이 고개를 들고 비누칠한 얼굴로 내다본다. 어머니들과 아버지들이 나타나 우는 아이들을 안아 올려 안으로 데리고 들어간다.

"멈춰요!" 체육 선생이 외친다. "내 말 들어요! 여러분이 이러면 당에서 좋아하지 않아요. 학교를 원하지 않습니까—"

여기까지 데려다준 운전사는 옆에서 무표정하게 서 있는데, 이 사태가 믿어지지 않는 체육 선생은 심장이 너무 빨리 뛴다. 군중은 그 집을 발견하고 체육 선생이 지켜보는 동안 문에 걸린 걸쇠를 흔든 다음 허약한 판자들을 부숴서 연다.

막간극

마을 사람들, 소고기 먹는 가정을 찾아가다

'소고기를 먹는 자를, 무슬림을 죽여라.'

우리는 단도와 집에서 만든 권총으로 무장하고 선한 신의 권능을 행사하러 그 남자의 집으로 몰려간다. 남자의 집 문이 우리를 놀라게 한다. 썩어가는 판자 두 장에 걸쇠가 걸려 있고 우리가 움켜쥐자 손가락에 철 냄새가 남는다.

하지만 아니다. 그래서 우리가 놀란 건 아니다. 우리가 순수한 의도로 이 걸쇠를 잡고 흔들던 기억 때문이다. "형씨, 사다리 좀 빌려줘?" 우리는 전에 물어봤었다.

그렇다. 그는 우리 이웃이다. 확실히 괜찮은 남자다. 구름 같은 턱수염을 가슴까지 길렀고, 우리 아들들은 그가 볼 때마다 산수 문제를 내서 두려워한다. "8 곱하기 5는?" 하고 묻는 것이다. "49의 제곱근은?"

예전에 학교 선생이었단다. 하지만 그게 무슨 소용인가? 우리 모두 한때는 잘나갔다.

지금 이 문 앞에서 우리는 잘 알고 있다. 이 집의 고요는 거짓이다. 그게 우리를 화나게 한다. 한낮의 열기, 텅 빈 배, 우리는 행복하지 않다. 우리의 신성한 어머니 소가 무심하게 도륙되는데 어떻게 우리가 행복할 수 있는가? 잊지 마라! 우리에게 우유를 준 소(아, 그럼), 대대로 내려온 밭에서 쟁기를 끈 소(그럼), 그리고 우리 여신을 천상의 집에 낳아준 소(아아, 그럼), 그 소가 이 무슬림에 의해 흔한 해충처럼 살해당했다. 우리는 무엇을 할 수 있나? 우리는 무엇을 해야 하나?

문 뒤의 방 안에는 세 딸이, 쓸모를 찾기엔 너무 어린 여자애들이 있다. 그들의 아버지가 우리 신성한 어머니 소를 베었듯이 우리는 그들을 벤다. 우리 민족, 이 나라의 진정한 민족은 정화의 홍수가 되어 휩쓸고, 팔과 다리에 차오른 근육으로 움켜쥐고 휘두르며, 우리 손아귀는 더할 나위 없는 확신에 차서 이 남자의 아내의 목을 움켜쥐고 조인다. 우리는 더할 나위 없는 확신에 차서 이 아내의 다리를 벌린다.

—너무 못생겼어! 처음에 든 생각이다.

—아하, 보니까 너무 못생기진 않았네. 우리는 나중에 안다.

우리는 벽에 걸린 바랜 사진들을 부수고, 찬장을 헤집다가 금팔찌 몇 개가 떨어지자 달려든다.

우리는 한쪽 구석에 말려 있던 기도용 카페트에 오줌을 싸고 웃는다. 겁에 질린 남자를 지붕에서 끌어내린다. 우리가 찾던 무슬림이다. 남자가 입을 움직이지만 목소리는 나오지 않고 틀니가 빠져서 움푹 들어간 뺨으로 빌고 또 빈다. 그가 손을 합장하자 우리는 말한다. "이제 제대로 기도하는 법을 배운 거야?"

남자는 자기 아내의 다리가 이 나라의 진정한 남자들에 의해 벌려진 것을 보더니 우리가 죽이기도 전에 이미 죽은 듯하다.

어쨌든 우리는 그의 두개골을 짓밟아 크림 같은 뇌를 바닥에 퍼질러뜨린다. 우리가 사랑하고 존경하는 신성한 어머니 소를 죽인다는 게 어떤 건지 가르침을 준다.

나중에 우리 중 하나가 작은 아이스박스를 열고 닭 한 마리를 끄집어내며 말한다. "그런데 소고기는 어디 있어?

체육 선생

체육 선생은 그날 밤 침대에 벌렁 누워 팔을 머리 위로 뻗는다. 아내는 옆에서 코를 곤다. 지나가는 자동차들이 천장에 만드는 그림자를 바라본다. 어지럽고 멍한 중에도 그의 정치인 경력이 끝났다는 것 정도는 안다. '정치인 경력'이라는 거창한 표현을 생각해본 건 처음이지만, 이렇게 잃을 위기에 처하니 정말 가까이 다가갔었다는 걸 깨닫는다.

오늘 체육 선생이 목격한 게 뭘까? 천장의 선풍기 날이 한 번 돌아갈 때마다 떠올리는 한편 떠올리기를 거부한다. 담요를 턱까지 끌어올린다. 따뜻한 천 속에 귀를 파묻는다. 체육 선생은 자신이 무엇을 보았는지, 무엇을 지켜보며 손가락 하나 까딱하지 않고 방관했는지 안다. 그도 살인자와 다를 바 없다. 그는 이쪽저쪽으로 몸을 돌려 누우며 편한 자세를 찾다가 잠결의 아내에게 야단맞는다. 그러고 나서 등을 대고 누워 시체처럼 꼼짝 않는다.

아침에 눈이 수면 부족으로 뻑뻑한 체육 선생은 면도하러 거울 앞에 설 수 없다. 자기 얼굴을 도무지 볼 수가 없다. 이게 무슨 낯짝이란 말인가? 그의 얼굴이 맞긴 하단 말인가? 체육 선생은 비말라 팔에게 이 사건에 대해 말하고 당에서의 역할을 사임한다고 말할 준비를 한다. 아마도 자비로운 비말라 팔은 체육 선생이 감옥에 가지 않게 해줄 것이다. 하지만 혹시 안 될지도 모른다. 체육 선생 앞에서 학살이 일어났다. 어쩌면 종교에 대한 그의 언급 때문에 촉발되었는지도 모른다.

하늘에 태양이 높이 뜨고 몸에서 영혼이 빠져나간 기분으로 체육 선생은 무의식적으로 목욕을 하고 아침으로 간단한 오트밀을 먹는다. 셔츠를 입고 구두끈을 매고 문 앞에 서서 갈 준비를 마친다.

체육 선생이 도착해보니 비말라 팔은 귀에 휴대폰을 대고 거실에서 왔다 갔다 하고 있다. 가장자리가 주름진 베이지색 숄을 입어서 발걸음마다 팔락인다. 체육 선생을 보더니 앉으라고 손짓하고 사무실 안으로 사라진다.

체육 선생은 소파 끝에 걸터앉는다. 현기증이 나서 머리를 잡고 고개를 숙인다. 보좌관 하나가 걱정스레 차가운 물을 가져다주자 벌컥벌컥 다 마시고 한 컵을 더 마신다.

그때 비말라 팔이 나와서 묻는다. “집회는 어땠어요?”

그러다가 체육 선생의 땀투성이 얼굴을 보고 말한다. “괜찮아요? 물 줄까요?”

체육 선생이 고개를 젓는다.

“마셨어요.” 입이 바싹 말라 말이 잘 나오지 않는다. 귀에서 날카로운 이명이 울린다. 비말라 팔을 따라 사무실로 들어가는데 다리가 사라진 것 같다.

사무실에 들어가 문을 닫고 체육 선생이 말을 시작한다. “실은 어제 집회에서…”

“상태가 안 좋아 보여요.” 비말라 팔이 찬찬히 들여다보며 말한다. “라주한테 택시 불러달라고 할게요—”

“아뇨.” 체육 선생이 말을 끊는다. 그냥 갈 수는 없다. “어제 그 시골 마을에서 일이 있었어요.”

체육 선생이 비말라 팔에게 모든 이야기를 한다. 혀가 나름대로 단어들을 조합해내고, 체육 선생은 쿵쾅대는 심장 소리 때문에 자기 말이 거의 들리지 않는다. 말을 마치고 둘은 말없이 앉아 있다. 바깥 창턱에 까마귀 한 마리가 내려앉아 사납게 울어댄다. 체육 선생은 유리로 막힌 창밖을 한동안 내다본다.

비말라 팔도 말없이 까마귀를 본다.

체육 선생은 그녀가 가라고, 다시는 당에 연락하지 말라고 말하길 기다린다. 그는 다시 교사 생활로 돌아갈 것이다. 이전에 했던 일이고 못할 일도 아니다.

그때 비말라 팔이 고개를 들고 체육 선생에게 미소를 짓는다. "비스킷 좀 드세요" 하면서 열린 상자를 밀어준다. "사람이 죽었다니 슬픈 일이에요. 아이들에 대해서는 더 슬프고요. 많이 괴로워 보이는군요. 그럴 만해요. 하지만 당신이 그들한테 손을 댔나요? 당신이 어떤 방식으로든 그들에게 해를 끼쳤어요?"

체육 선생은 비말라 팔이 대답을 기다린다는 걸 깨닫고 고개를 젓는다.

"그렇다면 그 책임을 왜 당신이 짊어지려고 해요?"

비말라 팔이 말하고 잠시 후 체육 선생은 각 단어의 의미를 이해한다. 그녀는 그를 용서해줄 수 있을까?

"용서할 게 없어요." 비말라 팔이 말한다. "정치를 하다 보면, 당신도 알게 되겠지만, 가끔 우리가 모든 것과 모든 사람을 책임지고 있는 기분이 들죠. 하지만 우리는 그들을 안내하고 고양시킬 수 있을 뿐이에요. 그날 집회 후에 그들이 우리 꼭두각시였나요? 아니죠. 그래서 만일 그들이 손을 들어 올린다면, 누군가를 패기로 마음먹는다면, 분노를 느낀다면, 우리가 무엇을 할 수 있을까요?"

체육 선생은 이런 정당화가 싫다. 그러나 동시에 어제의 학살 이후 유일하게 느낄 수 있게 된 안도감을 절박하게 붙잡고 싶다. 비말라 팔은 화가 난 것 같지 않다. 놀라지도 않은 것 같다.

테이블 위에서 손을 하나로 모으고 있는 그녀의 온화한 얼굴을, 가장자리가 주름진 선한 눈을 보자니, 체육 선생은 그녀가 자신을 구원해준 기분이 든다. 그가 더 이상 상상하기를 원하지 않는 것으로부터, 비말라 팔은 그를 구원했다.

비말라 팔의 다음 말에, 체육 선생은 그녀가 어제 일을 다 알고 있었음을 깨닫는다.

비말라 팔이 체육 선생에게 지시한다. 만일 누가 물으면, 그 남자가 살고 있던 불안정한 벽돌집이 무너졌다고 말하라고. 벽돌집이 스스로 무너졌다고. 그리고 체육 선생이 이 일을 아는 이유는? 그가 근처에서 집회를 개최했기 때문이다. 집이 무너진 건 사실이다. 사람들이 망치와 도끼로 부수었다.

집이 죽은 남자 위로 쓰러진 것도 사실이다.

이 모든 게 사실이라고 비말라 팔은 체육 선생에게 상기시킨다. 얼굴에 상냥한 미소를 띠고.

그러고 나서 체육 선생은 도로를 걸어가며 당이 보호의 날개를 펼쳐 그를 감싸는 것을 느낀다. 입을 벌리고 공기를 헉헉 들이켠다. 어느 거지가 수상하게 바라본다. 그 무슬림 남자의 가족은 절멸했다. 누구도 그 점을 부정할 수 없다. 하지만 체육 선생은 괜찮을 것이다. 어쩌면 지켜낼 수 있는 건 그것뿐인지도 모른다.

학교에 병가를 낸 그는 텔레비전 앞에 꼼짝 않고 앉아 있다. 눈으로는 텔레비전을 보고 있지만 생각은 다른 곳을 떠돈다. 늦은 오후가 되어 슬슬 어두워질 때, 그는 무거운 잠에 굴복하여 침대로 옮겨간 후 다음 날 아침 학교에 늦을 때까지 깨어나지 못한다.

며칠 동안 그 문제가 체육 선생을 갉아먹는다. 아내는 기분 나빠하며 묻는다. "학교에서 누구랑 사랑에라도 빠진 거야? 요즘 당신 생각이 완전히 딴 데 가 있어."

체육 선생은 아내에게 너무나 말하고 싶다. 어느 날 밤 그는 아내 옆 침대로 올라가 담요 커버 안으로 말린 천을 펴면서 괜히 손을 움직인다. 한참 그러다가 입을 연다. "안 자?"

전화기로 요리 영상을 보던 아내가 벌떡 일어나며 웃는다. "이 파스타에 너무 빠져 있었어. 네 가지 다른 치즈로 만드는 거야. 이거 봐. 당신이 온 줄도—"

체육 선생은 엄청 노력해서 미소를 짜낸다. 하지만 오래가지 못한다.

"누가 죽었어? 당신이 짝사랑하던 교사?" 아내가 놀린다.

그러자 체육 선생이 시선을 내리깐다. 아내의 눈과 마주치면 울 것 같다. 다 큰 남자가.

"일이 있었어. 나쁜 일이야."

그제야 아내가 주의를 온전히 집중한다. 휴대폰을 베개 옆에 내려놓는다.

아내가 손을 잡자 체육 선생은 입을 연다. 전부 말한다.

지반

판결이 내려지자 감옥에서는 나를 새로운 곳에 가둔다. 벽이 더 견고하다. 감방으로 돌아온 나를 아메리칸디가 지켜본다. 파란 사리, 선물의 추억이 제거된 어머니의 사리를 벗고 눕는 나를 지켜본다. 마음속 폭풍이 너무 어두워 내 눈에서 모든 빛을 빨아들인다. 아메리칸디가 입을 벌리고 팝콘을 씹으며 안 튀겨진 심을 구석에 뱉는다. 내가 나중에 청소해야 할 것이다.

그러고 나서 빼빼 마른 어린 여자가 나타나 아메리칸디의 발을 마사지하기 시작한다. 자신의 부드러운 팔로 냄새 나는 발바닥을 감싸며 이모라고 부른다. 처음 보는 여자다. 새로

온 것이다. 나는 매트에 누워 밀짚 피륙이 내 무릎과 손바닥으로 파고드는 모양을 바라본다. 내 마음은 비명을 지르다 잠잠해지고 비명을 지르다 잠잠해진다.

아메리칸디가 자기 매트에 누우며 벽에 머리를 기댄다. 아무 질문도 하지 않는다. 벌써 알거나 관심 없는 것이다.

그녀가 눈을 감고 말한다. "응, 그거야." 새 죄수는 임무를 수행하며 몸 전체를 흔든다.

"따라와." 어느 날 아침 식사 뒤 우마 마담이 말한다. 그녀는 준비를 하고 왔다. 남자 간수가 나와서 내 팔을 잡는다.

"어딜요?" 내가 말하며 팔을 뿌리친다. 간수는 그냥 놔준다. "이러지 마요! 고빈드랑 항소에 대해 의논해야 해요."

"스스로 걸어오든지, 아니면 저 사람이 끌고 갈 거야." 우마 마담이 말한다.

나는 다시 감방에 들어가 침구와 다른 옷을 챙기고 고무 슬리퍼를 신은 다음 또 내 물건이 없나 둘러본다. 아무것도 없다.

우마 마담이 내 두파타를 벗긴다. 내가 붙잡자 혀를 찬다.

"이제 가려봤자 무슨 소용이야?" 우마 마담이 말한다.

우리 셋이 복도를 걸어가고 여자들이 감방 안에서 쳐다본다. 복도는 너무 어두워 움직임, 형체, 냄새, 트림밖에 안 느껴진다. 내 두려움을 감지했는지 웬일로 우마 마담이 설명을 해준다. "여기서는 두파타를 쓸 수 없어. 허용이 안 돼. 목매달까 봐서. 전에 그런 일이 있었거든." 잠시 말이 없다가 다시 말한다. "널 보러 오는 사람은 아무도 없을 테니 정숙해 보이지 않을까 하는 걱정은 마."

우마 마담이 복도 끝의 문을 연다. 처음 보는 계단이 나온다. 건조하고 맑은 날인데도 계단 맨 위에 물이 고여 있다.

"내려가." 우마 마담이 말한다.

내가 움직이지 않자 짜증을 낸다. "내려가! 그렇게 겁낼 필요 없어. 호랑이라도 있는 줄 알아."

나는 내려간다. 슬리퍼가 계단에서 철썩거린다. 벽을 만지니 축축하고 차갑다. 아래층에는 또다른 복도가 있다. 위쪽 복도의 그림자 같다. 못해도 한 달은 아무도 들어오지 않았던 것 같은 곳이다. 천장에서 박쥐가 놀라서 퍼덕거린다. 나가는 방법을 모르는 듯하다.

우마 마담이 올려다보지만 느린 시선은 날개 달린 쥐를 따라잡지 못한다. "이건 문제가 있어." 그녀가 남자 간수에게 말한다. "당신도 알잖아. 나는 이 애를 위층에 그냥 둬야 한다고 했는데. 내가 오르락내리락해야 하잖아. 이 나이에 내 무릎이 버티겠어?"

간수가 시선을 떨구며 마른 웃음을 지어 보인다. 우마 마담의 무릎 때문이 아니라 다른 것 때문에 웃는다는 걸 알 수 있다.

그러고 나서 우마 마담이 어느 창살 달린 방을 연다. 계속 따라오며 내 뒤에서 넘겨다보던 간수가 몇 걸음 물러선다.

여기가 바로 곧 죽을 자를 위한 감방이다. 곧 흙에 묻힐 자를 위한 지하 감방이다.

하지만 그들은 나를 죽이기 전까지 나를 죽일 수 없다.

대법원 판결이 내려진 이후 나에게는 자비 청원만이 남는다. 이것 역시 고빈드의 도움이 필요하다. 나에게는 법률 책을 직접 공부할 시간이 없다.

그러나 어떤 날은, 내가 가진 것이 시간뿐인 것만 같다. 해가 조금도 들지 않는 이곳은 가장 뜨거운 날에도 시원하다. 나는 매트 위에 웅크리고 있다. 벗은 팔은 깃털 뽑힌 닭처럼 차갑다. 한쪽 구석에는 낮은 벽 뒤로 변기가 있다. 검은 바퀴벌레들이 올라오는, 바닥에 뚫린 구멍일 뿐이다. 벌레들의 수염이 느껴진다. 처음 봤을 때는 슬리퍼로 내리쳤다.

이제는 차례차례 손가락으로 튕겨낸다. 일종의 맞추기 게

임이다. 구멍에 집어넣은 원반이 다시 돌아오니 더욱 재미있다.

밤이 일찍 시작되어 끝나질 않는다. 태양이 다시 얼굴을 보여주지 않을 거라는 확신이 들자 나는 매트에 누워서 내 손톱만으로 파낸 굴의 꿈을 꾸려고 한다. 여기서 멀리 떨어진 시골 마을로 나를 풀어줄 터널의 꿈을.

체육 선생

몇 주 후 전자 제품 가게에서 직원이 커다란 상자를 지고 와 바닥에 내려놓는다. 체육 선생과 아내는 기대에 차서 상자를 본다. 그들 주위 텔레비전들의 벽에서 축구가 방송된다. 옆 구역에선 다른 고객들이 늘어선 냉장고 앞에서 생각에 잠겨 있다. 아까 체육 선생의 아내는 문 두 개짜리 냉장고, 각 얼음을 만들어 내놓는 냉장고, 문이 열려 있다고 경고하는 센서 달린 냉장고에 감탄했다.

"기술이 계속 발전하네." 체육 선생이 아내에게 말한다.

"진흙 화덕은 이제 끝났죠." 판매원이 설명한다. "이건 전문적인 오븐이에요. 프로 요리사를 위한 거죠. 그래서 우리

매장엔 한 가지 브랜드밖에 안 들여놔요. 최고의 브랜드죠."

체육 선생의 아내가 상자를 보며 미소 짓는다. 얼굴에서 치아가 환하게 빛나고, 기름 먹여 땋은 머리의 가는 끝을 아이처럼 만지작거린다.

"알루미늄 트레이에 앞면에는 강화 유리를 사용했습니다." 젊은 남자 직원이 설명을 계속하며 상자에서 스티로폼과 비닐을 제거한다. "최신 모던 디자인이고요. 지금 구매하시면 케밥 꼬치를 사은품으로 드립니다! 가장 좋은 건, 전기 소비 효율입니다, 선생님. 요금이 전혀 오르지 않을 거예요!"

포장이 제거되자 바닥에 놓인 것은 나지막한 검은 상자다.

"마담," 판매원이 한 손으로 명찰 끈을 잡고 말한다. "이 브랜드 제품의 가장 큰 장점은 요리가 빠르다는 겁니다! 다른 오븐에 치킨 케밥을 만들려면 거의 한 시간이 걸리죠. 하지만 이 제품은 십오 분에서 이십 분 걸립니다. 게다가 완전히 진짜 탄두르 화덕 맛이 나죠!"

"흠." 체육 선생의 아내가 말한다. "피자는 어때요?"

"피자 같은 외국 음식을 해드시면, 런던에 있는 기분일 겁니다—"

"다 좋아요." 체육 선생이 끼어든다. "그런데 진짜 정보를 줘야죠. 얼맙니까?"

직원이 웃는다. "선생님, 이 탄두르 오븐에서 별 다섯짜리 요리를 먹고 나면 그게 바로 돈을 절약하는 길이라는 걸 아시게 됩니다. 최고의 식당이 집에 있는 거죠!"

체육 선생은 기다린다. 그의 아내가 기다린다. 어디선가, 그들에겐 보이지 않는 곳에서 어느 판매원이 스피커 성능을 시연해서 깊은 저음이 그들의 가슴을 울린다.

"알겠습니다." 직원이 계산기를 꺼낸다. "어디 보자. 이 모델은 오천칠백 루피입니다."

"왜 이렇게 비싸요?" 체육 선생이 말한다. "인터넷에서 다른 모델들을 봤는데 제일 비싼 게 사천 루피였어요."

"인터넷은 안 좋은 부품이나 하자 있는 헌 물건을 보내요. 저희가 고객들께 들은 이야기가 어떤지 모르실 거예요. 이 제품은 삼 년 보증이에요. 제 이름은 아난트고요, 선생님, 언제든 불러주세요. 전 여기서 일주일에 엿새를 일합니다."

아내가 체육 선생을 돌아보고 속삭인다. "이거 좋은 브랜드야. 최고라고. 텔레비전에서도 이걸 사용해. 구두쇠처럼 굴지 마."

직원은 예의를 차리며 떨어져 서서 휴대폰을 본다.

아내가 말한다. "살 거면 최고를 사야지. 더구나 이제 당신이 '두 배'를 버는데…" 아내가 미소 짓는다.

"'두 배'는 아닌데." 체육 선생이 말한다.

"거의 두 배지. 당에서 당신한테—"

"쉿!" 체육 선생이 말한다. 작은 분노의 조각이 혀 위에 걸린다. 그냥 삼킨다. 입이 너무 건조하다. 그런데 그때 침이 다시 고이는 게 느껴진다. 소고기를 먹는 자가 살해당하는 것을 지켜보면서 그랬던 것처럼 말이다. 그 일은 아무도 모른다. 그의 아내, 비말라 팔, 그리고 몇몇 믿을 수 있는 당원 말고는.

"진정해." 아내가 말한다. "너무 긴장하고 있으면 건강에 좋지 않아. 어쨌든 이제 당신은 진짜 당원이야. 당신이 원한 거 아니었어? 자랑스럽지 않아?"

아내의 말 속에는 칭찬과 힐책이 동시에 담겨 있다. 하지만 그녀가 그의 팔에 부드럽게 손을 얹자, 그녀의 존재가 그를 달래준다. 그들은 오븐을 산다. 현금을 한 다발 지불하면서 체육 선생은 부자가 된 기분이다. 대수롭지 않게 오븐을 사고 전액을 바로 지불하기로 결정하면서 권력자가 된 기분을 느낀다. 할부는 서민들이나 하는 것이다. 그는 신분이 상승했다.

충성에 대한 보답으로 이제 당에서 월급을 받게 된 체육 선생은 저녁 시간과 주말을 여기저기 다른 지방으로 다니며 교사들, 학생들, 부모들을 위한 행사에 참여한다. 쇼자루그람에서는 자신의 얼굴이 인쇄되고 "우리 마을 교장으로 와주세요"라고 쓴 현수막도 본다.

"제가 승진을 했네요." 체육 선생이 운전사와 농담을 한다.

운전사가 백미러로 미소를 보낸다. "시골 사람들에겐 당신의 방문이 이달의 가장 큰 행사겠죠!"

가는 학교마다 학생들이 빗자루로 흙마당을 쓸고 있다. 새로 심은 묘목들 주변에는 보호 울타리가 둘러져 있다. 체육 선생은 이리저리 떠밀리며 손을 모아 인사하고 나서 군중을 뚫고 학교 건물로 들어간다. 가는 곳마다 풍경은 똑같다. 쉰여 명의 교사와 학부모가 건물 안에 모여 있고 수십 명이 밖에서 기다린다. 보통은 조용히 있다. 그렇게 행사가 시작된다. 이제는 체육 선생도 안다. 행사가 끝날 때쯤 체육 선생이 마을 먼지 때문에 기침이라도 하게 돼서 신 같기보다는 좀 더 인간적인 존재가 되면, 그들도 목소리를 내게 될 것이다.

체육 선생이 메아리까지 울리는 시끄러운 스피커로 말한다. "국민복지당은 여자아이들을 위한 장학금 프로그램을 시작했습니다. 다음 선거에서는 꼭 비말라 팔과 국민복지당에 투표해주세요."

어느 학교에서는 전기가 끊어지자 시끄러운 발전기로 이동식 조명을 켜준다. 날벌레들이 윙윙거리며 부딪는다. 조그만 두꺼비가 폴짝거리며 학교 건물로 들어오자 담당 남학생 하나가 집어서 밖으로 내보낸다.

연설이 끝난 후 모인 사람들이 민원을 제기한다. 일군의 빼드렁니 어머니들과 우거지상 아버지들이 불평한다. 교사들이 학교에 나오지 않아요. 교사가 없으면 장학금이 무슨 소용이에요. 학교 건물이 무슨 소용이에요.

이번에는 입에 담배를 문 교사들이 봉급을 제때 받지 못한다고 항의한다. 월급이 두 달, 세 달 만에 나온다. 가족을 어떻게 부양하란 말인가?

더 젊은 교사들이 주장한다. 승진이나 봉급 인상은 어떻게 할 것인가? 미래가 보이지 않는 직장이다.

"이 나라의 미래를 건설하는 게 여러분의 직업입니다!" 체육 선생이 말한다. "고귀한 일 아닙니까?"

떠날 시간이 가까워 오면 교사들은 아무리 열렬히 불평하고 항의했더라도 체육 선생을 향해 손뼉을 치며 명랑해지고, 체육 선생은 이를 미소로 받아들인다. 왜 손뼉을 치는 거지? 체육 선생은 알지 못하지만 익숙해졌다. 그를 보고 그의 말을 들으러 몰려드는 사람들, 그의 손을 잡는 할머니들, 마치 신에게 바치듯 그를 향하는 화환, 칭송, 기도. 거기에 전율하지 않을 자 누구일까?

다음 날 저녁, 비말라 팔의 집에서 중요한 회의가 열린다. 체육 선생이 집을 나설 때 아내가 그의 전통 복장과 반짝이는 구두에 탄복한다. "당신 정치인처럼 보이기 시작했어!" 아내가 말한다.

"그래?" 체육 선생이 말한다.

별건 아니지만 기쁘다. 그는 무엇을 위해 법정에 출석하며 진실을 위조해왔던가? 무엇을 위해 자비를 비는 남자, 소고기 먹는 자의 유령을 잠자기 직전 떠안게 되었는가? 혼자 있을 때면 머릿속에서 흐느껴 우는 유령, 운동장에서 여학생들이 나오길 기다릴 때면 자신에게 애걸하는 유령을.

선거 날이 다가오자 당은 의회를 탈환하기 위해 선거 운동의 강도를 한 단계 올린다. 너무 오래 야당이었다. 다음 정부를 구성할 기회는 지금이다.

이 회의에서 비말라 팔은 교육에 대한 계획을 듣고 싶어한다. 몇 달 전부터 유권자들 가운데 교사들과 부모들과 소통해온 이들이 알아낸 게 있을 것이다.

체육 선생이 목청을 고른다. 갑자기 그 모든 시골 마을들을 다닌 게 감사하다. "차 더 가져와." 저 끝의 누가 주위를 맴돌던 차 심부름 소년에게 속삭인다. 저 소년이 이 모든 것을 어떻게 보는지 누가 알까? 저 애가 학교에 가는지 누가 알까?

당의 시선이 그에게 쏠린 침묵 속에서 체육 선생은 귀중한 자원인 그 모든 교사들의 불평을 상기한다. 그는 현지를 방문하며 대중의 목소리를 직접 들었다. 이 순간 이 방에서 그보다 더 설득력 있는 사람은 없다. 체육 선생은 방 안의 사람들에게 평소대로 진지하게 들은 바를 이야기한다. 그러고 나서 제안한다. "지금 국내 교육에서 제일 큰 이슈는 교과 과정도 시설도 아닙니다. 인력입니다. 유권자인 그 인력 말입니다. 책이 아니고요."

그러자 회의 탁자에서 나이 든 남자들 몇이 웃는다. 역사적으로 교육 계획은 교과 과목에 초점을 맞춰왔다. 정권이 바뀔 때마다 지배 정당에 복무하는 이야기를 들려주는 교재로 모두 교체하는 것이다.

"교과 내용은 잊으세요." 체육 선생이 계속한다. "우선 교사들의 봉급이 매달 초 사흘 내에 지급되어야 합니다. 반드시요. 이 불만은 제가 들은 중 가장 심각하고 일관된 것이었습니다. 교사들은 제때 임금을 받지 못하기 때문에 일하고 싶어하지 않았습니다. 그래서 학교에도 나가지 않고요. 그러자 학생들도 나오지 않게 됐습니다. 우리가 의논해볼 수 있고 만들어낼 수 있는 중요한 변화, 구체적 변화가 될 겁니다. 그렇게 되면 교사들의 표도 우리한테 올 거고요."

비말라 팔이 듣고 있다. 그녀의 머릿속을 차지한 것은 학교뿐이 아니다. 북부의 홍수 때문에 작물이 망가지고 농부들이 절망에 빠졌다. 또한 이곳에서 수도까지 연결할 새 기차, 광산의 안전 문제, 여러 카스트와 부족의 할당 문제도 그녀의 머릿속에 들어 있다. 도시 미화를 위해 도로에 심을 꽃, 도심 공원 나무들에 물 주기 등 역시 그녀의 머리를 차지한다. 도시 유권자들에게도 소홀할 수 없다. 다음 날엔 우수 학생들에게 컴퓨터를 시상하는 행사가 있다.

"괜찮은 생각이네요." 나이 든 남자 하나가 말하며 체육 선생을 본다. "마단이 교재 때문에 모두의 머리를 아프게 하고 있어요. 그러니 신선한 접근법이 되겠어요."

마단 초우두리, 현 교육부 장관은 학교 교과서에 더 애국적인 내용을 포함시키는 정책을 추진하고 있다.

"솔직히 난 그도 일리가 있다고 봐요." 또 다른 남자가 끼어든다. "헤밍웨이가 누구죠? 스타인벡은 누구고요? 마단은 벵골어 문학을 더 많이 포함하도록 압박하고 있고, 우리도 그런 건 계속 추진해야 해요."

체육 선생은 에너지로 들끓는 걸 느낀다. 구시대인들이 깎아내리려 해도 소용없을 것이다. 체육 선생 자신이 교사가 아니던가? 학교 생활이 정말 어떤지 알지 않겠는가? 이런 직업 정치인들보다 체육 선생이 더 잘 안다. 1962년 이후로는 학교에 들어가본 적도 없는 사람들 아닌가!

체육 선생이 말을 잇는다. "그 점은 충분히 존중하지만 우리는 이념 이전에 사람들을 돌봐야 합니다. 우리 이념은 사람들을 통해 퍼뜨려야 하기에 사람들을 소홀히 하면 안 됩니다."

몇몇이 감명받은 듯 눈썹을 추킨다. 비말라 팔도 미소를 띠고 체육 선생을 본다.

"알고 보니 꽤 설득력 있는 연설가네요." 비말라 팔이 말한다.

"교사잖아요." 누군가 말한다. "가르치는 게 일인데요."

기차에서 체육 선생은 고개를 높이 든다. 집 근처 보도에 앉아 멍하니 올려다보는 거지 아이에게 오 루피짜리 동전을 준다.

어쩌다 이렇게 됐지? 학교의 동료 교사들, 그 숙녀들, 영화계 가십과 레시피를 나누고 퇴근하면 남편과 아이들에게 돌아가는 그들의 삶은 늘 그랬듯 정치적 격랑 위쪽에서 계속될 것이다. 하지만 시골 마을의 다른 교사들은 희망과 절박함을 안고 체육 선생을 본다. 그들은 그가 뭔가를 해낼 수 있는 사람이라고 본다. 그렇다면 해낼 수 있을지도 모른다고, 그는 생각한다.

가로수들이 마르고 먼지가 날리는 여름, 체육 선생은 교장에게 사직서를 제출한다. 그녀는 찢어서 열어보더니 농담을 한다. "이제 권력자가 되었으니 우리 같은 시시한 학교엔 있기 싫겠죠."

체육 선생은 혀를 이로 누르며 겸손을 보여준다.

그러고 나서 교장은 남은 삼 주 말미도 환송회도 바쁜 선거 유세를 감안해 양해해주고, 체육 선생은 자유의 몸이 된다. 체육 선생은 더 이상 체육 선생이 아니다. 그 생각에 그는 쓸쓸해진다. 반항적이고 한심한 소녀들은 결국 그냥 아이들이었다. 학교 앞 골목을 지나며 다시 건물을 돌아본다. 창살 있는 창문들에서 하나로 묶은 머리들이 나타난다. 예전의 삶에 대한 향수가 문득 솟구친다. 그러고 나서 잠시 후 사라진다.

다음 날 비말라 팔의 집을 방문하자 거실이 전선과 전자장

비로 어지럽다. 젊은 남녀가 착석 가능한 모든 자리에 앉아 화면의 푸른빛을 얼굴에 받고 있다. 체육 선생은 이게 소셜미디어팀이구나 깨달으며 감탄한다.

도시 어딘가의 사무실에서 영상 제작 회사가 짧은 동영상을 매주 유튜브에 공개한다. 영상에는 당의 진취성에 긍정적 영향을 받은 평범한 사람들의 삶이 담겼다. 이 영상은 교차로의 LED 광고판들에서 상영되고, 작은 트럭 이동 화면에 담겨 시골 마을을 돈다. 페이스북에서는 수천수만 개의 조회수를 기록한다.

체육 선생의 역할은 현지 방문이다. 그는 매일 당 소속 자동차를 타고 각지의 도시와 마을을 방문한다. 그가 담당한 열아홉 지역을 다 돌고 나면 다시 돈다. 그의 차가 방수포를 친 채소 시장을 빠르게 지나간다. 녹색 산과 암석 지대, 말라가는 강과 드러난 모래 바닥을 빠르게 지나간다. 선팅된 자동차 창을 호기심에 두드리는 남자들을 보고 체육 선생이 미소 지으며 차 밖으로 나오고, 집 밖에 나와 앉아 있던, 오랜 햇빛에 주름진 얼굴의 마을 원로들과 인사한다. 체육 선생은 손가락을 세워 흔들고 나뭇가지 사이에 매달린 환영 현수막들 아래에서 연설을 시작한다.

교사들과 노조원들을 만난다. 차를 마시고 또 마신다. 빵에 경련이 일 때까지 미소를 짓는다.

“여러분 모두를 대표하기 위해 일을 그만두기 전까지,” 하고 모든 연설을 시작한다. “저도 여러분처럼 교사였습니다!”

가끔 체육 선생은 무대에서 반짝이는 칼이나 높이 쳐든 무기를 찾아본다.

손에서 휴대폰을 내려놓지 않는 소셜미디어 담당 청년들에게서, 비말라 팔은 분노한 트위터와 페이스북 사용자들의 이야기를 듣는다. 컴퓨터로, 전화기로, 삑삑 폭폭 하면서 날아온 메시지들이 오탈자와 이모티콘 가득한 불평들을 담고 부글거린다.

“왜 지반이 자비 청원? 무슨 자비?”

“당장 정의를 집행해!!! 백 명 넘는 희생자를 잊지 마!!!”

“이 재판은 십 년을 끌면서 우리 세금을 다 잡아먹을 거야. 아무 일도 안 일어날 거라고.”

“저 테러리스트가 자비 청원이 처리되는 동안 먹고 자고 쉬는 감방을 위해 우리가 왜 돈을 내야 하지? 당신네가 당선되면 어떻게 할 거요?”

이런 식의 글이 끝도 없이 이어진다.

선거 날, 전국적 공휴일, 체육 선생은 새벽 네 시에 일어난다. 지친 몸이 느리게 움직인다. 어둠 속에서 일어나 인공조명을 켜는 건 특별한 피로감을 더한다. 하늘이 밝아지는 동안 차가운 물줄기가 그의 등을 스치고 바닥에 떨어진다.

곧 차 한 대가 도착해 체육 선생을 투표장으로 데려간다. 비말라 팔과 같은 선거구로, 투표장은 그 지역 학교다. 오늘은 수업이 없다. 다른 날엔 아이들이 냉장고에서 물을 따르고 꾸물거리며 장난을 치다가 점심 부스러기를 흘렸을 곳에 이제 수십 대의 텔레비전 방송국 카메라와 발전기를 실은 트럭이 와 있다. 기자들은 주전자를 들고 돌아다니는 행상에게서 종이컵을 사서 네스카페 커피를 마신다. 저 위의 창살 쳐진 창문들이 조용한 교실을, 십 대들의 사랑과 조바심을 새겨 넣은 책상들을 숨긴다.

벌써 투표자들의 긴 줄이 늘어섰다. 금속 장식 달린 슬리퍼를 신은 주부, 사리 위로 얇은 숄을 두른 하녀, 술기운에 눈이 벌건 남자, 거리의 개에게 비스킷을 주는 여자, 그 위에서 나른하게 지켜보는 사람들.

비말라 팔과 체육 선생이 견실한 하얀 중형차에서 나타나자, 기자들이 달려와 마이크나 녹음기를 들이밀며 서로 밀친다. 비말라 팔 옆에서 체육 선생이 손을 모으고 고개를 숙여 인사한다. 체육 선생은 이 위대한 겸허의 몸짓을 하면서 전율이 몸을 관통하는 것을 느낀다. 그는 얼마나 권력에 가까이 왔는가. 모든 집의 텔레비전 화면에 등장할 것이다. 최소한 그건 분명하다.

학교 안 강당에서 비말라 팔은 다른 모든 투표자처럼 커튼이 드리워진 책상 위의 기계에서 자신의 한 표를 행사한다. 그녀는 나와서 검지 손가락에 일주일 동안 지워지지 않을 잉크 표시를 받는다.

다음 날 선거 결과가 나올 시간이 가까워지자 비말라 팔의 집은 사람들로 미어터진다. 정치인들, 급사들, 보좌진, 조합장들, 심지어 뜬금없는 유명인도 한두 명. 한쪽에선 텔레비전이 높은 음량으로 방영되고 그 위로 큰 소리의 대화가 오간다. 누가 튀긴 빵 한 자루와 벵골식 감자 요리, 감자 커리 한 통을 들고 문으로 들어온다.

그때 전화가 걸려오고 방은 침묵에 휩싸인다. 비말라 팔이 전화기를 귀에 대고 사무실로 사라진다.

"리모컨 어딨지?" 누가 소리친다. "텔레비전 좀 줄여요."

체육 선생은 왔다 갔다 하며 모여 있는 다른 이들에게 딱딱한 미소를 짓는다. 머릿속에서 걱정들이 줄달음친다. 당이 못 이기면 어떻게 하지? 성급하게 직장을 그만둔 거면? 나이 든 남자 하나가 체육 선생을 부른다. "침착해요. 그렇게 긴장하면 젊은 심장에 좋지 않아요."

나이 든 남자가 계속한다. "심박 조율기를 찬 지 여섯 달째인데…" 자기 왼쪽 쇄골 아래 한 지점을 가리킨다.

"전 걱정하는 게 아니에요." 체육 선생이 거짓말한다. "앉으세요, 제가 의자 좀 찾아드릴게…"

비말라 팔이 전화기를 들고 사무실에서 나오며 음흉한 미소를 짓는다. 앞쪽의 남자들이 함성을 터뜨리고 승리의 웃음이 집을 들썩인다. 비말라 팔도 주변 남자들과 함께 웃는다. 한 보좌관이 장난스레 그녀의 팔을 번쩍 들어 올린다. 마치 복싱 챔피언처럼.

"우리가 이겼나요?" 체육 선생이 믿기지 않아 묻는다. "결과 나왔어요?"

국민복지당이 의회에서 다수석을 확보했다. 비말라 팔은 이제 총리가 되었다.

"준비합시다." 심박 조율기를 단 남자가 말한다. "진짜 일을 시작해야죠."

체육 선생은 엄숙하게 고개를 끄덕인다. 무슨 일이 다가오는지 이해한다는 듯이 말이다.

문득 과자 상자들이 나타나 한 바퀴 돈다. 골목에 우글거리는 기자들에게도 누가 과자를 내보낸다. 그러자 모여든 언론사의 남자들과 여자들 사이에 환호성이 일어난다. 곧 그들은 속속 도착하는 축하객을 향한다. 경쟁 정당의 수장이 우아하게도 거대한 꽃다발을 보내 장미향이 실내를 채운다. 유명 축구 선수와 크리켓 선수도 왔다. 뮤지션들과 영화배우들이 선글라스를 쓰고 왔다. 비말라 팔의 목에는 화환이 걸렸다. 그러더니 하나 더, 또 하나 더 걸리고 꽃잎들이 날리며 바닥으로 떨어지다가 사리 주름에 걸린다.

체육 선생은 야단법석을 지켜보며 단것을 먹는데 귀가 입에 걸린다. 악수를 청하는 손을 잡고 흔들며 껴안는 사람의 등을 철썩 친다. 그 순간의 활력이 체육 선생을 취하게 한다. 이토록 세계의 중심처럼 느껴지는 곳에 있어본 적은 난생처음이다.

앉을 곳을 찾아 방 안을 둘러보다가 온통 꽃다발과 화환으로 가득하다는 걸 깨닫는다. 직원이 물병을 들고 다니며 열심히 물을 뿌리고, 촉촉하게 젖은 꽃잎들이 지쳐 보인다. 창밖의 군중이 점점 불어나고 시끄러워지며 카메라맨들뿐 아니라 유명한 기자들, 더 큰 텔레비전 방송사, 동네 사람들, 심지어 코미디언도 하나 보인다. 그들은 환호성을 지르고 구호를 외친다. 비말라 팔에게 온 간식들이 재빨리 바깥에서 기다리는 사람들에게 나눠진다. 체육 선생은 그들을, 늘 밖에 있을 평범한 사람들을 바라본다.

오후 늦게 차기 총리가 체육 선생을 작은 사무실로 불러들이고 문을 닫는다.

사무실 안 구석에는 돌돌 말린 현수막들이 세워져 있고 낡은 컴퓨터들이 바닥에 놓여 있다. 비말라 팔의 호화로운 가죽 의자에 보호와 위생을 위해 수건이 덮여 있지만, 신임 총리는 앉지 않는다. 그녀는 짙은 색 나무 책상 앞에 서 있다.

"수석 자리, 어떻게 생각해요? 물론 교육부 말이에요. 잘할 거예요."

체육 선생은 웃지 않으려 애쓴다. 진지한 남자로 보여야 한다. 형광등이 커다란 책상 위를 음울한 빛으로 비추고, 신상神像들이 벽에 설치된 선반에 늘어서 있으며, 향이 피어오르는 이 방에서 그의 삶은 달라진다. 밤이면 날벌레들과 도마뱀들을 끌어들이는 그런 방이다.

"교사들이 지지를 모아준 거예요, 그렇죠? 우리가 한 일이 잘됐어요." 체육 선생은 이렇게만 말한다.

그가 배운 것은 이렇다. 성공한 사람은 원한을 끌어들인다. 성공의 빛은 슬쩍 피하는 것이 현명한 처사다. 하지만 비말라 팔은 받아들이지 않는다.

"당신이 한 일이죠. 겸손할 필요 없어요. 정치에서 겸손하면 안 되죠."

체육 선생이 미소 짓는다.

"기분이 어때요?" 비말라 팔이 묻는다.

"봉사할 준비는 됐습니다. 제안하시는 역할을 기쁘게 받아들이겠습니다."

돌아서 나가는 몸이 안도감으로 붕붕 떠오르는 듯하다. 밖에서 체육 선생은, 설탕에 취하고 새로 얻은 자존감으로 머리가 한껏 부푼 남자들 사이를 미끄러지듯 지나갈 것이다. 보좌진과 인턴들, 소셜미디어팀 젊은이들 사이를 미끄러지며 지나갈 것이고 더 이상 그들의 이름을 기억하지 않아도 될 것이다. 집에서는 당연히 기념 식사를 하며 아내에게 이야기를 들려줄 것이다. 그가 한껏 즐거워하며 막 문손잡이를 돌리는데, 비말라 팔이 말한다.

"한 가지 더요. 지반, 그 테러리스트요. 투표자들의 최우선 관심사 중 하나였어요.

"아," 체육 선생은 갑작스러운 문제의 등장에 깜짝 놀란다. 미리 생각했어야 했다.

"그 사건이 도무지 끝나질 않네요." 비말라 팔이 걱정의 표시로 이마에 손을 댄다. "뭔가 조치가 취해져야 해요. 대중은 그녀가 자비 청원을 하는 등등을 좋아하지 않아요."

"제가 증언을 했는데—"

"그래서 하는 말이에요." 비말라 팔이 말을 자른다.

"자비 청원은 그녀의 법적 권리인데, 어떻게—"

"법적 권리? 당신은 정치에 대해 배울 게 많아요." 비말라 팔이 웃으며 말한다.

그러더니 웃음을 거두고 눈도 깜빡이지 않은 채 체육 선생을 응시한다. 체육 선생의 안도감이 사라진다.

그가 해야 할 일은 분명하다. 그는 말을 하려 숨을 마신다. 방 안의 긴장감을 깨뜨리고 싶어 죽겠다. "머리에 위험한 생각들을 품고 있는 것으로 밝혀지는 건 언제나 조용했던 사람들 아닌가요?"

"그럴 수 있죠." 비말라 팔이 말한다. "이건 우리가 권력을 받자마자 보여줄 수 있는 결과예요. 우리 승리의 결정적인 상징이 될 거예요."

체육 선생은 알 수 있다. 만일 그 테러리스트가, 아니 그 테러리스트의 문제가 그들 집권 기간 동안 해결된다면 이 정부에 대한 대중의 지지는 한계를 모를 것이다. 다른 공약들을 이행할 시간을 벌 수 있다.

"지금 방해가 되는 건 자비 청원뿐이에요." 비말라 팔이 말한다. "취할 수 있는 조치가 있는지 알아볼 거죠? 법원은 판결을 내렸고 사람들은 정의를 원해요. 어쨌든 당신이 제일 잘 알겠죠." 그녀가 미소를 짓는다. "당신 학생이었으니까."

러블리

오디션 날! 길 위에서 슬리퍼가 딸각딸각하고 나는 기도를 올린다. 제발 슬리퍼야, 오늘은 찢어지지 말렴. 페티코트를 너무 낮게 묶어서 배가 꿀렁거리지만 고쳐 맬 시간이 없다. 다시 구아버 장수를 만난다. 나는 재미 삼아 그에게 시간을 묻는다.

"내 구아버를 텔레비전에 나오게 해줄 거요?" 그가 툴툴거린다. "왜 내가 시간을 알려줘야 하나?"

나는 웃으며 손을 흔든다. 시간은 알고 있다. 아침 시간 전부 계획을 짜두었고 여덟 시 십오 분 기차를 타고 톨리건지로 가면 된다.

"여긴 여성 전용이야." 어느 아줌마가 소리 지른다. "앞이 안 보이는 거야 뭐야?"

"마담, 비켜주세요." 나는 정중하게 대답한다. "난 그저 다른 칸으로 가려는 거예요."

"아!" 그녀는 내 얼굴을 보더니 놀란다. "혹시— 어디서 봤는데—"

나는 그녀를 밀치고 지나간다.

톨리건지에서 나는 낮은 나무들 아래로 걸어간다. 어느 나무 아래서 남자 하나가 석탄을 담은 용기로 옷을 다리미질한다. 또 다른 나무 아래 도랑에서 청소부가 비닐들을 쓸어낸다. 곧 분홍 꽃들이 하얀 벽에 둘러싸인 빌라가 보인다.

대문 밖에는 플라스틱 의자에 남자 하나가 앉아 있다. 여치처럼 마르고 갓 깎은 머리가 밤송이 같다. 점점 다가가는 나를 보더니 말한다. "아줌마, 오늘은 그냥 가요. 오디션이 있단 말이에요—"

"정말 이상한 분이네!" 나는 바로 받아친다. "내가 바로 그 오디션에 가는 중인데!"

그 말에 남자는 할 말을 잃는다. 남자의 상사가 자신을 자를까 봐 걱정되면서도 나를 막을 방법은 모른다. 내가 그만큼 멋져 보이는 거다. 내가 그렇게 자신만만한 거다. 누구든 내 앞길을 막아보라지!

대문 안에는 잘 가꿔진 정원 가운데 커다란 하얀 건물이 있다. 수많은 화단, 수많은 멋진 벤치. 그렇지만 정원이 텅 비어 있는 이유는 사람들이 시원한 에어컨을 좋아하기 때문이다.

나도 큰 나무문을 밀고 들어가 실내 공기를 피부로 느낀다. 건물 안에는 색색의 소파가 놓인 큰 방이 있고 멋진 머리를 한 사람들이 앉아 있다. 그들의 향수가 뒤섞여 코가 즐겁다. 유리 파티션 뒤 사람들은 일하고 있다. 영화 포스터 액자 몇 개가 벽에 걸려 있다. 안내 데스크도 크다. 데스크 위에 꽃병이 놓여 있고 그 뒤로 젊은 여자가 서양식 옷을 입고 유선 전화로 통화하고 있다.

"잠시만요." 그녀가 나에게 나직이 말한다. 심지어 미소까지 띤다.

그러고 나서 바닥이 너무 반짝거려서 미끄러져 엉덩방아를 찧을 것만 같은 방에서, 소날리 칸 본인이 직접 나를 맞이하며 악수를 청한다.

"러블리, 와줘서 정말 기뻐요. 당신 영상은 내 바로 여기를 건드렸어요." 그러면서 그녀가 자기 가슴에 손을 얹는다. "오디션 영상들을 늘 보지만 당신 건 정말 특별했어요.

우린 〈어머니의 사랑에 대해 당신이 아는 것들〉이 어떨까 생각하고 있어요. 한부모 가정에 대한 영화인데요, 사회에서 낙인찍힌 히즈라가 온갖 사회의 관습을 깨부수고 그야말로 쳐부수고 아이를 입양하는 거죠. 사납고 지독하고 사랑이 가득한 엄마, 자기만의 방식으로 살아가는 엄마, 블록버스터 드라마가 될 거예요. 우리에겐 신선한 얼굴, 진정한 재능을 가진 사람이 필요해요."

그녀의 말이 마치 아자드와 사랑에 빠졌을 때 그와 한 포옹처럼, 한 통의 끈적한 로쇼골라의 달콤함이 내 혈관을 타고 흐르는 것처럼, 데브내스 씨가 나를 연기 수업에 받아주었을 때처럼 다가온다. 마치 예전에 라기니와 함께 저녁의 국민 행동인 텔레비전 시청을 할 때 터져나오던 웃음처럼, 라기니의 손을 잡고 있는 것처럼 느껴진다.

"하지만 있죠," 소날리 칸이 몸을 가까이 하며 말한다. "한 가지 걱정이 있어요. 우리는 나쁜 평판은 피하고 싶어요. 그 테러리스트를 위한 당신의 증언은—"

나는 바닥을 보며 부끄러움을 드러낸다. "걱정 마세요." 나는 말한다. "그녀가 이웃이었으니 그랬지만, 이제야 난, 어쩌면 난 진짜 그녀의 모습은 몰랐을지도 모른다는 걸 깨달았어요." 수치심에 뺨이 달아오른다.

"좋아요." 소날리 칸이 말한다. 그러고 나서는 평상시 목소리로 계속한다. "당신이 어머니를 연기하는 영상, 와우! 그런 감정이라니! 그 느낌! 당신 눈과 목소리엔 드라마가 담겨 있어요. 난 '이게 바로 스타 탄생이네. 우리가 연락해야 해' 하고 말했다니까요."

그러고 난 다음, 내 오디션이 어떻게 됐는지는 다들 짐작하겠지?

첫 촬영 날, 스튜디오 문 앞에 전 스태프가 모인다. 카메라맨과 감독부터 운전사와 식사 담당자까지, 우리는 기도를 올린 다음 코코넛을 깨며 신의 축복을 빈다. 내 평생, 모두 내가 신과 직접 연결돼 있다고 믿었지만, 나는 그게 진실이 아닌 걸 안다. 내가 신을 부를 때마다 그녀와의 연결선은 통화 중이다. 그래서 오늘 나는 고개를 깊이 숙인다. 부디 오늘 연기를 잘하게 해주시길. 부디 이 영화에서 쫓겨나지 않게 해주시길!

혹시나 해서 핸드백에 립스틱을 넣어왔지만, 기도 후 메이크업 컨테이너로 가자, 눈이 호박만 해진다. 컨테이너 안에는 환한 전구가 둘러진 커다란 거울이 있다. 카운터 위에 열린 상자들에는 크림, 파우더, 색조 도구, 가발, 솜, 본드, 클립 등이 잔뜩 들어 있다. 그리고 메이크업 아티스트 헤마는 미소

띤 얼굴로 나를 마담이라고 부르며 저 부드러운 화장솜으로 내 얼굴을 닦는다. 나한테서 껌 같은 민트 향이 난다. 헤어 아티스트 딥티는 내 머리를 당기고 묶고 핀으로 집고 젤을 바른다. 내가 "아야!" 하면 그녀는 "아, 죄송해요, 마담" 한다.

"눈을 감아요, 마담." 헤마가 상냥하게 말하지만 거울에서 내가 슈퍼스타처럼 보이는데 어떻게 눈을 감을 수 있을까?

아무것도 없는 거대한 창고인 스튜디오 안에서 나는 사방에 널린 전선들 때문에 땅을 보며 조심스레 걷는다.

"마담!" 누가 나에게 엄지를 쳐들고 말한다. 반사판을 든 소년이다. "당신 영상 봤어요!"

나는 미소를 지어준다.

거대한 스튜디오 저쪽 끝에는 내가 꿈꾸던 것 같은 거실 세트가 차려져 있다. 커다란 소파, 많은 식물, 벽에 걸린 그림들, 탁자 위의 찻잔. 촬영기사와 감독은 나를 여기저기 앉히고 이 각도 저 각도에 서게 한다. 나는 메이크업이 녹을까 봐 걱정된다.

그러고 나서 스튜디오는 너무나 조용해져서 누가 훌쩍이는 소리까지 들린다.

"조용!" 누가 외친다.

"촬영!" 누가 외친다.

"액션!" 누가 외친다.

그리고 나는, 마음 깊은 곳에서부터 오늘 내가 되어야 하는 인물, 어머니가 된다. 비록 아역 배우는 내일 오고 오늘은 그냥 딸아이를 상상하며 연기해야 하지만, 내가 평생 가질 수 있는 모든 모성애의 소망을, 그들이 준 대사에 쏟아붓는다. 아이가 내 눈앞에 존재하는 꿈을 꾸며 이 사랑하는 작은 사람을 품는다. 얼마나 진짜 같은지, 나의 아이.

이 아이는 지반의 얼굴을, 저 불쌍한 부모의 딸, 교과서와 연필 기증자의 얼굴을 하고 있다. 그녀는 어떻게 지내고 있을까? 어느 어두운 감방에 혼자 있을까? 비록 그녀는 자기 목에 칼날을 느끼지 못하겠지만, 나는 내 손에 쥐여진 칼날이 느껴진다. 지금 화장으로 두꺼워진 얼굴과 젤을 발라 딱딱해진 머리로, 아르주니 마가 진짜로 하려던 말을 이해한다. 이런 세상에선 우리 중 한 명만이 진실로 자유로울 수 있다. 지반 아니면 나. 매일 나는 선택을 하고 오늘도 한다.

"딸아," 나는 똑바로 렌즈를 들여다보며 아이에게 말한다. "누구도 그런 거짓말을 하게 놔두지 마라. 넌 가장 귀중한 곳에서 길러진 사람이야. 내 자궁에서 기른 건 아니지, 아니야. 하지만 내 마음속 가장 깊숙한 꿈에서 나온 아이란다."

"컷." 감독이 외친다. 촬영 장면이 플레이되는 작은 화면을 보기 위해 내가 카메라 뒤로 가면서 "실례, 실례" 연발하며 열 명은 되는 스태프를 뚫고 지나간다.

다들 눈을 훔치고 있다.

그날 촬영이 끝나고 모두 짐을 싸는데, 소날리 칸이 직접 나에게 온다. 내 팔을 잡고 말한다. "러블리, 당신은 이 나라의 대형 스타가 될 거예요. 조금만 기다려요!"

그러더니 봉투를 주며 집에 가서 열어보라고 한다.

기차에서 나는 기념으로 매운 무리를 먹으며 튀긴 쌀과 채 썬 오이를 우적거린다. 구아버 장수를 지나가다가 돌아선다. 그에게 처음으로 말한다. "좋은 걸로 세 개 주세요!"

구아버 장수가 고개를 번쩍 들더니 새 손님을 보고 기겁한다.

"그래요, 나예요! 지금 영화를 찍고 있어요. 그러니 다이어트 해야 해! 과일을 먹을 거예요!"

내 방에 와서 씻은 구아버를 먹으며 소날리 칸이 준 봉투를 연다. 안에는 현장에서의 내 사진이 반짝이는 큰 종이에 인쇄돼 있다.

셀로판테이프를 찾아내 이빨로 뜯어서, 샤루크 칸과 프리양카 초프라 포스터 옆에 내 사진을 붙인다. 완벽한 머리와 화장을 하고 소날리 칸 영화사의 카메라 앞에서 대사를 외는 나 러블리의 사진을.

이 나라는 아직 그녀를, 이 새로운 슈퍼스타를 모르지만 나는 알고 있다.

체육 선생

붉은 태양으로 시작된 어느 아침. 커튼 뒤에서 미끄러지는 빛이 체육 선생의 눈을 찾는, 여느 때와 같은 아침이지만 완전히 다르기도 하다. 교육 수석으로 출근하는 첫날이다.

체육 선생은 집에서 참을 수 있을 만큼 참다가 새 사무실로 달려간다. 도시는 활짝 깨어났다. 일군의 여학생들이 서로 손을 잡고 그의 차 앞에서 길을 건넌다. 다림질해 주름 잡은 치마, 요란한 웃음들에 예전 생각이 확 난다. 국수를 파는 노점 앞 도랑에서 소년이 재로 접시를 문지른다. 거리에서 떠돌이 개가 종종거리며 지나간다. 이들은 더 이상 차에 앉은 이 남자를 방해할 수 없다.

지자체 건물 입구의 금속 탐지기 앞에서 터번을 두른 경비원들이 체육 선생에게 경례한다. 체육 선생은 그들이 자기를 어떻게 아는지 의아하다. 아니면 지자체에서 내준 하얀 중형차를 타고 온 사람에겐 무조건 경례를 하는 걸까. 경비원 하나가 체육 선생을 VIP용 엘리베이터로 안내한다. 체육 선생은 솟아오르는 격실 안에서 두근거리는 심장을 안고 반짝이는 금속 문에 얼굴을 점검한다. 이 건물에서 온갖 종류의 VIP와 마주칠 것이다. 로비스트부터 사업가, 영화배우까지 다들 은밀하게 이 건물을 방문한다고 알려져 있다.

칠 층 복도에서 체육 선생은 무릎을 꿇고 앉아 젖은 걸레를 쭉쭉 문지르는 청소부를 지나간다. 그녀는 지나가는 사람을 쳐다보지도 않는다.

체육 선생은 새 열쇠로 새 사무실 문을 연다. 안은 좁고 창문도 없다. 문을 닫고 높은 등받이가 달린 가죽 의자에 앉는다. 그의 몸무게에 의자가 기분 좋게 기울어진다. 바퀴도 달려서 잘 구른다. 체육 선생은 그렇게 잠시 앉아서 널따란 책상의 매끄러운 나무판을 두드려본다. 컴퓨터 한 대와 영문 모를 연필 한 통을 제외하면, 책상 위엔 아무것도 없다. 이 새로움이 그를 기쁘게 한다.

그는 자신이 해야 할 일을 안다. 지반의 자비 청원에 조치를 취해야 한다. 새 정부의 일원으로서 그 청원이 기각되도록 건의서도 써야 한다. 자비가 베풀어져서는 안 되는 범죄자다. 법원의 판결인 사형은 신속하게 집행되어 납세자의 부담을 최소화해야 한다.

걸리적거리는 건 하나다. 자비 청원을 신청할 그 여자의 변호사.

체육 선생은 전화기를 들고 번호를 누른다.

"넵!" 고빈드가 전화를 받고 침대에서 벌떡 일어난다. 잠에 취한 목소리다. 터무니없이 이른 시간에 전화를 건 사람은 체육 선생이다. 체육 선생이 고빈드의 아내, 부모의 안부를 묻고 최근 크리켓 경기를 보았는지 묻는다.

"텔레비전요?" 고빈드가 신음한다. "수석님, 무슨 말씀 하시는 거예요? 전 소파에 일 분도 앉아 있을 시간이 없어요. 이번 사건 때문에 정신이 없어요. 제 고객에 대한 끔찍한 판결 보셨잖아요."

체육 선생은 작업을 시작한다.

"비말라 팔이 부탁한 게 있습니다." 체육 선생은 부드럽게 시작한다. "그러니까, 뭐라고 했는지 아세요? '그 고빈드라는 변호사 분, 열심히 일하네요.' 당신이 어떤 사람인지 아는 거죠. 나도 알고요. 우리 모두 당신이 한 일을 알고 있어요. 그래서 난 그냥 그 점을 말하려고 전화한 거예요. 당신은 정의로운 남자예요. 물론 그 여자를 변호하는 건, 그게 당신 임무니까요."

고빈드가 말한다. "전화까지 주시고 친절하시네요, 수석님."

"하지만 우리는 다들 알고 있죠." 체육 선생이 말을 계속한다. "무슨 일이 있어났는지 말이에요."

고빈드가 말이 없더니 입을 연다. "그런가요, 수석님?"

체육 선생이 웃는다. 닫힌 문을 보고, 그의 안락을 위해 차가운 공기를 부드럽게 뿜어내는 천장의 환기구를 본다. 어떻게해서인지는 몰라도, 심지어 체육 선생 자신조차 모르는 사이 그는 정치인의 인격을 획득했다. 이런 너털웃음 소리는 처음 내보는 것이다. "원칙이 있는 분이군요. 마음에 듭니다."

"하지만 고빈드," 체육 선생이 숨을 들이마시고 웃음기를 없앤다. "이 경우엔 정의가 행해져야 합니다. 당신도 그렇게 생각하고 나도 그렇게 생각하죠. 대중도 그렇게 생각하고 있습니다. 그러니 그 오랜 재판, 청원, 그 모든 걸 나는 존중합니다. 정말이에요. 하지만 법원은 그 아이가 유죄라는 점을 보여주었어요. 누구도," 이 부분에서 그의 목소리가 약해진다. "누구도 나만큼 슬퍼하는 사람은 없을 거예요. 내 학생이었으니까요. 그녀의 잠재력을 보았던 사람이니까요."

고빈드가 전화기에 대고 시끄럽게 숨을 쉰다. 여전히 침대 위 불편한 자세로, 감히 부스럭거리며 움직이거나 발소리를 내 통화에 방해될 행동은 엄두도 못 낸다.

"내가 하고 싶은 말은, 만일 이 모든 판결 이후에도 자비 청원이 계류되면서 몇 달씩 진척이 없다면 그보다 답답한 일은 없을 거라는 거예요. 그렇게 생각하지 않나요?"

체육 선생이 의자에 기댄다. 의자는 얌전히 기운다. 그는 오랜 침묵을 인내하며 말을 삼가는 법을 비말라 팔에게서 배웠다. 그들은 초조히 시간을 보낸다. 체육 선생은 고빈드가 말을 저울질하는 걸 느낀다. 고빈드가 조심스레 입을 연다. "사실입니다. 이런 청원은 시간이 걸릴 수 있어요."

"그럼, 나한테 그 자비 청원을 보내면 어때요? 내가 빨리 처리되도록 도울 수 있어요. 이젠 그럴 수 있는 위치가 됐으니까. 내 의견도 보태고요. 우리는 신속한 정의를 원합니다. 내가 하고 싶은 말은 그것뿐이에요. 어떤 결과가 나올지는 내 소관이 아니지만, 대중을 기다리게 하는 건 좋지 않아요. 우리 새 정부에도 좋지 않고—"

체육 선생은 한 손을 들어 흔들어 보인다. 비록 고빈드에게는 보이지 않겠지만.

"사람을 보낼게요." 체육 선생이 말을 계속한다. "서류를 받아오도록 말이에요. 그리고 수고해주셨으니 당연히 작은 선물을 드려야죠. 이 사건을 맡아 열심히 일해준 감사의 징표로요. 말하지 않아도 압니다. 이번 사건 때문에 가족과의 시간, 아이들과의 시간, 얼마나 희생을 치렀겠어요. 딸이 하나 있지요, 고빈드? 아빠와 시간을 더 보내고 싶어하지 않나요? 내년에 딸아이와 휴가라도 같이 가면 어떨까요?"

"알겠습니다, 수석님." 고빈드가 동의한다. 이쪽을 선택해야 할지 확신이 서지 않는다.

지반

우마 마담이 말한다. "누가 왔는지 봐."

누구? 나는 눈에서 잠을 닦아내고 뒤통수에 엉킨 머리를 가다듬는다. 담배 냄새가 들어온다. 손가락 여기저기 보석이 번쩍인다. 나는 일어선다. 머리를 바닥에서 이렇게 멀리 들어 올리니 어지럽다.

내 변호사 고빈드가 슬픈 표정으로 나를 본다. 그러고 나서 들리도록 한숨을 내쉰다.

"내가 어쩌겠어요? 이 사건은 정치 문제가 되었어요. 이건 당신 개인의 사건이 전혀 아니에요. 자비 청원이 이렇게 돼서 미안합니다. 기각될 줄은 정말 몰랐어요."

"날 내보내줄 거라면서요. 당신이 그랬잖아요? 내가 어리니까, 내가 약속을 하면, 교사가 돼서 이 나라 어디서든 봉사를 하고 이 한 몸 바치겠다고 쓰면 된다고 해서 그렇게 했는데, 왜 이렇게 된 거죠?"

"그런데," 고빈드가 잠시 말이 없다가 입을 연다. "여기서 잘 먹고는 있는 거죠? 매일 전화 걸고 싶어요? 내가 잡지나 읽을 걸 가져다줄 수도 있어요. 담요는 어때요? 밤에 춥지 않아요?"

"난…" 목이 멘다. 밤새 물 한 잔 못 마셨다. 지금이 아침이라면 말이다. 만일 지금이 저녁이라면 하루 종일 못 마셨다.

다시 목소리가 나온다.

"내가 춥냐고요?" 내가 말한다.

"잘 먹느냐고요?" 내가 내뱉는다.

"잡지요?" 내가 비명을 지른다.

"그만해!" 우마 마담이 소리친다.

고빈드가 내 얼굴을 살핀다. 태양을 상기시키는 노란 샬와르 카미즈를 입은 앙상한 몸을 본다. 곧 이 노란색도 바랠 것이다.

변호사가 우마 마담을 본다. 문밖에 서서 자물쇠와 열쇠를 만지작거리던 우마 마담이 나를 보고 인상을 쓴다.

“자비 청원이 기각된 후에는 정말이지 할 수 있는 게 없어요.”

“바보 취급하지 마요.” 내가 외친다. 내가 왜 소리를 지르고 있는지 모르겠다. 나에게는 목소리가 있다고 스스로에게 상기시킨다. 이게 내 목소리다. 우렁우렁 울린다. 깜짝 놀랄 정도다. “이 나라가 누군가 벌받기를 바라는 거죠. 내가 바로 그 사람이고.”

“담요가 얇아 보이네요.” 고빈드가 감정을 거두며 말한다. “편히 지내려면 뭐가 필요하죠? 담요를 바꿔야겠네요.”

“담요?” 내가 말한다. “담요?”

나는 슬리퍼를 벗어 그의 머리를 갈기고 싶다. 변기 속 바퀴벌레보다 나은 게 없는 남자다.

“날 돕지 않겠다면, 좋아요. 수십 통의 편지를 쓸 거예요. 나 시간 있어요.” 나는 다시 외친다. “시간 있다고요.”

파리 떼가 내 똥 더미인지 무슨 더미에서 솟아오른다. 오수관이 다시 막혔다. 한참 늦은 밤에 누가 다가온다. 바닥을 디디는 부드러운 맨발 소리에 귀가 쫑긋거린다. “우마 마담?” 그녀가 와서 기쁘다. “당신이에요?”

하지만 대답이 없다.

그냥 쥐 소리였나 보다.

하루에 두 번, 각기 다른 간수가 문을 열고 로티와 묽은 렌틸콩 수프를 밀어 넣는다. 수프에는 쿠민인지 흙인지가 점점이 박혀 있는데 도저히 분별이 안 된다.

"이제 누가 로티를 굽죠?" 내가 묻지만 여자 간수는 대답하지 않는다. "내 일이었는데. 내가 로티를 구웠는데."

우웩, 누군가 구토 소리를 낸다. 나인가? 하지만 나는 결국 먹는다. 내 등과 팔꿈치가 움직인다.

한참 뒤에 공책과 펜이 지급된다. 펜의 잉크가 말라 끝을 핥자 파란색이 조금씩 나온다.

학교에서 편지 쓰는 법을 배웠다. 공책을 바닥에 놓고 그 앞에 기도하는 자세로 무릎을 꿇는다.

존경하는 비말라 팔 총리님,

이 편지는 저의 마지막 청원(BL9083-A)에 대한 것입니다. 부디 총리실에서 제 청원을 한 번 더 델리의 정부 각료 회의로 전달해주시기를 간곡히 부탁드리기 위해 쓰고 있습니다. 아시는 바대로 저에 대한 유죄 증거는 정황적일 뿐입니다. 저는 결백합니다. 저는 콜라바간 빈민가에 살았지만 기차 사건과는 아무 관계가 없습니다. 만일 제가 용서를 받는다면, 남은 평생 기꺼이 국가를 위해 봉사하겠습니다. 제 목표는 교사가 되는 것입니다. 가난하게 사는 아이들에게 영어를 가르치는 것입니다. 제가 없으면 저의 가난한 어머니와 아버지에겐 아무것도 남지 않게 됩니다. 저는 그들의 외동딸입니다.

삼가 총리님의 충성스러운 시민 드림

답장을 기다리며 나는 편지와 함께 희망의 밴을 타고 돌아다닌다.

나는 편지와 함께 기차를 타고 돌아다니고 창밖에는 논이 펼쳐진다.

나는 편지와 함께 부유한 사람들이 초콜릿을 먹는 비행기를 타고 허공을 돌아다닌다.

하지만 편지는 무관심한 책상에 내려앉는다.

수일이 지난다. 수 주가 지난다. 총리의 보좌관이 언뜻 보았을지도 모른다. 그 이상은 아니다. 어쩌면 감옥에서 온 편지가 너무 많은지도 모른다.

내가 그중 예외가 되긴 힘들다.

나의 펜이 희미해진다.

말이 무엇을 할 수 있을까? 할 수 있는 게 많지 않다.

어머니가 이번 주에는 오지 않았다. 나는 튀긴 쌀을 손바닥 위에 놓고 핥아먹으며 기다린다. 우마 마담이 나를 데리러 오기를 기다린다. 내 위의 건물에서 한 시간 동안 오가는 백 가지 대화 소리와 소란에 귀 기울인다.

방문자들의 소란이 사라진 후 바깥에서 무슨 공사 소리가 들린다. 벽 건너편에서 삽 긁히는 소리 같다. 그러고 나서 놀라운 일이 일어난다. 구멍 하나가, 담배 크기만 한 구멍이 벽 높은 곳에 나타난다. 태양이 보인다. 기쁨에 겨워 나는 손바닥으로 벽을 내리친다.

하지만 내 손은 아무 소리도 내지 못한다. 내 머리 위 높이 솟은 벽은 차갑고 이끼로 푹신하다. 결국 긁는 소리가 멈추고 일꾼들은 가고 나만 이 현재에 남는다.

아침이 오자 빛이 나를 깨운다. 이제 아침임을 알 수 있다. 오래전 비오는 날이면 학교에서 배우던 요가를 해본다. 하지만 몸이 따라주지 않는다. 콘크리트 덩어리처럼 바닥에 들러붙는다. 팔에는 유연함이 하나도 없다. 부러지기를 기다리는 나뭇가지 같다. 내려다보면 건조한 다리의 피부가 하얗게 일어나 더 이상 살아 있는 것 같지도, 허물을 벗을 것 같지도 않다.

우마 마담이 나를 데리러 온 건 이른 시간이다. 목욕을 하라고 말한다.

"어머니가 왔어요?" 내가 묻는다.

나는 삐걱이는 무릎으로 천천히 일어나며 그녀가 쏘아붙이기를 기다린다. 하지만 그녀는 그러지 않는다. 부드럽게, 욕실로 가서 변기를 쓰고 목욕을 하라고 말한다.

아, 목욕. 나는 그녀를 따라 욕실로, 벽과 바닥이 오래 축적된 사람 때로 갈색이 된 널찍한 방으로 간다. 양동이 물에 플라스틱 그릇이 떠 있다.

우마 마담은 문간에 서서 내가 옷을 벗길 기다린다. 내내 거기 서 있을 작정인 것이다. 착하게 굴 마음이 생기면 등을 돌려줄 것이고.

"혹시," 내가 말한다. "편지 온 거는…?"

없어! 편지 없다고! 몇 번이나 말해야겠니? 하고 말할 줄 알았다.

오늘은 말없이 고개를 젓는다.

나는 옷이 젖지 않게 문밖 바닥에 떨군다. 안으로 들어가 양동이 옆 바닥에 웅크린다. 몸에서 냄새가 난다. 플라스틱 그릇을 들어 머리 위로 기울인다. 기름진 머리 위에 물이 스밀 새도 없이 흩어진다. 물은 차갑다. 소름이 돋는다. 어디선가 바람이 새어 들어온다.

한 통 더, 그리고 또 한 통.

시골 마을에서 살던 어린 시절, 야자나무가 둘러선 연못에서 목욕하던 기억이 난다. 어머니가 내 머리를 눌러 녹색 물에 담그면 비누 거품이 둥둥 뜨곤 했다. 비누는 점점 얇아졌다. 이 비누도 그렇다. 하도 가느다래서 꽉 쥐거나 하면 부서져 흩어질 듯하다.

몸을 말리고 옷을 입은 후 우마 마담이 내가 스스로 방에서 나오도록 기다린다. 아무도 내 몸을 잡지 않는다. 문이 열린다. 내가 나간다. 그러고 나서 우마 마담이 문을 잠근다. 우리는 복도에 서 있다.

나도 평범한 사람이 될 수 있었어. 엄마, 나도 대학에 갈 수 있었어. 내 또래 소녀들이 나무 아래 앉아 책을 읽으며 공부하고 논쟁하고 남자애들에 대해 농담하는 곳에 말이야. 영화에서 본 것처럼.

나도 남은 음식을 거리의 개들에게 줄 수 있었어. 나도 캠

퍼스의 그리운 장소를, 복도에서의 로맨스를 간직할 수 있었어. 문학을 공부할 수도 있었어. 영어를 너무 잘해서 엄마가 나를 거리에서 만나면 못 알아봤을 거야! 나를 부자 여자애라고 생각했을 거야.

목매달림과 교수형의 차이

사람이 목매달렸을 때만 '교수형'이라는 말을 쓴다. 어느 날 아침 대통령이 그녀의 자비 청원을 기각했고, 감옥 담 주위를 돌던 기자들이 담배를 밟아 끄고 어떻게 됐는지 묻기도 전에 지반은 감방에서 꺼내져 형장으로 끌려갔다. 지반은 교수대를, 배도 정박시킬 만큼 굵은 밧줄을 보자마자 쓰러졌다. 집행인이 지반을 잡았다. 그는 이를 대비하고 있었다. 그의 팔에 지반의 몸이 늘어졌다.

그녀가 정신을 차리자, 기겁할 만큼 밝은 형장의 빛 속에서 마지막 말을 할 시간이 주어졌다. 지반은 입술을 핥았다. 침을 삼켰다. 차가운 손바닥을 카미즈에 문질렀다. "어머니는 어디 있죠?" 그녀가 물었다. "아버지는요?"

그녀가 마구 두리번거렸다.

"당신들 실수하는 거예요." 지반의 목소리가 갈라졌다. "총리님, 비말라 마담, 내 편지를 보세요. 제발요. 내 편지 받은 거예요?"

그들은 거기 없었다. 몇몇 감옥 관리 말고는 아무도 없다.

지반이 매달리자 목이 부러졌다. 감옥에 있는 동안 마구 자라난 머리카락이 얼굴 위로 쏟아지며 배까지 늘어졌다. 겨드랑이 땀자국이 커져가던 집행인은 팔을 흔들어 긴장을 털어냈다. 영수증 책자처럼 생긴 서류철을 들고 서 있던 의사가 사망 시각을 기록했다. 그러고 나서 서기가 안으로 들어가 속달을 부쳐, 지반의 최근친인 콜라바간 빈민가의 어머니에게 딸이 정부에 의해 살해되었다고 알렸다.

지반

어머니, 슬픔에 잠겨 있나요?

알죠, 난 다시 돌아갈 거예요. 어머니가 화덕 앞에 앉아 로티를 구울 때 그 위에서 파닥이는 나뭇잎들, 그게 바로 나일 거예요. 한낮의 태양으로부터 어머니를 가려주는 한 조각 구름, 그게 나일 거예요. 비가 넘쳐 방으로 들어오기 전에 어머니를 깨우는 번개, 그게 나일 거예요.

어머니가 시장으로 걸어갈 때 나는 그 흙바닥 위의 발자국이 되어 돌아갈 거예요. 밤에 어머니가 눈을 감으면 나는 침대 위의 자국이 되어 나타날 거예요.

체육 선생

새 아파트에는 조명이 천장 안에 설치돼 있다. 보좌진이 화분들을 채워놓은 발코니가 있다. 체육 선생은 거실과 손님방의 에어컨은 거절했지만 침실의 창문형 에어컨은 받았다. 더 이상 농부처럼 땀을 흘리며 깨어나지 않아도 된다는 즐거움을 숨길 수 없다.

그는 이제 난간에 뜨거운 차 한 잔을 내려놓고, 여기, 멋진 중산층 동네인 발리건지의 아파트 꼭대기층에 사는 남자가 되었다는 것을 깨닫는다.

당은 그의 봉급을 올려주는 게 적절하다고 생각했다. 거기에다 가끔 교육기관들이 면허와 허가를 적절하게 갱신해주는 보답으로 그에게 작은 표시를 한다.

가끔 그것이 지나치기도 하다. 어느 사립대학은 그와 아내에게 싱가포르의 별장 일주일 무료 숙박을 제공하기도 했다. 그는 기쁘긴 했지만 그전에 많이 생각해보았다. 그러고 나서 거절했다.

아무도 체육 선생이 윤리적인 남자가 아니라고 할 수 없을 것이다.

기차역 근처 들판, 평범한 교사였던 체육 선생이 처음 케이티 바네르지와 비말라 팔을 본 그곳에서, 다시 한 번 천 명의 인원이 기다린다. 내려오는 황혼을 특별하게 만드는 불빛들로 경계가 표시된 들판을 무리가 채우고 있다. 그 불빛 아래 아이스크림 수레들이 제멋대로 늘어서서 오렌지 아이스와 바닐라 컵을 외칠 것이다. 체육 선생은 너무 멀어서 들리지 않는다. 또한 너무 멀리 있는 시위자들도 보이지 않지만, 들어서 알고는 있다. 대학생들이 '지반에게 정의를'이라고 쓰인 현수막을 들고 있다고 말이다.

체육 선생은 군중 위로 높이 설치된 무대 위 마이크 앞에 선다. 그는 손을 모아 합장하고 연설을 한다. "민중이 그 테러리스트를 법정에 세우라고, 사건을 신속히 해결하라고 요구하고 나서자마자 여러분의 여당이 어떻게 처리했는지 보십시오! 민중의 심기를 이토록 세심히 살피는 정부를 보셨습니까? 법원이 이렇게 빠르게 움직이도록 만든 정부를 보셨습니까?"

체육 선생은 계속한다.

군중을 이루는 남자들이 인상을 쓰며 체육 선생 쪽을 보기도 하고 주위의 방송 카메라들에 시선을 빼앗기기도 하는데, 그 가운데 여자 하나가 서 있다. 체육 선생을 보는 그녀는 튀김 바구니를 들고 사람들 사이를 헤치는 남자에게 전혀 주의를 기울이지 않는다. 팔짱을 끼고 팔꿈치로 밀치며 지나가는 남자에게도 그녀는 주의를 기울이지 않는다. 바람이 불었지만 그녀의 두파타는 펄럭이지 않는다. 그녀가 허락받지 못했던 두파타다.

체육 선생은 그녀가 누군지 안다. 그에게 자비를 구걸하던 유령 아닌가? 선생이 혹시 구원을 선사하지 않을까 하며 그의 시선을 탐색하던? 그래서 법정에 하얀 커튼을 쳤을 것이다. 지반이 체육 선생의 증언에 영향을 주지 못하게 하기 위해서라기보다는 체육 선생이 지반을 마주할 필요가 없도록 말이다.

체육 선생의 입은 여전히 말을 하고 있지만 그의 눈은 그녀의 눈에 고정돼 있다.

"악에 대한 선의 승리는 당이 여론에 귀를 기울인다는 신호입니다. 당이 약속한 바를 해낸다는 신호입니다!"

군중이 함성을 지른다. 휘파람을 불며 웃는다. 깃발을 높이 들어 흔든다. 한 남자가 다른 남자의 어깨를 타고 올라가자 카메라 몇 대가 이를 잡으려 돌아선다.

체육 선생은 군중을 살피며 입술을 끌어당겨 미소를 만든다. 그리고 다시 그녀를 찾아보는데 보이지 않는다. 들판의 먼지에 목이 간지럽다. 그는 주먹을 쥐어 입 앞에 대고 마이크에서 한 걸음 물러서며 기침한다. 바닥에 놓인 물병을 들어 차가운 물을 한 모금 마신다. 초조감은 사라진다.

다시 입을 열 때는 그의 목소리가 용기를 발견하고 그도 용기를 발견한다. 열중한 군중을 보라. 얼마 전까지 비말라 팔이 서 있던 곳에 선 그의 앞에 모여 그의 말을 취하는 대중을 보라.

연설이 끝날 때 그는 손으로 마이크를 잡고 무대를 박차고 오를 듯하다. 그의 자아 전체가 들판의 바람에, 전선의 전기에 충전된 듯하다. 군중이 해산 후 버스들을 가득 채우고 열린 문에까지 매달린 채 집으로 돌아간다. 그들의 그해 집안 자랑거리는 새 냉장고다. 그들은 들판에서 허리를 굽혀가며 농사를 지어, 도시에서는 사십 루피에 팔리는 작물로 이 루피를 벌 것이며, 그들은 한번 씻자마자 이가 빠질 식기를 길가에 쌓아놓고 팔 것이다. 그들이 목수 일이나 건설 일 혹은 화장실 청소를 반일 쉬고 극장에 가서 상영되는 단 한 편의 영화를 눈이 휘둥그레져서 보는 동안, 체육 선생은 정부 청사의 특별한 엘리베이터를 타고 위로 올라갈 것이다.

감사의 말

이 책은 에릭 시모노프와 조던 파브린의 지칠 줄 모르는 노력과 믿음이 아니었다면 여러분 손에 가닿지 못했을 것이다. 그들의 창의력, 그들의 뛰어남, 그리고 그들의 너그러운 마음으로 이 책을 만지고 다듬을 기회를 얻은 것은 꿈같은 일이자 영광이었다. 이 책을 떠맡고 나로서는 경탄밖에 할 수 없는 방식으로 옹호해낸 굉장한 가브리엘 브룩스에게도 큰 감사를 전한다.

이들과 함께 이 책에 시간과 생각을 나눠준, 나로서는 주눅이 들 만큼 모든 일에 통달하고 똑똑한 사람들인 제시카 스피츠, 테일러 론데스트베트, 니컬러스 톰슨, 드미트리스 파파디미트로풀로스에게도 따뜻한 감사와 존경을 보낸다.

소니 메타의 축복을 받는 것이 나에게 어떤 의미였는지 그가 알았더라면 좋겠다. 그와의 추억은 나에게 너무나 소중하다.

루스 리브먼, 폴 보가즈, 니컬러스 라티머, 에밀리 머피의 지원과 끝없는 물밑 작업과 이 책에 베풀어준 정성에 나는 우상에 대한 것과도 같은 경의를 품는다. 수천 번 감사를 해도 모자랄 것이다.

원고의 첫 교정 작업을 전문적이고 친절하게 진행해준 킴 섀넌에게 감사한다.

세련된 표지를 디자인해준 테일러 컴리에게 감사한다.

한 권의 책이 많고 많은 사람들의 빈틈없는 읽기와 창조력, 고생 덕분에 존재하게 된다는 것을 안다. WME의 팀들, 특히 피오나 베어드, 로라 보너, 로런 로고프에게, 그리고 크노프의 팀들, 특히 엘런 필드먼과 로라 팬에게 감사한다.

믿음과 창조로 가득한, 그리고 작가, 시인, 예술가 들을 응원하는 일터를 만들어준 〈캐터펄트〉의 동료들과 멘토들, 특히 몽상가 앤디 헌트, 패트 스트래천, 조너선 리, 니콜 정에게 따뜻한 감사를 전한다.

나와 다른 많은 작가들을 문학 공동체에 포함시켜주고 고양시켜준 인도의 불빛 케이티 레이시언, 마크 크로토브, 앨런 메이슨, 제임스 미더, 피터 조셉에게 감사한다.

나의 선생님들, 특히 미국의 에이미 헴펠, 린 스테저 스트롱 콜럼 매컨, 피터 캐리, 네이선 잉글랜더, 비나 다스, 애넌드 팬디언에게, 그리고 콜카타 아쇼크홀 여학교의 모두, 특히 자르나 강굴리, 차이탈리 센, 맘타 초프르, 산지타 바네르지에게 말할 수 없이 감사한다.

캐럴라인 블리크의 비할 데 없는 친절과 지혜, 그리고 확고부동한 우정에 사랑과 감사를 드린다. 그녀의 믿음은 수년에 걸쳐 나를 북돋아주었고 이 책의 많은 부분이 캐럴라인의 거실의 고요 속에서 쓰였다. 그 점을 잊을 수 없다.

로라 프레스턴에게 나의 사랑과 감사를 전한다. 그녀의 획기적인 글쓰기는 나의 작업이 보다 복합적인 수준에 도달하도록 영감을 주었다. 우리 두 사람의 연구 모임은 내게 필요했던 것을 제공해주었다. 이 책이 자라난 것은 로라의 관대함의 빛 속에서였다.

초고를 읽어주고 통찰력 가득한 비평과 큰 애정을 들려준 줄리아 파이어스턴과 제니 셴에게 엄청나게 감사한다. 격려와 충고를 들려준 마크 치우사노에게도 큰 감사를 전한다.

에마 매글러넨, 알렉스 프리리아니, 섀런 왕, 마리아 치아,

케이티 베인, 마홈 새비르, 슈레야 비스와스, 리시카 데, 아네샤 프라마니크 등 내 친구들에게 사랑과 감사한다.

비어트릭스 래비코바, 루도비트 래비크, 비어 래비코바, 래피엘 로터, 핼리나 래비코바에게 사랑과 감사한다. 나는 아주 운이 좋았다.

이 글을 쓰면서 나에게 호기심, 친절, 책에 대한 애정을 가르쳐준 사랑하는 조부모님을 더 잘 기억하고 가까이 생각하게 되었다.

나에게 성실과 노력, 그리고 꿈을 가르쳐준 수차리타 마줌다르, 파르타 마줌다르, 나의 어머니와 아버지께 나의 모든 사랑을 드린다. 유머와 열정, 그리고 가는 곳마다 공동체를 만들어내는 능력을 지닌, 깊이 존경하는 나의 자매 로시니 마줌다르에게 나의 모든 사랑을 전한다.

초고에 대한 빛나는 비평과, 힘들 때나 평상시나 기쁠 때나 모든 일에 진정한 동반자가 되어준 위대한 우정, 나의 남편 미첼 라비크에게 나의 모든 사랑을 보낸다. 미첼과의 시간은 세상에서 가장 좋다. 고마움을 전한다.

콜카타의 세 사람

1판 1쇄 2021년 9월 7일
1판 2쇄 2021년 10월 12일

지은이 메가 마줌다르
옮긴이 이수영
펴낸이 김정순
편집 허정은 허영수 오윤성
디자인 김진영
마케팅 이보민 양혜림 이다영

펴낸곳 (주)북하우스 퍼블리셔스
출판등록 1997년 9월 23일 제406-2003-055호
주소 04043 서울시 마포구 양화로 12길 16-9(서교동 북앤빌딩)
전자우편 editor@bookhouse.co.kr
홈페이지 www.bookhouse.co.kr
전화번호 02-3144-3123
팩스 02-3144-3121

ISBN 979-11-6405-134-2 03840